マシュマロ・ナイン

横関 大

角川文庫
22036

目次

プロローグ　5
第一章　野球部設立　10
第二章　練習試合　81
第三章　ビッグ・ベースボール　148
第四章　ラスト・ゲーム　239
エピローグ　366

プロローグ

「いやあ、小尾《おび》投手。今シーズン初勝利、おめでとうございます」

アナウンサーがマイクを向けてきたので、小尾竜也《りゅうや》は答えた。

「ありがとうございます」

「今シーズンも貴重な中継ぎとして大活躍ですね。今日の勝利も嬉《うれ》しいものではないですか？」

「たまたまっすね」小尾は素っ気なく答える。「別に自分に勝ち星がつくことを目指して投げてるわけじゃないっすから」

「やはりチームの勝利が一番、そういうことですね？」

「ええ、まあ」

「素晴らしい。では最後に東京オリオンズのファンの皆さんに一言、お願いします」

「残りのシーズンも突っ走りますんで、よろしくお願いします」

帽子をとって小尾は歓声に応《こた》えた。近くにいた女性からオリオンズのマスコットである『オリオン君』の人形を手渡される。ベンチに向かって歩いていくと、記者の集団が追いかけてくる。

「小尾さん、おめでとうございます」

「三年振りの勝利投手はいかがですか？」

記者たちの質問を適当にかわす。インタビューってやつはどうも苦手だ。たとえば先発投手や四番打者であれば、頻繁にお立ち台に上がってインタビューを受けることがあるだろうが、自分のような中継ぎ投手にそういった機会が訪れることは稀《まれ》だった。前にお立ち台に上がったときの記憶が小尾にはない。

ベンチの手前で立ち止まり、手に持っていた人形を観客席に向かって放り投げてから、小尾はベンチの中に入った。自分のグローブだけを持ち、足早にベンチを抜けて奥の通路に向かう。

通路にも記者が待ち受けており、マイクを向けられたが、小尾は適当にはぐらかした。中には通路脇に足を止め、取材を受けている選手もいる。ああいうのを社交性っていうんだろうな。

ロッカールームに入り、小尾は自分のロッカーに向かう。椅子に座ってから、スパイクの靴紐《くつひも》を解《ほど》いた。すでにシャワーを浴びている選手もいるようだったが、小尾は球場ではシャワーは浴びない主義だ。地方での試合の場合は浴びることがあるが、ホームの東京で試合がある場合は、着替えだけして家に帰ることにしていた。やはり自宅の風呂《ふろ》が一番落ち着くからだ。

「小尾ちゃん、もうちょっと愛想ってもんがないのかよ」

一人の先輩選手がスポーツドリンクを手渡しながら、そう声をかけてきた。小尾は顔を上げて答えた。

「プロ野球選手に愛想なんて必要ないっすよ」

「まったく頑固な男だ。今日はお疲れ。よくやったよ」

「お疲れっす」

先輩選手を見送ってから、小尾はスパイクを脱いだ。こうしていてもチームメイトが話しかけてくることはほとんどない。今年で三十五歳になり、チームでも古参の部類に入る。主力選手はほぼ全員が二十代半ばだ。

「小尾さん、ちょっといいですか？」

ソックスを脱いだところで、頭上から声をかけられた。二人の男が立っていた。一人はよく知る球団広報の男で、広報といっても選手の身の回りの世話などもする雑用係のようなものだ。もう一人は派手なネクタイをしており、顔は知っているが直接話したことはない。球団のゼネラルマネージャーだ。立場的には球団社長に次ぐナンバー2のポジションにあり、現場の支配人といった感じだった。

「何ですか？」

小尾がそう言うと、広報の男が目配せを送ってくる。ゼネラルマネージャーに対して敬意を払えという意味だろう。小尾は立ち上がり、頭を下げた。

「何でしょうか？」

「先月のことだ」ゼネラルマネージャーが話し出す。「ドーピング検査対象試合があったことを憶《おぼ》えているな？　君はその検査対象者だったはずだ」

そのことなら憶えていた。試合中にそれを告げられ、試合終了後に尿を採取されたのだ。尿がなかなか出なくて困ったことを記憶している。

「ええ、憶えてますけど、それが何か？」

「今日、ドーピングの検査機関から連絡があった。小尾君、君の尿からステロイド、いわゆる禁止薬物の成分が検出されたようだ」

「ちょ、ちょっと待ってくださいよ」

言葉を失った。禁止薬物に手を出したことなど一切ない。これは何かの間違いだろう。

しかしゼネラルマネージャーは冷酷な顔つきで続ける。

「検査は厳重な監視のもとでおこなわれており、君の尿から禁止薬物が検出されたのは事実だ。まったく馬鹿なことをしてくれたものだ。君個人だけではなく、球団、いや球界のイメージを損なう愚かな行為だ。明日《あした》から当面の間、君には自宅謹慎してもらう。処分などについては追って言い渡す」

「やってませんって。俺、ドーピングなんて……」

これは何かの間違いだ。そうに決まってる。だって俺はドーピングなどに手を染めていないのだから。

　周囲の視線を感じる。着替えをしている同僚たちが冷ややかな視線を向けているのがわかった。

「やってねえよ、俺はやってないからな」

　小尾がそう言うと、同僚たちは視線を外した。関わり合いになりたくない。そう言わんばかりだった。ゼネラルマネージャーと広報の男がロッカールームから立ち去ろうとしていた。

「待てよ、おい。俺はやってない。潔白だ。信じてくれ」

　二人は立ち止まることなく、無言のままロッカールームから出ていった。どうなってんだよ、これは……。小尾は近くにあった自分のボストンバッグを蹴飛ばしてから、その場に力なく座り込んだ。

第一章　野球部設立

「失礼します」

小尾竜也はドアをノックしてから、校長室に足を踏み入れた。椅子に座っていた校長の新川正秋《しんかわまさあき》が立ち上がり、小尾に向かって手招きした。

「よく来たな、小尾君。こっちだ」

新川に促され、小尾は応接セットのソファに腰を下ろした。小尾の真向かいに新川が座る。頭には白いものも目立ち始めているが、その眼光は鋭い。やり手の経営者といった風貌《ふうぼう》だ。

「小尾君、君に頼みがあるんだ」

新川にそう切り出され、小尾は嫌な予感がする。校長の新川とは馬が合わない。小尾は新川正秋が嫌いだったし、新川にしても小尾を毛嫌いしているのはわかっていた。

「また一人、女子生徒が退学届を出してきた。これで女子生徒は一桁《けた》台になってしまった」

新栄館《しんえいかん》高校は東多摩《ひがしたま》市にある私立の男子校だ。創立から五十周年の節目を迎える今年の四月から男女共学に移行していたが、いっこうに女子生徒が集まらなかった。入学してきた一年生の女子生徒は総勢十五名だった。男子生徒は三学年合わせて七百名ほどで、彼女たちの心細さはわからないわけでもない。案の定、この半年間で五名の女子生徒が新栄館高校を去っていった。

「知名度の問題だと思うんだよ」新川は煙草に火をつけながら言う。「新栄館高校が男女共学になった。それを世間にもっとアピールしなくちゃならんのだ。格闘技が強い新栄館高校。ただでさえ男臭い校風なのだ。それを根本から変える必要があるんだよ」

新栄館高校は格闘技系の部活動に力を入れている高校として知られている。柔道部や剣道部、それから相撲部などにはインターハイの上位に食い込む選手も多数おり、今も全国から将来性のある選手を集め続けている。

「問題はどうやって知名度を上げるか、だ。今までと同じでは駄目だ。もっと派手に変える必要があるんだ」

「派手に？　でもいったいどうやって……」

「相撲部が活動停止中であることは君も知ってるだろ？」

「ええ、まあ」

新栄館高校相撲部は全国的な強豪として名を馳《は》せているが、今から二ヵ月前に暴行事件という不祥事を起こし、無期限の活動停止となっていた。

「そこで君の出番だ、小尾君」新川が身を乗り出す。何か悪い予感がしてならない。

「相撲部は総勢十三名だ。うち四名の三年生を除いた九名を君に預けたい」

「俺に？　俺に何をしろと……」

「野球だよ。相撲部が活動停止となり、彼らを遊ばせておくのはもったいない。野球をやらせるんだよ、野球を」

「ちょっと待ってください、校長。野球をやらせるって言われても……」

新栄館高校には野球部はない。かつては存在していたこともあったが、グラウンドが狭いため練習もできず、いつしか廃部になったと噂で聞いている。新栄館高校では格闘技系の部活以外ではバスケットボールやバレーボール、卓球といった屋内系の部活ばかりが活動していて、屋外系の部活でまともにやっているのは陸上部くらいだった。

「君以外に適任者はいないと思うがね。元東京オリオンズの投手、小尾竜也。野球部の監督には最適だ。今日は十月一日。来年の夏、私に夢を見させてくれ」

「夢、ですか？」

小尾が訊《き》き返すと、新川が不敵な笑みを浮かべてうなずいた。

「そうだ。協力は惜しまない。今、この瞬間から君は新栄館高校野球部の監督だ。まずは相撲部員を集め、正式に野球部を立ち上げることを説明するんだ。野球ができるほどのグラウンドはないが、市営グラウンドを週に何度か借りてやってもいい」

「本気ですか？」

「もちろん」と新川は胸を張る。「野球はいいぞ、小尾君。テレビ中継もあるし、メジャースポーツだ。新栄館高校の名を上げるため、どうか一肌脱いでほしい」

まあ無謀ではあるが、たしかに話題性はある。客寄せパンダくらいにはなるかもしれない。だが野球部の監督などになりたくはない。

「お断りします。ほかを当たってくださいよ」

「だったら仕方ないな」新川は口元に笑みを浮かべて言った。蔑《さげす》むような笑みだった。「ほかを当たるとしよう。その代わり小尾君、君には今日限りでこの学校から去ってもらうことになる」

「ちょ、ちょっと待ってくださいって。いきなり馘《くび》なんて言われても……」

「しょうがないだろ。私の意に背く者はこの学校を去ってもらう。当然のことだろ」

まったく汚い男だ。小尾は憎たらしい笑みを浮かべる新川の顔を見た。自分に逆らう者などいない。そう思っているのだろう。さすがに今日付けで退職するのは嫌だった。もしも退職してしまったら、今後の俺の人生はどうなってしまうのか。それを考えると怖くて仕方がない。

不承不承、小尾は首を縦に振る。

「わかりました。できるだけのことはやってみますよ」

「できるだけ、では駄目なんだ。来年の夏までみっちり相撲部員たちを——いや、野球部員たちを鍛えてくれ。そして私を連れていってくれ」

「連れていくって、どこに？」

「決まってるじゃないか、小尾君」

新川は当然だといった表情でうなずいた。それから遠くを見るような眼差《まなざ》しで新川は続けた。

「甲子園だ。夏の甲子園に決まってるじゃないか」

甲子園。兵庫県西宮《にしのみや》市にある阪神甲子園球場のことだ。そこで春におこなわれる選抜高等学校野球大会、夏におこなわれる全国高等学校野球選手権大会。この二つの大会のことを世間では『甲子園』と呼び、なかでも夏の甲子園は夏の風物詩といっても過言ではない。

「無理ですよ、校長。さすがに夏の甲子園は無理です」

「誰が無理だと決めたんだ。やってみないことにはわからないじゃないか」

いや、わかる。小尾にはわかる。小尾自身、高校時代の三年間、千葉県にある野球の名門校で野球漬けの生活を送ったことがあり、甲子園にも二度出場した。一年生のときの春の選抜大会と、三年生の夏だ。特に三年の夏にはエースで三番打者として出場した。だから小尾は知っている。そう簡単に甲子園に行けるはずがないということを。全国から集められた選《え》りすぐりの野球エリートたちが、経験豊かな指導者のもとで日夜鍛えられる。そういう名門校だけが出場を許される大会なのだ。特に東京都には甲子園の常連校が数多くあり、新栄館高校が属する西東京エリアも熾烈《しれつ》な激戦区だった。

「校長だっておわかりのはずです。そう簡単に甲子園に行けるわけがないですよ」

「小尾君、そのくらいは私にもわかる。でもな、挑戦しなければならんのだよ。父と兄から受け継いだ新栄館高校が落ちぶれていくのを、黙って見ていることなどできんのだ」

少子化の影響もあってか、ここ数年は生徒が減っていく一方だ。格闘技が強いだけでは生徒が集まらず、苦肉の策として打ち出した男女共学も思ったほどの成果が上がらなかった。まさに校長にとって最後の奇策といったところか。

「ですが校長。いくら何でも甲子園というのは……」

小尾の話を途中で遮るように新川が不意に訊いてきた。

「君は今年で何歳になる？」

「お、俺ですか？　三十八歳になったばかりですけど」

「このまま臨時教員を続けるわけにもいかないだろ。もしも甲子園に出場することになったら、それこそ君が高校野球の指導者として評価を得ることは間違いなしだ。高校野球の指導者として人生を歩むことができるんだぞ」

臨時教員として一生を終える気はないが、別に高校野球の指導者になどなりたくはない。しかし新川はすでに心を決めているようだったし、ここはとりあえず引き受けるしかないだろう。

それに、と小尾は内心思う。相撲部を甲子園に連れていくなど無理に決まっている。

現実を目の当たりにすれば、新川だっていかに無謀な挑戦かわかるだろう。野球部という体裁を整えたうえで、一度練習風景でも見せてやれば、新川も現実の壁に気づくに違いない。

「わかりましたよ、校長」できるだけやる気のある声で小尾は言う。「校長の熱意は俺にも伝わりました。微力ながらご協力させてください」

「君ならやってくれると信じていたよ、小尾君。君には全権を与える。甲子園のためなら私はどんな協力も惜しまないつもりだ。まずは部員を集めることから始めるんだ」

そう言いながら、新川は一枚の紙を寄越してきた。受けとって眺めると、それは相撲部に所属する二年以下の生徒九名のリストだった。

「まあお手並み拝見といこうじゃないか。君の代わりなんていくらでもいるってことを忘れるな。結果が伴わなければ、その時点でこの学校から去ってもらうことになる」

いけ好かない野郎だ。特に最後の一言は余計だろう。小尾は下げたくもない頭を下げて校長室から出た。今は昼休みだ。廊下を生徒たちが行き交っている。校長室のドアの前で小尾はしばらく立ち止まっていた。

甲子園。久し振りに聞く単語だ。春の選抜も夏の甲子園も小尾はここ数年試合を見てもいない。それほど、甲子園というのは小尾とはかけ離れた存在になってしまっている。たとえば自身の高校三年の夏を思い出しても、ほとんど小尾には記憶というものが残っていない。ただただ暑かった。憶《おぼ》えているのはそれだけだ。

放課後になり、グラウンドでは陸上部員たちが練習を始めている。ハードルを飛び越えていく男子生徒たちを横目で見ながら、小尾はグラウンドの片隅にある土俵に向かった。

屋根まである立派な土俵だったが、今は青いビニールシートに覆われていた。相撲部が活動停止になったためだろう。土俵の近くに古めかしい木造の建物があり、そこが相撲部の部室になっているのを小尾は知っていた。

「入るぞ」

一応声をかけてから、小尾は部室のドアを開けた。てっきり無人だと思っていたのだが、意外にも部室には三人の男子生徒がいた。三人ともパイプ椅子に座って漫画を読んだりスマートフォンをいじったりしていた。三人とも見たことのない顔だった。一年生だろうか。小尾は体育の授業を受け持っているのだが、一年生は一クラスしか担当していないため、顔はほとんどわからない。

「お前たち、名前とクラスは？」

小尾がそう訊くと、やや不審そうな表情を浮かべながら、三人は順番に答えた。

「一年一組、守川誠人《もりかわまこと》」

「一年三組、花岡雄正《はなおかゆうせい》っす」

「一年二組、花岡光正《こうせい》っす」

やはり一年か。三人とも自己紹介を終えると漫画やスマートフォンに目を落とす。三人はそれぞれスナック菓子の袋を小脇に抱えている。やはり相撲部だけあって三人とも体格がいい。優に一〇〇キロは超えているだろう。

「先生、何か用っすか？」

花岡という名字の生徒たちがほぼ同時に訊いてきた。見ると二人は顔も体格も驚くほどよく似ている。双子だろうか。

小尾は腕を組む。まさかいきなり部員と遭遇するとは思ってもいなかったため、どのように切り出すか考えていなかった。小尾が何も言わないのを見て、三人は再び漫画とスマートフォンに視線を落とす。三人はスナック菓子をぼりぼり食べながら、たまに足元に置いている一・五リットル入りのペットボトルのコーラをごくごくと飲んでいる。こうして見ているとただのデブだ。

「あのな、お前たち。ちょっと俺の話を聞いてくれ」

小尾がそう声をかけると、三人が顔を上げた。三人とも口の周りがスナック菓子の脂でてかてかと光っている。

「お前たちは野球部に入ることになった。来週から練習を始める予定だ。俺は野球部の監督に就任した小尾竜也だ。何か質問はあるか？」

三人は黙ったまま小尾の顔を見ているだけで、その表情から心境を読みとることができなかった。同じ顔をした花岡という二人組がやはり同時に口を開く。

「先生、それって本当っすか？」

「もちろん。俺は冗談は言わん。お前たちは来週から野球部だ」

「わかりました。話はそれだけっすか？」

「あ、ああ……」

　小尾が返事をすると、三人はまたも漫画とスマートフォンに視線を落とし、スナック菓子を食べ始める。もっと反発するとか、質問するとか、そういう反応が返ってくるものだと思っていたので、正直拍子抜けした。小尾は思わず訊いていた。

「お、お前たち。俺の話を理解しているんだろうな。ずっと相撲をやってきたお前たちがいきなり野球をやらされるんだぞ。もっとこう、何かないのかよ」

「別にないっすね」守川という男子生徒が答える。「だってそれって命令なんすよね。だったら仕方ないっすよ。従うしかないじゃないですか」

　物わかりがいいというか、冷めているというか、何だか釈然としないものを感じた小尾だったが、これで三人の一年生を確保できたことは事実だった。小尾は手にしていた相撲部員のリストを出し、三人の名前に丸をつけた。残りは六人で、全員が二年生だ。それから小尾は三人の一年生に訊く。

「お前たち、二年生は部室に来ることはないか？」

「来ないっすね」

　花岡という二人の一年生が同時に答える。先ほどから見事にシンクロしていることで、双子だろうと確信めいたものを小尾は感じた。二人は顔を見合わせてから、片方が代表して続けた。

「先輩たちが部室に来ることは滅多にないっす」

まあいい。今日は三人の一年生を確保できただけで十分だ。小尾は三人を見回して言った。

「今日は以上だ。来週の月曜日から練習を始めるので、また俺から連絡する」

小尾がそう言っても反応は薄く、三人はスナック菓子を食べながら、漫画かスマートフォンに目を落としている。大丈夫だろうか、こいつら。そんな不安を覚えたが、それを頭から振り払って小尾は部室をあとにした。

●

「ていうか、何で俺たちが野球やらないとならねえのかな。マジ理解できねえよ」

向かいの椅子に座る服部翔大《はっとりしょうだい》がそう言いながらコーラを飲んでいた。駅前にあるファストフード店の二階だった。二階堂康介《にかいどうこうすけ》はフライドポテトをつまんでから言う。

「どうせすぐに諦《あきら》めるさ。俺たちに野球なんてできっこないんだから。嵯峨《さが》ちん、お前、野球できる？」

「できるわけないよ。だって僕、相撲しかやったことないから。ハタハタはどう？」

話を振られた秦正明《はたまさあき》が答えた。

「小学校のときにソフトボールはやったことがあるくらい」

さきほど一年生の花岡兄からメッセージが入ってきて、体育教師の小尾が部室にやってきたことを伝えられた。何と相撲部のメンバーを野球部に勧誘しようという話だった。すぐに花岡兄に電話をして詳しい話を聞いたところ、間違いなく小尾は三人を野球部に勧誘したという。

「僕、もう一個ハンバーガー食べよっと」

そう言って立ち上がった嵯峨省平《しょうへい》に向かい、服部翔大が茶化すように言う。

「嵯峨ちん、食べ過ぎだろ。もう三つも食ったじゃねえかよ」

「だってお腹が空《す》くんだもん。しょうがないだろ」

嵯峨がその巨体を揺らし、立ち上がった。嵯峨だけではなく、このテーブルに座る四人は全員が体重一〇〇キロを軽くオーバーしている。二ヵ月前に相撲部が活動を停止してから、放課後はこの店で時間を潰すのが習慣になっていた。

集まる仲間はいつも一緒だ。自称相撲部一のプレイボーイ、服部翔大。精肉店の息子でチーム一の巨漢である嵯峨省平。大仙寺《だいせんじ》という寺の息子で真面目な秦正明。そして康介の四人だ。

「そのうち俺たちのところに来るかもしれねえな」服部翔大がスマートフォンを眺めながら言う。女子からのメールを確認しているのだろう。「そうだ。油井《ゆい》君にも教えておいてやらないとな。俺、メッセージ送っておくよ」

油井学《まなぶ》も同じ相撲部の二年生だ。油井は今、吹奏楽部に入っている。油井はどこか芸術肌なところがあり、音楽や美術に造詣《ぞうけい》が深い。

「ニカ、そういえばグッシーはどうしてるの？　まだ学校には来ないのかな」

秦正明に訊かれ、康介は素っ気なく答えた。

「知るかよ。あんな奴のことは放っておけよ」

もう一人の二年生、具志堅星矢《ぐしけんせいや》が暴行事件を起こし、一ヵ月の停学処分になったのは二ヵ月前のことだった。相撲部の主将である三年生、赤石政勝《あかいしまさかつ》に対して駅の構内で突然襲いかかり、打撲などの怪我を負わせた。目撃者も多数いたことから、たかが身内の喧嘩《けんか》として済ませることができず、具志堅星矢には停学処分が言い渡され、相撲部は無期限の活動停止となってしまった。停学処分が明けてからも、具志堅星矢が学校に来ることはなかった。

「でもグッシー、もったいないよな。俺だったら絶対転校してでも相撲続けるけどな。あっ、もったいないのはニカもだよ」

服部翔大がそう言ってから紙コップのストローを口にくわえる。

具志堅星矢は沖縄出身で、相撲の将来性を買われて新栄館高校に入学した相撲エリートだ。康介自身も中学時代から関東地区の大会で上位に食い込むほどの実力者であったものの、具志堅には正直かなわないと思っている。南海の黒豹《くろひょう》という異名をとる具志堅は、身長一八八センチ、体重一三五キロという恵まれた巨体には似合わないしなやかな身のこなしで、高校相撲界でも注目を集める存在だった。すでにいくつかの相撲部屋も獲得を狙っているという話もある。

ただ、二年生の中で注目を浴びているのは具志堅と康介だけではない。体重が一六〇キロというプロ力士級の体躯《たいく》を誇る嵯峨省平もそうだし、甘いマスクに似合わない果敢な相撲をとる服部翔大も某大学の相撲部がスカウトに動いているという。

「いやあ、階段上ったらお腹空いちゃったよ、僕」

トレイを手に嵯峨省平が戻ってくる。トレイの上にはハンバーガーが一つと、Mサイズのフライドポテトが載せられている。

「で、何の話してたの？　みんな」

「グッシーの話だよ。グッシー、早く学校来ないかなってな」

服部翔大が答えると、嵯峨省平はハンバーガーの包みを開きながら言う。

「僕もグッシーに会いたいな。グッシー、元気にしてるのかな。ニカ、何か知らないの？」

「だからあんな奴のことは知らないって」

親友であり、同時にライバルだと思っていた。だからグッシーが何の相談もなく暴行事件を引き起こしたことがショックだった。相撲部を活動停止にさせた罪は大きく、しかも本人からは何の謝罪の言葉もない。こんな奴だとは思ってもいなかった。

「でもさ、野球はやりたくないけど、体は動かしたいよね」

嵯峨省平がそう言いながらハンバーガーのバンズをとり、ハンバーグの上にポテトを大量に置いてから再びバンズで挟んだ。嵯峨省平は大きく口を開いてそれを食べる。新栄館高校相撲部の間ではポピュラーな食べ方で、こうすることによってハンバーガーとポテトを同時に味わうことができるのだ。考案者は康介で、『二階堂食い』と呼ばれている。

三口ほどでハンバーガーを食べ終えてしまった嵯峨がしみじみと言った。

「部活はきつかったけどさ、稽古《けいこ》のあとに食べるご飯は美味《おい》しかったもんね。最近、あまり食欲がなくて」

突っ込んだのは服部翔大だった。隣で秦正明もにやにや笑っている。

「嵯峨ちん、ハンバーガー四つも食べておいてよく言うよ。どうせ家に帰ってからも飯たらふく食うんだろ」

「うん、食べるよ。だって家に帰るとご飯があるんだもん。仕方ないじゃないか。僕が言いたいのは、稽古のあとの方がご飯が美味しいってことだよ」

嵯峨の言いたいことは康介にもわかる。稽古のあとで家に帰って食べる飯は格別に旨《うま》かった。

「じゃあ嵯峨ちん、野球やれば？」

「やだよ、ハタハタ。僕、絶対に野球下手だもん。あれ？ ニカってたしか、昔野球やってたんじゃなかったっけ」

「昔の話だよ。小学校の頃な」

小学校の一時期、軟式野球チームに入っていたことがある。その当時から体格もよく、バットの芯《しん》に当たるとボールはよく飛んだ。しかし相撲好きの父親の影響で相撲を始めると、野球からは遠ざかってしまった。

「おいおい、見ろよ」

そんな声が聞こえ、顔を向けるとぞろぞろと体格のいい連中が階段を上って二階席に入ってきたところだった。先頭にいる坊主頭の男が言った。

「デ部じゃん。今日もこんなところで時間潰してんのかよ」

柔道部の連中だった。部活を終え、帰りに店に立ち寄ったのだろう。坊主頭は康介たちと同じ二年生の有藤《ありとう》という男で、次期柔道部主将と目されている男だ。康介も相撲部次期主将であることは周知の事実で、何かと因縁をつけてくる嫌な奴だった。

「おい、みんな。よく見ろよ。相撲ができねえデブはただのデブだ。だからデ部なんだ。ああはならねえようにしねえとな」

「てめえ、有藤。いい加減にしろよ」

血の気の多い服部翔大が立ち上がったので、康介は手を伸ばして腕を掴《つか》む。

「やめとけ、ハット」

「でもよ、ニカ……」

「いいんだよ、言わせておけば。帰るぞ」

康介はカバンを持って立ち上がる。ほかの三人も従った。トレイを返却口に戻してから、階段に向かう。しかしその前に柔道部の連中が立ち塞《ふさ》がった。先頭にいる有藤が言う。

「おい、二階堂。お前ら、野球やるんだって？」

噂とは早いものだ。もう柔道部の連中の耳に入ったのか。康介は素っ気なく答える。

「やらねえよ。やるわけねえだろ、俺たち相撲部なんだぜ」

「そいつは残念。笑ってやろうと思ってたのにな。お前らが野球で恥かくところをな」

「どけよ、邪魔だ」

康介がそう言っても、有藤は動こうとしなかった。康介は有藤を睨《にら》みつける。喧嘩だったら柔道部に負ける気はしない。張り手一発で倒す自信がある。

先に目を逸《そ》らしたのは有藤だった。薄ら笑いを浮かべ、有藤は言う。

「ほらほら。デ部の皆さまのお通りだ。みんな、道空けてやろうぜ」

柔道部の連中が道を空けた。康介を先頭にして、階段を下りていく。店を出ると、背後で服部翔大が言った。

「でもよ、ニカ。もう噂が広まってんだな」

「みたいだな」

「ところで小尾ってどんな奴なんだろうな。授業受けたことあるけど、無気力な感じの野郎だったけどな」

服部翔大の感想に康介はうなずく。たしかに熱血漢といったタイプではない。

「ああ。でも元プロ野球選手っていうのは本当だ。東京オリオンズのピッチャーだったんだ。結構有名な選手だ」

「そうみたいだね」秦正明も同調するように言った。「うちの父親、東京オリオンズのファンだから、小尾先生のこと知ってた。左利きの貴重な中継ぎピッチャーだったみたいだよ」

「俺、野球知らねえから。でもなんでそんな有名な選手が俺たちの高校で教師やってんだよ」

服部翔大の素朴な質問に康介は答える。

「ドーピングだよ。今から三年前、小尾はドーピング疑惑で球界を追われたんだよ」

●

部屋のインターホンが鳴ったので、小尾は立ち上がった。早いな、もう来たのだろうか。十五分前に宅配ピザを頼んでいた。いつもは三十分は待たされるというのに。

玄関のドアを開けると、そこに立っていたのは宅配ピザの配達人ではなく、ブレザー姿の女子高生だった。思わず小尾は声を上げていた。

「あ、茜《あかね》……。お前、なぜ……」

一人娘の茜だった。今年で十六歳になる高校一年生だ。別れた元妻と世田谷《せたがや》に暮らしており、会うのはおよそ一年振りだ。今は別れた妻の姓に変わり、岩佐《いわさ》茜と名乗っている。

茜は無言のまま靴を脱ぎ、勝手に部屋に上がり込んでくる。幸いにも小尾よりも別れた妻である岩佐真由子《まゆこ》の血を濃く継いだお陰か、客観的に見ても美人なのだが、愛想がないのがたまに瑕《きず》だ。口数も少なく、いつも不機嫌そうに見えてしまうのだ。

「おい、茜。何しに来たんだよ。真由子は――母さんはどうしたんだよ」

茜は何も言わないまま、勝手に冷蔵庫を開けて中から牛乳のパックを出し、それをグラスに注ぐ。ちょうどそのとき携帯電話の着信音が鳴り響いた。かけてきた相手は元妻の岩佐真由子だった。

「おい、真由子。どうなってんだよ。急に茜をこっちに寄越すなんて」

「ごめんごめん」電話の向こうで真由子が言う。「急に出張になっちゃったのよ。茜の世話をお願いしようと思って。よろしくお願いね」

真由子はスポーツジャーナリストをしている。専門誌やスポーツ新聞、それからネットなどで記事を書いていて、出会ったのは大学時代のことだった。小尾が所属していた大学野球部に、新聞部であった彼女が取材に訪れたのが二人の出会いだ。彼女を一目見た瞬間、小尾は恋に落ちた。

「出張って、どこへ？　長期になるのか？」

「帰りがいつになるか、わからないの。急に決まったことだから」

電話の向こうは騒々しい。アナウンスのような声が聞こえることから、駅にいるのだろうと察しがついた。

「まあ出張なら仕方ないけどさ、俺だって忙しいんだぞ」

「忙しい？　あなたが？」

「ああ、忙しいんだよ。実はな……」

野球部の監督を引き受けることになった経緯を手短に説明すると、真由子は珍しく明るい声で言った。

「面白そうじゃない、それ。相撲部が野球部になるなんて前代未聞よ。もし練習試合が決まったら教えてよ。絶対に取材に行くから」

「取材ってな、真由子。俺だって好きでやってるわけじゃないんだぞ」

「でもいいことよ。あなたが再び野球に携わる日が来るなんて、想像もしていなかったもの。もし練習試合が決まったら、一緒にご飯を食べに行ってもいいわよ」

「ほ、本当か？」

「嘘なんて言わないわよ」

小尾はちらりと茜を見る。茜は今、牛乳の入ったコップを手にバスルームを覗《のぞ》いていた。そういえば茜がこの部屋に入るのは初めてだ。小尾は声をひそめて真由子に確認する。

「二人きりで、だぞ」

「いいわよ、二人きりで。あっ、そろそろ時間。茜のこと、よろしくお願いね」

通話が切れたところで部屋のインターホンが鳴った。今度こそピザが届いたのだろう。玄関のドアを開けると宅配ピザの配達人が立っていたので、代金を払ってピザの箱を受けとる。リビングに戻ると茜がテレビのリモコンを手にして、チャンネルを回しているところだった。

「飯、まだだろ？　ピザでも食うか？」

ピザの箱を置いてから、小尾は冷蔵庫から缶ビールを出した。茜がピザの箱を開け、中から一切れ出して食べ始めている。テレビは野球中継が映っている。

「おい、茜。俺に気を遣わなくていい。俺は野球なんて見ないからな」

「私が見たいの」

「お前、野球好きなのか？」

小尾の問いに答えず、茜は野球中継に見入っている。十月に入り、プロ野球も佳境に入っているようだった。皮肉にも中継されているのは東京オリオンズの試合だった。かつて小尾が在籍していた球団だ。

小尾はピザを手にとり、口に運んだ。ビールで流し込むようにして食べながら、仕方ないので野球中継を見る。小尾が去ってから三年という月日が流れているが、まだ知った顔が多い。たとえば今、マウンドで投げている先発投手は入団した頃から知っている。

「キレ、ないね」

茜が言う。小尾は訊き返していた。「キレ？　何のキレだ？」

「スライダー」

マウンドに立つかつての後輩投手が球を投げる。わずかにボールだった。ピッチャーは首を傾げている。解説者の声が聞こえた。『スライダーのキレが今日はいまいちなんですよね』

「お前、野球に詳しいのか？」

「悪い？」

茜がちょっと機嫌を損ねたようにこちらを見てきたので、小尾は「悪くないよ、別に」と言い、二本目のビールをとるために立ち上がった。

試合は東京オリオンズの二点リードのまま、九回裏まで進んでいた。もう箱の中にはピザは残っていない。茜は一切れしか食べず、残りはすべて小尾が食べた。

それにしても、と小尾は内心思う。東京オリオンズの試合をまともに見るのはいつ以来だろう。まったく記憶に残っていない。下手すれば三年振りかもしれない。

小尾の尿から使用禁止薬物と思われる成分が検出されたのは、三年前の九月上旬のことだった。まさに青天の霹靂《へきれき》だった。使用禁止薬物に手を出した憶えなどなく、自分が潔白であることは明白だった。しかしクラブハウスに呼び出され、球団社長、監督などの上層部の前でドーピング検査の報告書が読み上げられた。その遡《さかのぼ》ること一ヵ月ほど前、ドーピング検査対象試合があったことは小尾もはっきりと憶えており、試合後に尿を提出したことも記憶にあった。

　小尾は潔白を主張したが、上層部は聞く耳を持たず、謹慎処分を言い渡された。スポーツ紙に小尾に対するドーピング疑惑の記事が掲載されたのは、その翌日のことだった。当時、小尾は恵比寿《えびす》のマンションに住んでいたのだが、それから連日のようにマンションに取材が押し寄せた。

　球団側から解雇を言い渡されたのは、その一週間後のことだった。潔白を主張したが受け入れてもらうことはできなかった。弁護士に相談したところ、おそらく勝ち目はないだろうと言われた。ドーピングの裁判自体が日本では珍しいもので、取り扱いが難しいとのことだった。

　あと二、三年は現役を続けられる自信もあった。別の球団への入団を試みたが、ドーピング疑惑をかけられた投手に手を差し伸べてくれる球団などなく、待っていたのは厳しい現実だった。

　現実から目を背けるため、小尾は酒に溺《おぼ》れた。最初のうちは妻の真由子も慰めの言葉をかけてくれたり、スポーツジャーナリストとしての人脈などを利用して再就職先を探してくれたりしていたのだが、やがて小尾の醜態を冷ややかな目で見るようになり、その年の暮れには娘の茜を連れて恵比寿のマンションから出ていった。

小尾は一人で正月を迎えた。その頃には取材もほとんど来なくなっていたが外に出るのは億劫《おっくう》で、たまに近くのコンビニエンスストアに酒を買いにいくことだけが外出だった。

酒を買いに出たとき、帰りにポストを覗いてみた。ダイレクトメールに紛れて、年賀状が入っていた。たった五枚だけだった。

そのうちの一枚が高校時代の担任教師、新川正春《まさはる》からのものだった。直筆で励ましの言葉が書かれており、なぜか無性に高校時代が懐かしくなり、気がつくと涙が流れていた。俺はこんなところで何をやっているのか。妻と娘にも逃げられ、職もない。いずれ貯金だって底をつくだろう。

正月が明けると、すぐに小尾は新川先生のもとを訪ねた。新川先生は小尾のことを歓迎してくれた。新川先生はすでに教師を退職して、父親の経営する東多摩市にある私立高校の校長になっていた。彼はドーピング疑惑のことについては一切触れず、笑みを浮かべてあれこれと昔話をした。そして別れ際、誘われたのだ。うちの高校で臨時教員として働いてみないか、と。

小尾は大学の教育学部を卒業しており、教員免許も持っていた。高校卒業と同時にプロに入ることを夢見ていたのだが、高校三年の夏に肩を壊し、そのリハビリを兼ねて大学に進学することになったのだ。その進路の相談に乗ってくれたのもほかならぬ新川先生で、プロとして成功する保証などないので教員免許をとっておくのも悪くないとアドバイスをくれたのだった。

迷った末、小尾は新川先生の提案をありがたく受け入れた。こんな自分に手を差し伸べてくれる人はほかにはいないと感謝した。新栄館高校で慣れない体育の授業を受け持つようになり、三年近くの月日が流れた。新川正春が癌で急死し、その弟の新川正秋が校長に就任したのは去年のことだ。兄の正春のような人格者ではなく、学校の経営にしか興味のない弟の正秋とはとことん相性が悪かった。

今回の件もそうだ。話題作りのために相撲部員に野球をやらせるなど、暴挙としか思えない。さきほどの真由子の言葉ではないが、こんな形で再び野球に携わる日が来ようとは夢にも思っていなかった。

「お風呂に入りたいんだけど」

茜の声に我に返る。小尾はテーブルの上のリモコンを握りながら答えた。

「もう湯は張ってある。先に入ってきていいぞ」

茜が立ち上がり、バスルームの方に消えていく。テレビを見ると野球中継はヒーローインタビューも終わっていた。オリオンズが勝ったようだ。今日のハイライトシーンが映し出されている。

自分は禁止薬物などに手を出していない。それは自分が一番わかっている。リモコンを持つ手が汗ばんでいることに気づき、小尾はテレビを消した。

東京オリオンズの選手の中に俺を嵌《は》めた奴がいるのかもしれない。だとしたら、俺はその男を絶対に許さない。

「よし、お前たち。じゃんじゃん食えよ。ここは俺の奢《おご》りだからな」

小尾がそう言っても、テーブルを囲む三人の男子生徒は気遅れしたように箸《はし》を持とうとしない。

「何だよ、元気がないな。俺が焼いてやる」

小尾は皿の上の肉を次々と網に載せていく。どの肉も最上級のもので、店で一番高い肉だった。

一夜明けた今日、小尾は休み時間や昼休みを利用して、相撲部の二年生と接触を図った。その結果、三人の男子生徒を焼肉店に連れ出すことに成功した。油井学。嵯峨省平。秦正明の三名だ。当然のように三人とも体重は一〇〇キロオーバーのため、四人がけのテーブル席は窮屈だった。特に嵯峨省平は現役力士として通用しそうなほどの巨漢だ。とても高校生には見えない。

「おい、焼けたぞ。どんどん食べろよ」

肉の焼ける匂いに反応したのか、嵯峨省平が箸を持って肉に手を伸ばす。肉を口に運んだ嵯峨は頬を緩ませる。

「お、美味しい……」

「だろ？　ほら、お前たちも食え。あっ、お姉さん。生ビールのおかわり。それと牛タンとカルビを三人前追加。特上ね」

軍資金は用意してある。校長の新川に頼み、十万円を都合してもらった。さすがに自腹で高級焼肉店を訪れるのは無謀だし、相撲部男子の食欲を侮ることができなかった。

「いただきます」

油井学と秦正明の二人も箸を伸ばした。三人のことはそれとなく調べてある。油井学は相撲部が活動停止になってから吹奏楽部に入部しているようだった。秦正明と嵯峨省平は特にほかの部活には入っておらず、秦正明は寺の住職の息子で、嵯峨省平は商店街にある嵯峨精肉店の息子だ。

「この肉、美味しいですね」

「こんなの食べたことないっす」

「あのう、ご飯おかわりしていいですか？」

「おう、遠慮するな。じゃんじゃん頼めよ」

そこから先は凄かった。三人の食べっぷりは小尾の予想をはるかに超えていた。肉を食べるというより、肉が次々と消えていくといった感じだった。

三十分ほど三人は食べ続けた。小尾も三十八歳という年齢の割には食欲はある方だと自負しているが、感服するよりほかになかった。ようやく満腹になったのか、三人は箸を置いて腹をさする。その姿は男子高校生というより、まさに力士といった風格さえも漂わせている。

「小尾先生」嵯峨省平がおずおずといった感じで口を開く。「デザートも食べていいですか？」

「お、おう。遠慮するな」

嵯峨省平が通りかかった店員を呼び止めて言う。

「じゃあバニラアイスと抹茶アイスと杏仁《あんにん》豆腐とカスタードプリンとカルビクッパください」

「俺も」

「僕も」

まったくこいつらの胃袋はどうなっているのだろう。彼らの両親に小尾は同情を禁じ得なかった。こんな男子が家にいたら食費が家計を圧迫するはずだ。

「ところで」小尾は身を乗り出して三人に向かって言う。「お前たち相撲部は野球部になることが決定した。これは校長先生が決めたことだ。お前たちには野球をやってもらう」

三人はさして驚いた素振りを見せなかった。もしかして一年生から話を聞いているのかもしれない。小尾は続けて言った。

「今日は決起集会だ。この先、お前たちには頑張ってもらわないといけないからな」

「先生、ちょっといいですか」手を挙げたのは嵯峨省平だった。「僕、野球なんてやったことないんですけど、大丈夫ですかね？」

「心配するな。俺が一から教えてやる」

次に手を挙げたのは吹奏楽部に入っているんです。野球部とかけもちするのは難しいかもしれません」

「先生。僕は油井学だ。

「油井、俺もそのことは知っている。でもな、油井。その恵まれた体格を活《い》かせるのは吹奏楽じゃない、スポーツだ。もし野球が嫌になったら、いつでも吹奏楽部に戻ってくれて構わない」

「そうですか。まあ、先生がそこまでおっしゃるなら」

最後に手を挙げたのは寺の息子である秦正明だった。

「先生、うちの父親、東京オリオンズの大ファンなんです。誰でもいいのでサインもらってきてほしいんですけど」

「お安いご用だ。いくらだって用意してやる」

昔のコネなどない。色紙を買ってきて適当に名前を書いてやれば喜ぶだろう。デザートとカルビクッパが運ばれてきたので、小尾はそれらの皿を店員から受けとってテーブルの上に置く。

「さあ食べろ。月曜から早速練習だ」

スプーンを持った嵯峨省平がきょとんとした目で言う。

「月曜から、ですか？」

「そうだ。善は急げというからな。三人の一年生にも伝えておいてくれ。月曜の放課後、グラウンドに集合だ」

野球部の監督なんてやりたくないが、やらなければ馘になる。どうしても馘になりたくない理由が小尾にはあった。

現在、小尾は臨時教員として働いているが、いずれ正規の教師になることを夢見ていた。その暁には真由子に復縁を迫るつもりだった。真由子とやり直したい。その思いは年々強くなってきている。いつかまた親子三人で暮らす。それが小尾の夢であり、人生の目標でもあった。

「バニラアイス、旨そうだな」

何だか楽しくなってきた。すでに六人の部員を集めることに成功した。このままいけばあとの三人が合流するのも時間の問題だろう。練習試合をすれば、真由子と二人きりで食事ができるのだ。小尾は通りかかった店員にバニラアイスを注文した。

●

そろそろ寝ようと思っていたところでスマートフォンが鳴り出した。二階堂康介はスマートフォンを手にとり、耳に当てる。服部翔大の声が聞こえてくる。

「ニカ、大変だ。大変だぞ」

その声を聞いただけで、何が起きたのか康介は察しがついていた。今日の放課後、嵯峨省平と秦正明がハンバーガーショップに来なかったのだ。こんなことは初めてだった。

「落ちつけ、ハット。何があったんだよ」

「やっと嵯峨ちんと連絡がついた。あいつら、野球部に入るらしいぜ」

やっぱりな。半ば予想していたことなので驚きはない。康介は服部翔大に訊く。

「嵯峨ちんとハタハタか？」

「うん。あと油井君も」

「油井君も？」

「そうだ。あの三人、小尾の野郎に呼び出されて焼肉屋に連れていかれたみたいだ。あんなに旨い肉を食ったのは初めてだって嵯峨ちんは興奮してたぜ。まあ肉屋の倅《せがれ》が言うんだから、さぞかし旨い肉だったんだろうよ」

戦略として間違っていない。食べ物で釣るのは上策だといえる。特に嵯峨省平には有効だ。

「しかも月曜から練習するみたいだぜ。まったく小尾の野郎、何を考えているんだか。おい、ニカ。どうする？　このまま黙ってるわけにもいかねえだろ」

「心配するな、ハット。野球ってのは九人集まらないと成立しないんだ。相撲と違ってな」

「とにかく俺、月曜に練習の様子を見てくるよ。何かわかったら報告するから」

スマートフォンを枕元に置いてから、康介はベッドの上に横になる。

すでに六人も野球部に引き摺《ず》り込まれてしまったのだ。まさに電光石火の早業だ。いったいどうなってしまうのだろうか。寝返りを打つと、壁に貼られた何枚もの賞状が見えた。すべて相撲の大会でもらったものだ。

康介は東多摩市の東多摩ニュータウンという地区に住んでいる。父親は普通のサラリーマンで、母親は専業主婦だ。

康介が相撲を始めたのは小学校四年生のときだった。その頃から学年でもっとも身長が高く、体重もあった。相撲好きの父親に連れられて市のちびっこ相撲大会というイベントに参加し、そこで初心者ながら高学年たちを破って見事に優勝した。その大会を見学していた地元の少年相撲クラブの監督に誘われ、クラブ活動に参加することになった。以来、相撲一筋だ。

ずっとプロの力士になることを夢見て稽古に取り組んできた。好きな力士は横綱白鵬《はくほう》で、両国《りようごく》国技館で一緒に撮ってもらった写真は宝物だ。しかし最近になってプロ入りの夢が薄れつつある。理由は具志堅星矢に出会ったからだ。

沖縄からやってきた具志堅と稽古をしているうちに、自分の才能のなさを痛感した。こういう奴がプロ力士になって、幕内で闘うんだろうな。そんな風に思うようになった。

しかし現時点で相撲を辞めるつもりはない。プロになるかどうかは別として、大学まで相撲を続けるつもりでいた。大学くらい卒業しておかないと就職すら難しいだろう。そう思っての決断だった。

それにしてもなぜ野球なのか。どうしても解せなかった。野球なんて相撲と対極にあるようなスポーツなのだ。

あれこれ考えごとをしていたせいか、何だか腹が減ってきてしまった。嵯峨たちはさぞ旨い焼肉を食べたことだろう。焼肉という単語が頭に浮かんだ瞬間、空腹度がさらに増す。

寝る前にカップラーメンでも食べるか。そう思って康介はベッドから起き上がった。

●

「よし、準備運動はそのくらいにしておこう。まずはキャッチボールからだ。ここにグローブを用意した。各自手に嵌めてキャッチボールを始めるんだ。二人一組でな」

記念すべき最初の練習が始まった。小尾の指示に従い、ジャージ姿の相撲部員、いや野球部員六名がそれぞれ手にグローブを装着していた。体育の授業で使うグローブを持ってきたのだ。

二人一組で始まったキャッチボールを見て、小尾は言葉を失った。まともにキャッチボールもできないのだ。暴投ならまだいい。十メートルほどの距離でさえボールが届かない者もいるし、グローブでキャッチできずに胸や腹にボールがぶつかりまくっている。しかしさすが相撲部員というべきか、ちょっと体にボールがぶつかった程度では平気な顔をしている。痛みに強いらしい。

「違う、油井。こうやって投げるんだよ、こうやって。おい、嵯峨。グローブを前に出せ。そんなんじゃいつまでたってもボールなんて捕れないぞ」

寺の息子である秦正明はまともだった。一応球を投げることができるし、捕球することもできる。あとは最悪だ。特に嵯峨は駄目だった。相撲ではその体重が大きな武器になるかもしれないが、野球では完全にハンディキャップになってしまっている。

一時間ほどキャッチボールの練習をした。基本的なことを教えることがこれほど難しいとは思ってもいなかった。はっきり言ってこいつらはズブの素人だ。いや、デブの素人と言った方が正解だろう。

「よし、休憩だ。十分後、また練習を再開するぞ」

六人のデブはほっとしたような顔をして、グラウンド脇にあるベンチに引き揚げていく。小尾が持参したスポーツドリンクを飲んでいると、ベンチの方からのどかな笑い声が聞こえてくる。

ベンチを見て啞然《あぜん》とした。思わず小尾はベンチに向かって駆け寄っていた。

「お前たち、いったいどういうつもりだ。練習中だぞ」

六人のデブはスナック菓子やバナナやチョコレートなどを和気あいあいといった感じ

で食べているのだった。まるで遠足だ。嵯峨にいたっては鶏《とり》の唐揚げ弁当を食べている。ご飯粒を口元につけたまま、嵯峨が不思議そうな表情で言った。

「だって先生、お腹空くんだもん。仕方ないよ」

「部活だぞ、部活。陸上部を見ろ。練習中に菓子を食ってる奴らはほかにいないだろうが」

「先生もどうぞ」秦正明がバナナを一本むしりとって、それを小尾に向かって渡しながら言う。「そう怖い顔しなくてもいいじゃないですか、先生。俺たち、燃費が悪いんです。ちょくちょく栄養を補給しないと駄目なんですよ」

「だったら練習前に食えばいいだろ」

「食べましたよ。でもお腹が空くんです」

何だか頭が痛くなった。こんな調子で練習試合などできるのだろうか。しかし初日から怒鳴り散らして野球を辞めるなんて言い出されたら厄介だ。

ゼロ、いやマイナスからのスタートと言っていい。キャッチボールさえ満足にできない連中に練習試合をさせるのはさすがに無理がある。地道に基本的なことから教えていくしかないのだろうか。

「先生、ちょっといいですか？」

顔を上げると秦正明が立っていた。大仙寺という寺の住職の息子で、小尾の事前の調査によると生真面目な性格らしい。何かボールの投げ方について質問があるのだろう。

「教えてください」秦正明が真剣な顔つきで言う。

「あのう、甘いもの食べるじゃないですか？　そうすると今度はしょっぱいものを食べたくなるじゃないですか？　で、しょっぱいものを食べたくなってしまうんです。無限に続くんです。この連鎖から抜け出すためには、どうしたらいいんでしょうか？」

「知るか、馬鹿。そんなことは自分で考えろよ、自分で。おい、練習を再開するぞ」

小尾は立ち上がり、声を張り上げる。六人は口元についた菓子の滓《かす》を手の甲で拭《ふ》きながら立ち上がる。そのとき視界の隅に何やら動くものがあった。ちらりと視線をやると、グラウンド脇にある相撲部の土俵に人影が見えた。

飛んで火に入る夏の虫、というやつだ。こちらから出迎えにいかずとも向こうからやってきたということだろう。

「お前たち、さっきの続きな。俺はちょっとトイレに行ってくる」

六人をその場に残し、小尾は歩き始めた。

「こんなところで何してるんだ」

小尾が背後から肩を叩くと、その男子生徒は「ひっ」という声を上げ、文字通り飛び上がった。柱の陰に隠れて野球の練習を偵察していたつもりのようだが、その体格のせいかまったく隠れていない。男子生徒は顔を真っ赤にして言う。

「お、俺は何も……。ここで待ち合わせというか……」

男子生徒の顔には見憶えがある。一年のときに体育の授業を受け持っていたことがあるからだ。

「お前、相撲部の服部翔大だな。隠れて野球の練習を覗いていたってわけか」

「違う、違うって、先生。覗いていたなんて人聞きの悪い。俺は見学していただけだって」

「見学だったら大歓迎だ。野球部への入部を希望しているってことだよな。遠慮しないでもっと近くで見学しても構わないぞ。さあ」

小尾がそう声をかけても、服部翔大は柱の陰から動こうとしない。ほかの六人と同じく相撲部らしい体型であるが、顔は凛々《りり》しい二枚目だ。噂によると相撲部一のプレイボーイらしい。

「服部、お前、彼女いるか？」

「な、何だよ、急に」

急に服部翔大はそわそわした様子になり、顔を赤らめた。その表情といい仕草といい、童貞の匂いが漂っている。

「相撲部一のモテ男らしいじゃないか。やっぱり彼女の一人や二人いるんだろ？」

「ま、まあな」虚勢を張るかのように服部翔大はうなずいた。「俺はモテるからな。そりゃ彼女くらいいるに決まってんじゃねえか。馬鹿にするなよ、先生」

「やはりそうか。そいつは結構なことだ」

「先生、何が言いたいんだよ」

「いやな、実はお前に彼女がいないなら、是非とも野球部への入部を勧めようと思っていたところなんだ。でも彼女がいるなら仕方ない。この話はなかったことにしてくれ」

そう言って小尾が踵《きびす》を返して歩き出すと、背後から服部翔大が追いかけてくる。

「待ってくれ、先生。どういうことなんだよ」

小尾は立ち止まって振り返る。「聞きたいか？」

「まあ、一応話くらいは聞いてやってもいいかな」

素直じゃないガキだ。だが興味津々といった様子は伝わってくる。小尾は声をひそめて言った。

「スポーツマンというのは女にモテる。世の中には色々なスポーツがあるが、その中でも特に、野球選手ってのはモテるんだよ。野球選手がどんな女と結婚するか知ってるか？　アナウンサー、モデル、キャビンアテンダント。つまり野球選手ってのはモテてモテて仕方ない。そういう人種なんだよ」

「待てよ、先生」服部翔大が反論する。その顔は真顔だった。「相撲取りだって負けちゃいないぜ。力士だってモテるんだ。力士の奥さん、大抵が美人だぜ。優勝会見見たことないのか。いつも優勝した力士の隣には美人の奥さんが着物着て座ってるだろ」

「それは認める。でもそれは優勝した力士の場合だろ。横綱とか大関、そういった一部の力士に限られる。たとえば高校だったらどうだ？　相撲部と野球部、どっちが女にモテると思う？」

「それは、まあ……」

「野球部に決まってるよな。お前、高校野球の中継くらい見たことあるだろ」

「一応な」

「目をつむれ」

「はあ？」

「言う通りにしろ。目をつむれって言ってんだよ」

服部翔大は言われた通りに目をつむる。口は生意気だが、意外に素直なところもあるようだ。目を閉じている服部の耳元で小尾は囁《ささや》くように言う。

「高校野球の中継を思い出せ。グラウンドでは高校球児たちが試合をしている。アルプススタンドに目を向けてみろ。高校生たちが必死に応援しているだろ。階段状の通路で誰か踊っていないか？」

「お、踊ってる」

目を閉じたまま、服部翔大が唾《つば》を飲み込むのがわかった。小尾は続けて言う。

「可愛いだろ。ミニスカートをはいた健気《けなげ》なチアガールが、必死になって応援している姿が見えるだろ。しかも生足だ。ストッキングなんてはいてないぞ。おっとカメラが移動して、観客席の一角を映す。今度も女の子だ。見えるか？　服部」

「うん、見える」また服部翔大が唾を飲む。「む、麦わら帽子を被《かぶ》った可愛い女の子だ」

「だろ。白いタオルを首に巻いて、メガホンで必死に声援を送っていないか？　白い夏服が眩《まぶ》しくないか？」

「ま、眩しいよ、先生」

「よし、目を開いていいぞ」

服部翔大が目を開く。なぜか呼吸が苦しそうだ。真っ赤な顔をして荒い息を吐いている。

「わかっただろ、服部。野球部に入ればバラ色の未来が待っているんだ。俺と一緒に甲子園のアルプススタンドを目指さないか？　そこにはミニスカートのチアガールや夏服が眩しい女子高生がお前を待っているはずだ」

「わかったよ、先生。俺、やるよ。野球、やるよ」

「よしわかった、服部」まったく何て単純な奴なのだろう。内心苦笑しながら小尾は続ける。「そうとなったら早速練習だ。まずはキャッチボールからだ。行くぞ、服部」

「うん、先生」

服部翔大と並んで歩き出す。最初は意気揚々といった感じで歩いていた服部翔大だったが、途中からその足どりが重くなっていく。何やら思案しているような顔つきだ。

「どうした？　服部」

「先生、野球はやってもいいけどさ、やっぱりニカを裏切ることなんてできねえよ」

ニカ。二階堂康介。相撲部の次期主将と目される男で、人望の厚いリーダータイプの二年生だ。二階堂の入部なくして野球部の本格的な始動はないと小尾は考えていた。

「二階堂は俺が説得する。だからお前は安心して甲子園のアルプスタンドを目指せ」

「うん、わかった」

服部翔大は元気をとり戻したのか、胸を張って歩き始めた。小尾は訊いた。

「ところで二階堂に会うためにはどこに行けばいい？」

「駅前のバーガーショップ。最近俺たち、放課後は大体あそこで時間を潰しているんだよ」

●

午後七時を過ぎ、窓の外はすっかり暗くなっていた。二階堂康介は窓際の席に座り、テーブルの上に置いたスマートフォンを手にとった。まだ服部翔大から連絡はない。

「おっ、デ部じゃねえか。今日は一人かよ」

顔を向けると柔道部の有藤が階段を上ってきたところだった。いつものように三人の子分を従えている。康介が一人でいることに有利だと思ったのか、有藤たちは康介の隣のテーブルに座る。紙コップのストローをくわえながら、有藤が言った。

「そういやデ部の奴ら、グラウンドで野球やってたぞ。あいつら満足にキャッチボールもできねえんだな。まったく笑えるぜ」

康介は有藤を無視した。この男は何かにつけて康介に因縁をつけてくる。一年生のときに同じクラスで、学級委員長の座を争ったことがある。クラスの投票で康介に決まったのだが、そのときのことをいまだに根に持っているようだ。

「俺、実は先輩から頼まれてんだよ」有藤がフライドポテトをつまみながら言う。「お前を柔道部に誘うようにってな。お前の高校生活を無駄にしたくない。そう思っての先輩の有り難い配慮なんだ。もしお前が俺に頭を下げるんだったら、俺から先輩に口を利いてやってもいい」

恩着せがましい言い方に腹が立つ。誰が頭など下げるものか。今の柔道部は重量級の人材が乏しいことは康介も知っている。実は先日、柔道部の顧問の先生から直々に誘われていた。柔道部に入らないか、と。その場で断ったが、一瞬だけ悩んだ自分がいた。

「お前には同情するぜ、二階堂。具志堅が勝手に暴行事件なんて起こしちまって、相撲部が活動停止になっちまうんだもんな。デ部なんて学校中で馬鹿にされてよ」

康介は何も言わなかった。こんな奴と口を利きたくもない。

「しかも今度は野球をやらされるんだろ。さっき練習見てきたけど、酷《ひど》いもんだったぜ。あれじゃ恥晒《はじさら》しもいいところだ。お前は利口だな、二階堂。あんな奴らと一緒にされたくないんだろ」

有藤は笑みを浮かべながら話している。ほかの三人はハンバーガーを食べながら、ニヤニヤと笑っていた。

「まさに豚の運動会といった感じだったぜ。土俵の上ならそれなりに強いのかもしれないけどさ、グラウンドじゃ何もできねえただのデブだ。なあ、お前ら」

有藤に声をかけられ、ほかの三人が乾いた笑いで賛同の意を示す。

「へらへら笑ってんじゃねえよ」思わず声が出てしまった。仲間のことを侮辱され、これ以上黙っているわけにはいかない。「他人が相撲部のことに口を出すな」

「何だよ、二階堂。急に大声出しやがって」

有藤が手にしていた紙コップを置き、立ち上がった。康介も立ち上がり、有藤の前に立つ。身長は同じくらいだ。有藤が睨みを利かせて言ってくる。

「やるのか、二階堂」

「上等だ、有藤。運動不足だと思っていたところなんだ。相手になってやるぜ」

「デブのくせに生意気な口叩きやがって」

有藤が胸倉を摑んできたので、康介も有藤の胸倉を摑み、上に絞り上げる。腕力なら絶対に負けない自信がある。

「お前たち、何やってんだよ。ここはハンバーガーを食べる場所だぞ」

いきなり声が聞こえた。顔を向けるとトレイを持った男が立っていた。例の小尾という教師だ。康介が手を離すと、有藤も同じように手を離した。

「二階堂だな。お前を捜していたんだ。ちょっといいか？」

そう言って小尾が何の断りもなく康介が座っていたテーブルに腰を下ろした。教師の出現に戸惑ったのか、有藤たち四人はトレイを持ってそそくさと階段を降りていく。康介も立ち去ろうとしたのだが、小尾に制された。

「待てよ、二階堂。お前に話があるんだよ」

「こっちはないですから」

「いいから座れよ。それより服部も野球部に入ったぞ。残りはお前と具志堅の二人だけだ」

やはりか。康介は内心溜《た》め息をつく。連絡もないので不審に思っていた。それにしてもいったいこの小尾という教師はどんな手を使ってハットを説得したのだろうか。思った以上に頭が切れる男なのかもしれない。

「五分だけでいい。俺の話を聞いてくれ」

小尾が真剣な目を向けてくる。康介は手にしていたトレイをテーブルの上に置き、小尾の真正面に腰を下ろした。小尾が腕を組んで話し出す。

「お前も知ってると思うが、俺は野球部の監督を任されることになった。校長直々に頼まれたんで、断ることができなかった」

小尾が説明した。野球部を設立した校長の意図は、新栄館高校の未来を憂いてのものらしい。男女共学を軌道に乗せるためのPRとのことだった。

「だったら」康介は反論した。「学校中から運動神経のいい奴を集めて、野球部を作ればいいんだ。その方が強い野球部を作ることができる。何も相撲部が野球をやる必要はありませんよ」

「その通りだ。俺もそう思うよ。でも校長には校長の考えというものがあるんだろう。俺の身にもなってくれよ、二階堂。いきなり野球部の監督をやらされて、いい迷惑なんだよ」

ドーピング疑惑で球界を追われたと聞いていた。あまり野球と関わりたくないのかもしれない。小尾はトレイの上の紙コップを手にとり、それを飲んでから言った。

「俺を助けると思って、野球部に入ってくれないか？」

「お断りします」

「じゃあ今から少し付き合ってくれ。そのくらいはいいだろ」

そう言って小尾は立ち上がった。康介も腰を浮かしながら言う。

「どこへ？　どこへ行くんですか？」

「決まってるだろ。もう一人の二年生に会いにいくのさ」

具志堅星矢は学校から十五分ほど歩いたところにあるアパートに住んでいるのを康介は知っていた。他県からスポーツ推薦で入学してきた生徒は大抵の場合、学校敷地内にある寮に住むのだが、他人に干渉されるのが嫌いな性格なのか、具志堅は一人暮らしをしていた。

「おっ、あのアパートだな」

隣を歩いていた小尾が言う。成り行きでついてきてしまったが、具志堅と顔を合わせたくなかった。暴行事件が起きて以来、まともに口を利いたことがない。相撲部を活動停止に追い込んだ本人を前にして、冷静でいられる自信がなかった。

「あれ？　誰かいるぞ」

小尾が立ち止まったので、康介も足を止めた。小尾の言う通り、前方にある木造のアパートの前に人が立っている。そのシルエットからして、相撲部の誰かであることは容易に想像がついた。いや、これほどの巨漢は街を歩いていても滅多にお目にかかれない。嵯峨省平だ。

不思議だった。あまりグッシーと嵯峨ちんには接点がないように思われたからだ。嵯峨省平はその巨体を揺らし、康介たちがいるのと逆の方向に向かって歩き始める。思わず康介は嵯峨を追って歩き出していた。

「待てよ、二階堂。どこに行くんだよ」

小尾の声を無視して、康介は嵯峨省平のあとを追う。しばらくして嵯峨に追いつくことができた。「嵯峨ちん」と康介が声をかけると、嵯峨は背中をびくりと揺らして立ち止まる。

「ニカ、奇遇だね、こんなところで」

「嵯峨ちん、何やってんだよ。グッシーの部屋に行ったのか？」

「ううん、違う。たまたま通りかかっただけ」と嘘丸出しの言い訳を嵯峨がしたので、康介は詰め寄った。

「本当のことを言えよ、嵯峨ちん。グッシーの部屋に行ってきたんだろ」

「違うって。違うってば」

嵯峨は完全に目が泳いでいる。隠れてグッシーの部屋に行っていたのは明白だった。

「こんなものが具志堅の部屋のドアノブにかかっていたぞ」

背後で声が聞こえたので、振り返ると小尾が立っていた。手には白いビニール袋を持っている。袋を覗き込み、小尾は口元を緩めて言った。

「いい匂いだ。コロッケか」

「先生まで……。いったいどうして……」

嵯峨が目を見開いた。康介は嵯峨の手をとり、強引に引っ張った。

「詳しく話を聞かせろ、嵯峨ちん」

コンビニエンスストアが見えたので、その店の前まで嵯峨の腕を引いて歩いた。店内のフードスペースに入って嵯峨を座らせた。康介は嵯峨に訊く。

「このコロッケは差し入れか？」

嵯峨は何も答えない。黙って床を見ているだけだった。すると頭上から小尾の声が聞こえた。

「まあ二人ともそんなに真剣な顔をしてるんじゃないよ。ほら、食べようぜ」

小尾は紙コップのコーヒーをそれぞれに配ってから、買ってきたドーナツをテーブルの上に置く。十個くらいはあるだろうか。食欲に負けたのか、嵯峨がいきなりドーナツに手を伸ばしたので、康介は鋭く叱責《しっせき》した。

「嵯峨ちん、俺たちが小尾先生に奢ってもらう筋合いはないぜ」

「いいんだよ、二階堂」小尾がおおらかな態度で言う。「俺の奢りだ。それに嵯峨は立派な野球部員なんだ。練習の初日で腹が減ったはずだ。さあ、食べようぜ」

小尾がドーナツに手を伸ばす。それを見た嵯峨がやや困ったような顔つきでドーナツを手にとった。二人が美味しそうにドーナツを食べ始めるのを見て、仕方なく康介も二人にならった。

あっという間にドーナツはなくなった。嵯峨が五個、康介が三個、小尾が二個のドーナツを食べた。小尾がコーヒーを啜《すす》ってから嵯峨に訊く。

「お前、毎日具志堅のところに差し入れを持っていくのか？」

「うん、まあ」と嵯峨が答える。「だってグッシー、一人で暮らしているでしょ。だから毎日惣菜《そうざい》を届けてる。僕にはそれくらいしかできないから」

どこか引っかかった。同じ相撲部の二年生とはいえ、毎日惣菜を届けるほど二人の仲がよかった記憶はない。それとも俺も知らない結びつきが二人の間にあるのだろうか。

「というわけだから。僕は帰るね。先生、ご馳走《ちそう》さまでした」

嵯峨が立ち上がろうとした。康介は手を伸ばして、嵯峨の肩に手を置いた。

「待て、嵯峨ちん。俺と嵯峨ちんの仲じゃないか。何を隠しているんだよ。胸に抱えていることがあったら、俺に教えてくれよ」

嵯峨は康介と目を合わせようとはしない。何か隠し事をしている証拠だと思った。辛抱強く待っていると、嵯峨が観念したように口を開く。

「僕のせいなんだ。僕のせいでグッシー、あんなことになっちゃったんだよ」

康介は自分の耳を疑っていた。具志堅が暴行事件を引き起こしたことに嵯峨が関係しているということなのか。康介は身を乗り出し、嵯峨に訊く。

「どういうことだ？　詳しく教えてくれ」

「うん」とうなずき、嵯峨が話し出す。「僕、三年生にいじめられていたんだ。まあ、いじめって言ってもそんなにたいしたことじゃなくて、部室に呼び出されてお金をとられたり、お金がないときは殴られたりしてたんだよ」

康介はさらに驚く。そんなことは初耳だった。たしかに嵯峨は相撲部一の巨漢で、よく先輩たちにからかわれていた。しかしそれはあくまでも後輩をいじっているだけのことであり、まさかいじめだとは思ってもいなかった。康介は嵯峨に確認する。

「つまりその主犯が、主将の赤石先輩ってわけか？」

「そう。でも僕、よくミスするだろ。仕方ないとは思っていたんだ」

相撲部は体育会系の部活だけあり、上下関係は厳しい。上級生に歯向かうことなど許されないし、練習のときに先輩の飲み物やタオルなどを用意するのはすべて後輩の仕事だ。間違ったタオルを三年生に渡して、頭を小突かれる嵯峨の姿を見たのは一度や二度のことではない。

「僕だっていつもお小遣いを持ってるわけじゃないだろ。それで店のコロッケを持ってこいと言われたんだ。僕は店のコロッケを盗んで、赤石先輩に渡した」

赤石の要求はさらにエスカレートして、店の高い肉を持ってこいとまで言われたらしい。素直な嵯峨はその言葉に従い、自分の店の倉庫から最高級サーロインを盗み、赤石に渡したそうだ。そんなことが何度も繰り返された。

「ある日のことだった。昼休みに部室に行って赤石先輩に肉を渡したんだ。部室から出てきたところをグッシーに見られちゃって、あれこれ質問された。溜まっていた悔しさみたいのがぐちゃぐちゃになって押し寄せて、グッシーに全部話しちゃったんだよ」

「なぜだよ。なぜ俺に言わなかったんだよ」

康介がそう言うと、嵯峨はうなだれて言った。

「何度もニカに相談しようと思ったよ。でも言ったところでどうにもならないだろ。三年生に歯向かうなんてできないんだし。僕一人が我慢していればいいことだと思っていたんだ」

言葉が出なかった。もし仮に嵯峨に相談されていたとすれば、自分は何か行動に出ただろうか。そう自分に問いかけても、顧問の先生に訴えるとか、その程度のことくらいしか思い浮かばなかった。しかしいきなり行動に移した男がいた。具志堅星矢だ。

「ニカは知らないと思うけど」そう前置きして嵯峨は話し出す。「グッシーはうちの店の常連なんだ。部活が終わった帰りにうちの店に来て、お弁当とか惣菜を買って帰るんだよ。うちの両親もグッシーのこと知ってるから、いつもおまけしてあげてたみたい」

事件が起きたのは、二人が部室の前で顔を合わせた翌日のことだったらしい。部活が終わったあと、赤石は駅で具志堅に襲われた。ほぼ一方的という感じで具志堅は駅の構内で赤石をノックアウトした。赤石は病院に運ばれ、具志堅は駆けつけた警察官によって補導された。

「僕のために赤石先輩を襲ったんだ。すぐにわかったよ。でもね、ニカ。グッシーはいきなり赤石先輩を襲ったんじゃないんだ。僕をいじめないよう、赤石先輩にお願いしたらしい。でも赤石先輩は笑ってとり合わなかった。だからグッシー、キレちゃったんだよ」

警察に補導された具志堅は口を閉ざし、動機などは一切語ろうとしなかった。その翌日には職員会議が開かれ、正式に相撲部の無期限活動停止が決定されたのだ。

「だから僕のせいなんだよ、ニカ。僕のせいでグッシーはああなっちゃったんだし、相撲部も活動停止になっちゃったんだ。ごめん、ニカ。本当にごめん」

嵯峨が頭を下げる。嵯峨を責める気にはなれない。自分の知らないところでそんなことが起きていたことに康介は驚いていた。相撲部次期主将などと周りから持て囃《はや》され、調子に乗っていた自分が恥ずかしい。

それにしても、と康介は思う。グッシーの奴、何て水臭い男なのだ。一言くらい俺に相談してくれたらよかったのに。

「本当に面白いな、相撲部の連中って」ずっと黙っていた小尾が口を挟む。「肉を持ってこいなんて、やっぱりお前たちは面白いよ。普通の感覚じゃない」

「先生は黙っててくれませんか?」

康介がそう言っても小尾は口を止めなかった。コロッケの入った袋をテーブルの上に置きながら、小尾が言う。

「二階堂、これはお前が具志堅に届けろ」

「な、なぜ俺が……」

「とにかくお前が届けるんだ。いや、お前が届けないといけないんだよ」

小尾は立ち上がる。いったん歩き始めた小尾だったが、店のドアの前で立ち止まって言った。

「二階堂、明日も野球部の練習だ。気が向いたらグラウンドに来い」

小尾が店から出ていくのを見送った。テーブルの上に置かれた袋に視線を落とす。すると嵯峨が不安そうな顔つきで言った。

「駄目だよ、ニカ。食べたら駄目だからね。これ、グッシーの分なんだから」

「食べるかよ」

そう言って康介は乱暴に袋を持ち、立ち上がった。

インターホンを押しても応答はなかった。もう一度表札を確認すると、間違いなくそこには『具志堅』と書かれている。康介は試しにドアノブに手をかけてみると、ノブはスムーズに回った。

中を覗き込むと、六畳ほどのワンルームだった。フローリングの上で一人の褐色の男が胡坐《あぐら》をかいて座っている。具志堅星矢だ。

「ん？　ニカ？」

具志堅が顔を上げる。康介は躊躇《ためら》いがちにうなずいて、それから白いビニール袋を持ち上げた。「これ、嵯峨ちんからの差し入れ。コロッケだ。何か知らないけど、俺が持ってくることになった」

「上がれよ、ニカ。遠慮することはない」

康介は靴を脱ぎ、部屋に上がった。綺麗《きれい》に片づいた部屋だった。

「座れよ、ニカ」

具志堅に言われ、康介はフローリングの上に直接腰を下ろす。具志堅の前には大きなボストンバッグが置かれていて、その中に衣類などを詰め込む作業をしているようだった。何だか嫌な予感がする。作業の手を休めて、具志堅が言った。

「俺、明日の便で沖縄に帰ることになった」

やはりそうか。そんなことだろうと思っていた。具志堅が続けて言った。

「親父がうるさいんだよ。相撲ができなくなったら新栄館に通っている意味ないだろって。まあその通りだと思うけど、いったん向こうに帰って親父と話し合いだ」

具志堅の表情を窺《うかが》う限り、彼が再び新栄館高校に通うのは難しいことのように思えた。具志堅にとって相撲部がない高校に通うことに意味などない。彼の父親が息子を沖縄に連れ戻そうとするのは当然だ。

「聞いたよ」康介は低い声で言った。「嵯峨ちんから全部聞いた」

「そうか」

「かっこつけやがって。なぜ俺に相談しなかったんだよ」

「俺だって暴力をふるうつもりはなかったさ。嵯峨ちんのことをいじめるのはやめてくれ。そうお願いするつもりだった」

その日、部活が終わってすぐに具志堅は駅に向かい、下校してくる赤石先輩を待ち受けた。改札口の前で赤石を捕まえることに成功し、嵯峨へのいじめをやめるように直談《じか》判した。すると赤石は笑って言った。『嵯峨の野郎、口止めしていたのにチクりやがって。根性のない奴は相撲部には必要ねえ。明日、退部届を書いてもらうとするか』

そう言ってニヤニヤ笑いながら、赤石は改札口の向こうに歩き去っていった。その背中を見ているだけで、具志堅は頭に血が上った。

「俺、実は嵯峨ちんには世話になってるんだ。俺が上京したばかりの頃、右も左もわからなくて、料理なんか作ったこともなくて、正直困ってた。そんなとき、商店街を歩いてると嵯峨ちんに声をかけられた。嵯峨ちんの家に連れていかれて、夕食をご馳走になった。すき焼きだった。あんなに旨いすき焼きを食べたのは生まれて初めてだった。それだけじゃない。一緒に銭湯に行ってくれたのも嵯峨ちんだった。この部屋にもユニットバスついてんだけど、狭くてさ」

すでに高校二年にして具志堅の身長は一八八センチほどで、体重は一三〇キロを超えている。普通のユニットバスを狭く感じるというのは康介にも理解できた。

「だから俺、赤石を許せなかった。絶対に許せなかった。『とり消せ。嵯峨ちんを退部にするな』俺がそう言っても赤石は笑うだけだった」

最初に手を出したのは赤石だった。具志堅の頰を平手で叩いたのだ。すぐに具志堅も応酬した。最初のうちは交互に殴り合っていたのだが、すぐに形勢が傾いた。パワーでは具志堅の方が圧倒的に上回っており、ほぼ一方的といった感じで赤石を打ちのめした。気がつくと後ろから羽交い絞めにされていた。駆けつけた警察官だった。そのときになってようやく具志堅は我に返った。

「ニカ、すまない」具志堅が頭を下げる。その顔つきは真剣なものだった。「俺のせいだ。俺のせいで相撲部が終わってしまった。何てお詫《わ》びしたらいいか、俺にはわからない。みんなにも合わせる顔がない」

具志堅の頰に一筋の涙が伝っているのが見えた。相撲部を活動停止に追い込んでしまった無念と、みずからが相撲をできなくなってしまった悔しさが涙に滲《にじ》んでいるようだった。

「グッシーは知らないと思うけどさ」康介は努めて明るい口調で言う。「俺たち、野球やることになったんだよ。野球だぜ？　信じられるか？」

興味を引いたようで、具志堅がこちらを見ているのがわかった。まだ明言したわけではないが、康介自身は野球の練習に参加するつもりになっていた。いつの間にか小尾のペースに乗せられてしまったようで少し悔しい思いもある。

「相撲しかやってこなかった俺たちが野球部になるんだぜ。まったくいい笑い者だよ。でも面白そうな気がするんだよ、グッシー。俺たちデブが野球やるんだぜ」

「それは初耳だ。本当か？」

「ああ、マジだ。もう今日から練習を始めたらしい。満足にキャッチボールもできねえって柔道部の有藤からも馬鹿にされた。でも相撲ができないで燻《くすぶ》っているくらいなら、野球やって笑われてもいい。そんな気になってきたんだ」

「野球か。懐かしいな。小学生の頃、地元のチームに入っていたことがある」

「本当か？　だったらグッシー、俺たちと野球やらないか？　相撲は無理かもしれないけど、野球ならまた一緒にできるだろ？」

「うーん」と具志堅は首を捻《ひね》る。「どうだろうな。まあ一応は説得してみるけど、難しいと思うぜ。相撲をやらせるために俺を新栄館高校に入れたんだから」

だろうな。康介は内心溜め息をつく。やはりグッシーはこのまま退学してしまうのだろうか。康介は顔を上げて具志堅に訊く。

「明日、出発だろ。何時の便だ？　みんなを連れて空港まで見送りに行くよ」

「やめてくれ、ニカ。恥ずかしいって。それに親と話し合ったら一度帰ってくるつもりだから」

「そっか。ならいいけど」

しばらく沈黙に包まれた。具志堅が手を伸ばして、フローリングの上に置かれた白いビニール袋をとった。中には茶色い紙に包まれたコロッケが入っていた。

「食べるか？　嵯峨ちんの店のコロッケ、冷めても旨いんだぜ」

康介はコロッケをとった。具志堅もコロッケをとり、それを口に運んでしみじみと言う。

「旨いな、やっぱり。このコロッケ、二度と食えなくなるのは嫌だなあ」

康介は手にしていたコロッケを一口食べる。嵯峨精肉店のコロッケはたしかに旨かった。

●

「何か嬉《うれ》しそうね」

鼻唄《はなうた》を歌いながら夕飯のチャーハンを作っていると、学校から帰ってきた娘の茜に言われた。茜は制服を着たまま、キッチンに入ってくる。

「おお、お帰り。別に嬉しくも何ともない。久し振りに野球をやって疲れただけだ。茜、早く着替えてこい。飯ができるぞ」

完成したチャーハンを皿に盛り、冷蔵庫から缶ビールをとり出した。プルタブを開け、ビールを飲む。スウェットに着替えた茜がテーブルの椅子に座り、「いただきます」と言ってスプーンを手にとった。

「今日は野球は見ないのか？」

小尾がそう訊くと、茜が答えた。

「今日はやってないから、野球」

「ふーん、そうか。いやな、茜。実は今日から野球部の練習が始まったんだ。まあ問題は山積みだけどな、これでようやくスタートラインに立つことができたってわけだ」

今日の感触からして、二階堂康介はおそらく野球部に入ることになるだろう。明日あたりから練習に参加してくれるかもしれない。問題は具志堅星矢だが、停学明けということもあり、すぐに野球部に入れるのは難しそうだ。だが八人のメンバーが集えば上出来だ。あと一人くらいはどうにでもなる。

「ところで母さんから連絡はないのか？」

「ない。忙しいみたい」

茜がこのアパートに来てから四日がたつ。いまだに娘と暮らすという生活には慣れなている。

いが、基本的に茜は物静かな性格で、小尾の寝室を自分の部屋と決め込んで、そこにいることが多いのであまり苦にはならなかった。小尾はリビングのソファで寝ることにしている。

「私、転校することに決めたから」

いきなり茜がそう言い出し、小尾は思わず飲んでいたビールを噴き出しそうになる。

「転校？　転校ってどこへ？」

「決まってるでしょ。お父さんの学校」

「新栄館高校か？　何でまた……」

「だって遠いから」

茜は広尾《ひろお》にある女子高に通っていた。東多摩市からでは電車で片道一時間半の道のりだ。通学するには結構な距離だと思うが、何もいきなり転校することはない。

「待てよ、茜。母さんが帰ってきたらどうするんだよ」

「あの人、しばらく帰ってこないと思う」

「なぜ？　なぜそう思うんだ」

茜は答えなかった。静かにスプーンでチャーハンを口に運んでいる。小尾は携帯電話を手にとり、真由子に電話をかけた。しかし電話は繋《つな》がらない。まったく大事なときに……。

「ご馳走さま」

皿を持って茜が立ち上がる。そのまま食器をキッチンのシンクに置いてから、茜は寝室に入っていってしまう。缶ビールを置いて立ち上がり、寝室のドアを叩きながら小尾は言う。

「おい、茜。考え直せ。おい、俺の話を聞いてるのか？　新栄館高校は去年まで男子校だったんだぞ。お前、女子校だろ。男子校と女子校じゃ全然違うんだぞ。おい、茜。聞いてるのか？」

何度呼びかけても寝室から言葉が返ってくることはなかった。茜の考えていることがわからなかった。ずっと離れて暮らしていたせいか、血の繋がった娘なのに胸中を察することができない。

もう一度、真由子に電話をかけてみたが、やはり繋がらない。留守番電話に切り替わってしまう。舌打ちをして、小尾は携帯電話をテーブルの上に置いて、残りの缶ビールを飲み干した。

野球部の練習が始まり、一週間が経過した頃、驚愕《きょうがく》の事実が浮上した。小尾はその事実を知り、頭がくらくらした。

「お前ら、本気か？　それで本気で走ってんのか？」

「本気ですよ」代表して答えたのは二階堂康介だった。二階堂は小学校の頃に短期間ではあるが野球をやっていたこともあるらしく、八人の中では一番まともだ。「俺たちに走力を求めるのが酷ってもんですよ。相撲に足の速さは必要ない。そうだよな、みんな」

「そうだよ、先生」同調したのは服部だった。「俺たち、走るの苦手だもん。苦手っていうより、嫌いって言った方がいいかな。走るくらいなら歩きますよ。俺たちデブはね」

完全に開き直っている。小尾は溜め息をつき、手元にあるノートを眺めた。

こいつら、足が遅いんじゃないか。そう思ったのは昨日のことだった。そして今日の練習で八人全員の五十メートル走のタイムを計測したところ、八人のタイムは平均十八秒だった。うち二名は計測不能だった。一年の守川誠人は途中で転んで起き上がることができず、二年の嵯峨省平は走り出してすぐに足を止めてしまった。お腹が痛くなったから走りたくない。それが本人の弁だ。

野球の各ベース間の距離は約二十七メートルだ。大雑把に計算して、八人の相撲部員、いや野球部員はホームベースから一塁まで十秒近くを費やすことになる。これが何を意味しているか、小尾は考えるだけで身の毛がよだった。つまりヒット性の当たりでさえ、彼らは一塁でアウトになってしまうのだ。これでは野球にならない。

「先生、そろそろバッティングの練習をしたいんですけど」

そう言ったのは秦正明だ。父親が東京オリオンズのファンなだけあって、秦正明もそれなりに野球ができる。あと服部翔大も意外にまともだった。

二階堂康介、服部翔大、秦正明。この三人だけがまともで、あとの五人は似たり寄ったりといった感じだった。中でも酷いのは嵯峨省平で、まったく目も当てられないほどの運動音痴だ。

「あのな、秦。バッティングなんて百年早いんだよ。まずは守備だ」

この一週間の練習でそれなりにキャッチボールはできるようになっていた。次に小尾がやろうとしていることは守備練習だった。

守備を向上させることは、すなわち失点を少なくすることに繋がる。特に高校生の場合、エラーなどが絡んで失点することが多いため、守備技術の向上は必要不可欠だった。同時にピッチャーの発掘もおこなわなければならない。野球は投手で決まる。投手出身である小尾のセオリーだ。近々ピッチャーを決めるテストをしなければならないだろう。

「よし、ノックをやるぞ。二階堂以外はショートに並べ。二階堂、お前は一塁な」

のそりのそりと八人は動き出す。その行動があまりにスローなので、見ているだけで苛立《いらだ》ちが募ってくる。ようやく八人が所定の位置についたので、小尾はノックを開始した。しかし全然駄目なので、小尾は八人のデブを呼び戻す。

「いいか、ゴロの捕球の基本だぞ」小尾はみずから手本になり、動きながら説明する。「腰を落とし、体の正面で球を捉《とら》える。グローブは下に出せ。絶対にな。二人一組になって練習だ。片方が球を転がし、もう一方が捕るんだ。わかったな」

首を傾げている八人を見て、小尾は大きく溜め息をついた。

待ち合わせは六本木《ろっぽんぎ》のバーだった。看板もなく、歩いていても見落としてしまいそうな雑居ビルの二階にそのバーはあった。会員制らしく、店の入り口で若い店員に呼び止められる。

「お客様、今日はお待ち合わせでございましょうか？」

「そうだ。ええと……」

名前を告げると、若い店員は笑みを浮かべて小尾を店内へと招き入れた。分厚い無垢《むく》のカウンターがあり、そこに一人の男が座っている。小尾は男の隣に座りながら声をかけた。

「久し振りだな」

男が小尾を見て、相好を崩した。

「小尾さん、太ったんじゃないですか？」

「悪いかよ」小尾は椅子に座りながら言った。「俺はとっくに現役を引退しているんだ。トレーニングなんて何年もやっていない。お前と違ってな」

男の名前は月岡仁《つきおかじん》という。三歳年下の現役プロ野球選手だ。今も東京オリオンズでプレイしている。ポジションは捕手だが、もういい年齢なので正捕手ではないだろう。同じ高校の後輩でもあり、それが縁で小尾は月岡のことを可愛がった。後輩といっても小尾が卒業してから入れ替わりで入ってきた一年生で、高校時代に面識はなかった。

「今日はオフか？」

小尾が訊くと、月岡が答えた。

「ええ。明日からクライマックスシリーズの第三戦です」

「いいのかよ。試合を翌日に控えているのにこんなところで飲んだくれてて」

「飲んだくれたりなんてしてませんよ」月岡が手元に置いてあったグラスを持ち上げた。

「ウーロン茶です。それよりお呼び立てして申し訳ありません」

カウンターの中にいるバーテンダーにジントニックを注文した。バーテンダーは背後にあるショーケースからグラスをとる。棚には高そうなウィスキーのボトルが並んでいる。

「すみませんでした、小尾さん」いきなり月岡は頭を下げた。「ずっと連絡もしないで……。でも信じてください。俺、ずっと小尾さんのことを信じてました。それは嘘じゃありません」

「気にするなよ。過去の話じゃないか」

月岡の気持ちもわからないでもない。自分がもし月岡の立場だったら、ドーピング疑惑のある選手と懇意にすることを躊躇うはずだ。今さら月岡を責める気にはならない。

「で、今日俺を呼び出した理由は何だ？　もしかして、俺を嵌めた奴の正体がわかったのか？」

月岡とは以前、数回だがメールのやりとりをしていた。自分の無実を信じてくれる数少ない選手の一人だと小尾は信じている。それとなくチームメイトの動向を窺ってほしいと、まるでスパイのような頼みごとまでしてしまっている。

「残念ながら違います。もう三年も前のことですからね。小尾さんのほかに誰がドーピング検査対象選手だったかなんて、誰も憶えていませんよ」

現在、日本のプロ野球でもドーピング検査がおこなわれている。まずはドーピング検査対象試合が事前に通知され、当該試合の五回終了時に両チームから二名ずつ抽選により検査対象者が選ばれる仕組みになっている。つまり三年前の検査対象試合で、小尾のほかに三名の選手がドーピング検査を受けたことになるのだった。ちなみに対戦相手は川崎《かわさき》タイタンズだった。

「それについては、俺も引き続き調べてみます。今日小尾さんをお呼びしたのは」月岡はグラスのウーロン茶を飲んでから続けて言った。「百合草《ゆりぐさ》さんのことです。小尾さんはご存じないと思いますが、先週百合草さんは故障者リスト入りして二軍落ちしました」

百合草智明《ともあき》。球界を代表するベテラン左腕で、しかも小尾とは浅からぬ因縁がある男だ。百合草とは高校時代、同じ野球部の同級生だった。

高校時代は小尾の方が一歩抜きん出ていた。エースナンバーの背番号1も小尾だったし、ほとんどの試合で小尾が先発で百合草はベンチを温めていた。しかし高校三年の夏、その関係が一変した。甲子園出場を決め、その初戦だった。九回を完投した小尾の肩に異変が生じた。しかし小尾は肩の痛みを押し隠し、続く二回戦のマウンドにも上った。しかし五回終了時、遂《つい》に球を投げることができなくなり、無念の降板となった。試合後に病院で診察を受けたところ、オーバーユース、いわゆる酷使による関節炎を診断され、ドクターストップとなった。

小尾の欠場を受け、三回戦から先発マウンドに立ったのが控え投手の百合草だった。百合草は小尾の不在を埋めるどころか、それ以上の活躍を見せ、チームを優勝に導いた。まさに明暗を分ける形となったのだ。

甲子園での活躍がスカウトの目に留まり、百合草は翌年、ドラフト一位で東京オリオンズに入団した。一方、小尾は肩のリハビリのために大学に進学し、百合草に遅れること四年、ドラフト五位でオリオンズに入団した。この時点で二人の差は決定的なものとなっていた。百合草はオリオンズのエースとして活躍しており、小尾は中継ぎ投手として自分の道を見出《みいだ》すしかなかった。

「あいつも年だからな。俺と同じだから三十八歳か。よく現役でやってると思うよ」

ジントニックを一口飲み、小尾は言った。これは本心だった。この年まで現役で、しかもローテーションの一角を守っているというのは本当に頭が下がる。

「それはそうと、お前、結婚は？」

小尾が訊くと、月岡が笑って答えた。

「まだです。でも付き合ってる子がいて、そろそろ身を固めようかなと」

「おっ、いいじゃないか。で、どんな子だ？　可愛いのか？」

「ええ、気立てのいい子なんです。小尾さん、俺のことはいいじゃないですか」月岡が真顔に戻って言った。「百合草さんのことです。噂があるんですよ。百合草さんが登録抹消された理由、ほかにあるんじゃないかって」

「怪我じゃないってことか？」

「それはわかりません。でも俺、よくブルペンで百合草さんの球を受けてるんですけど、ここ最近は調子はよかったように思えるんです。最後に登板したのは十日前のことで、その日も絶好調といった感じでした」

月岡の話だと、二軍落ちした百合草は、二軍の練習にも姿を見せないらしい。

「でもなぜだよ。なぜ俺にそんなことを言うんだよ。俺はあいつの連絡先すら知らないんだぜ」

「実はですね」月岡がやや声をひそめて言った。「小尾さんの奥さんのことです。いや、元奥さんですね。岩佐真由子さんです。彼女、この一年うちの球団を追っかけながら、スポーツ誌で連載しているんですよ。その記事をまとめて来年本を出すようです」

いきなり真由子の名前が出てきて、小尾は面喰《めんく》らう。真由子はスポーツジャーナリスト、しかも野球は彼女の得意分野であるため、オリオンズに密着していても何ら不思議はない。しかし心がざわついた。動揺を押し殺し、先を促した。「で？　真由子がどうした?」

「真由子さんも百合草さんと一緒に姿を消したんです。二人は一緒に行動しているのではないか。それがもっぱらの噂なんですよ」

●

「まったく何だよ、それ。本気で投げてんのかよ。小学生以下だぞ。それじゃ次、油井だ」

名前を呼ばれた油井がマウンドに上がる。ホームベースの後ろでは小尾がミットを構えている。油井が投げた球は暴投といった感じで、小尾のはるか頭上を越えていく。

「駄目、全然駄目だな。ストライクの一つもとれないのかよ」

小尾は機嫌が悪そうだ。康介は隣にいる服部翔大と顔を見合わせて、肩をすくめた。

今日はピッチャーの適性を評価する練習で、八人全員が順番にマウンドに上がり、小尾に向かって球を投げていた。すでに七人が投球を終え、まだストライクをとった者は誰もいない。

「次、二階堂だ」

名前を呼ばれ、康介はマウンドに向かって歩き出す。プレートに足を置き、球の感触を確かめた。

小学校の頃、康介はキャッチャーだった。体が大きいというのが理由だった。漫画などの影響からか、体が大きいイコール捕手というのが、康介の子供の頃の常識だった。

振りかぶって、小尾のミットを目がけて球を投げる。球はホームベースの前でワンバウンドして、小尾のミットに収まった。

「もう一球」

そう言って小尾が球を投げ返してくる。受けた球を握り直し、もう一度球を投げる。高めに浮いてしまった。ボールだ。

「もう一球」

それから何度か繰り返し投げた。十球中、ストライクをとれたのは二球ほどだった。だがピッチャーは自分で決まりだろう。そう思った。

「よし、全員集まれ」

小尾の声に八人が小尾のもとに集まる。小尾が言う。

「ピッチャーは二階堂で決まりだ。スピードもないし、変化球も投げられないし、コントロールもいまいちだが、ほかに任せられる者がいないからな」

酷い言い様だと思ったが、それが事実だった。そもそも相撲部のメンバーで野球をやろうというのが無謀なのだ。

八人のメンバーの中では、早くも不平や不満が噴出していた。来る日も来る日も続く守備練習にいい加減飽きてきており、しかも慣れない野球をすることに誰もが苦しんでいた。

「よし、練習を再開するぞ。ノックだ。全員所定の位置につけ」

小尾がそう言うと、げんなりとした顔をして隣にいた服部翔大が小声で言った。

「今日もかよ。ニカ、どうにかならねえのかよ」

「仕方ないだろ。俺たちは野球部になったんだ。監督の言う通りに動くしかないって」

前を歩いていた嵯峨が不意に立ち止まったので、康介は行く手を阻まれて足を止めた。

「嵯峨ちん、どうした？」と声をかけても、嵯峨は動こうとしない。

嵯峨の視線の先を見る。一人のジャージ姿の男が、こちらに向かって歩いてくる。具志堅星矢だった。具志堅は真っ直ぐマウンドに上がり、地面に転がっていたボールを手にとる。ホームベースの前で小尾が不審そうな表情で具志堅を見て言った。

「具志堅、お前……。野球部に入ってくれるのか？」

具志堅は答えない。ただ握り締めたボールを見つめているだけだ。康介は手に嵌めていたグローブを外し、「グッシー」と声をかけてからグローブを投げた。具志堅は難なくグローブをキャッチして、それを左手に嵌める。

ホームに向かう。具志堅が何をやりたいか、何となく理解できた。立ち尽くしている小尾の手からキャッチャーミットを奪いとり、ホームベースの後ろに座った。ミットを構える。

具志堅の口元に笑みが浮かぶのが見えた。康介がうなずくと、具志堅はマウンドの上で右腕をぶんぶんと回してから、ワインドアップで両腕を振りかぶる。左足が上がる。綺麗なピッチングフォームからボールが投げ放たれる。次の瞬間、康介のミットに重い衝撃が走った。見ていたほかの者たちから感嘆の声が上がった。

「凄《すげ》え、グッシー」

「グッシー、超速え」

バッターボックスの横で見ていた小尾が、やや驚いたように口を開けていた。康介は座ったままボールを投げ返す。それを受けた具志堅が再び振りかぶる。一四〇キロを超える速球が、康介のミットに一直線に飛んできた。

第二章　練習試合

「そんなわけないじゃない。私は取材で四国に来ているのよ。独立リーグの取材よ。百合草さんと一緒にいるわけないじゃないの」

電話の向こうで真由子がそう言って笑った。その声は明るかった。嘘をついているようには感じられない。

「本当か？　本当なんだな？」

「なぜ嘘をつかないといけないのよ。それより茜は元気にしてる？　ああいう子だからメッセージ送っても素っ気ない答えしか返ってこなくて」

六本木のバーで月岡と話してから三日が経過していた。何度も電話をしても通じなかったのだが、ようやく繋《つな》がったのだ。今、小尾は家に帰ってきたばかりだった。

「茜だったらな」バスルームの方を見る。茜は風呂《ふろ》に入っているようだ。「転校したぞ。苦労して入った私学をいとも簡単に退学してな。しかも新栄館高校にな。通学が面倒臭いってさ」

「あらそう。まあいいんじゃない」

真由子はあっけらかんとした口調で言う。小尾は拍子抜けした。苦労して入学した私立の女子高を退学してしまったのだ。母親なのだし、もっと別の反応が返ってくるものだと思っていた。

「いいんじゃないって、お前な……」

「いいのよ。あまり馴染《なじ》んでなかったようだったしね。もうしばらく茜のことをお願いね」

電話は一方的に切れた。小尾は携帯電話をテーブルの上に置き、近所のスーパーマーケットで買ってきた食材を冷蔵庫の中に入れた。ついでに缶ビールを出し、喉《のど》に流し込む。旨《うま》い。久し振りに旨いビールを飲んだような気がする。この三日間、真由子が百合草と不倫でもしているのではないかと思い悩み、飯も喉を通らなかったほどだ。

「よう、茜」首にタオルを巻いた茜が部屋に入ってきたので、小尾は声をかける。「出前でも頼もうと思っているんだが、何がいい？　俺は蕎麦《そば》屋のカツカレーあたりにしようと思っているんだが」

「私は要らない。お腹空《す》いてないから」

「そうか。それより茜、準備はできてるんだろうな」

「うん」

茜は週明けから新栄館高校に通うことになっていた。意外に行動力があるというか、小尾の知らぬ間に茜は編入の手続きを済ましてしまったらしい。

時刻は午後八時を過ぎたところだ。野球部の練習が始まり、帰ってくるのは大抵このくらいの時間になってしまう。

野球部の練習はお世辞にも順調とは言えない。ノックをすれば後逸するし、一塁ベースまで走っただけで息を切らしている始末だった。ただ、一筋の希望が具志堅星矢だった。

聞くところによると彼は中学校まで那覇市内の学校で相撲部と野球部をかけもちしており、野球部ではピッチャーとして活躍していたようだ。投げる球は一四〇キロを超え、高校生にしてはかなりの速球だ。ただ、コントロールが悪く、スタミナに不安を抱えている。しかしピッチャー具志堅星矢、キャッチャー二階堂康介という軸が決まっただけでも、よしとしなければならない。

出前の注文を終えると、茜がいきなり言った。

「私、決めたから」

「決めたって、何を？」

そう訊《き》き返しながら、小尾は缶ビールを口にする。色々と勝手に決めてしまうのは母親そっくりだ。茜は真顔で言った。

「実はね……」

続けられた茜の言葉を聞き、思わず飲んでいた缶ビールを盛大に噴き出していた。

空気がざわついていた。二階堂康介も自分の目を疑っていた。練習前のミーティングだった。相撲部の部室の前に集まった九人の野球部員の前に、監督である小尾が立っている。問題はその隣だ。長髪の可愛い顔をした女子生徒が立っているのだった。

咳払《せきばら》いをしてから、小尾が九人を見回して言う。

「紹介する。今日から相撲部の――いや、野球部のマネージャーになってくれることになった、一年生の岩佐茜だ」

さらに空気がざわめく。脇腹を肘《ひじ》でつつかれるのを感じ、隣を見ると服部翔大がにんまりと笑っている。こんなに嬉《うれ》しそうなハットの顔を見るのは久し振りだった。

康介は小尾の隣に立つ女子生徒に目を向ける。たしかに部員たちが動揺するのもわかる。涼しげな目元が特徴的な可愛い女の子だった。現在、新栄館高校にはほかに九人の女子生徒がおり、彼女たちの姿は校内で否《いや》が応でも目立つ。おそらく岩佐茜はその九人をゴボウ抜きして、可愛さランキングナンバーワンの座に上り詰めたといっても過言ではないだろう。

「遅かれ早かれ、どうせバレるだろうから言っておくけどな」小尾が腰に手を置いて言った。「この岩佐茜は俺の一人娘だ。手を出したら承知しないぞ」

どよめきが起きる。小尾ではなく、岩佐。名字が違うということは、つまり小尾には離婚歴があるということか。茜に目を向けると、彼女は無表情のまま小尾の隣に立っている。

「そういうわけだ。練習開始」

マネージャーができたくらいで喜ぶのは早いぞ。まずはキャッチボールからだ。

小尾の言葉に立ち上がる。康介はいつも具志堅星矢とキャッチボールをすることにしている。具志堅とキャッチボールをしていると、隣で油井学とキャッチボールをしていた服部翔大が声をかけてくる。

「ヤバいぜ、ニカ。遂《つい》に出会っちゃったよ」

「出会ったって、誰に？」

そう訊き返すと、服部がにやにや笑いながら言う。

「決まってるだろ。彼女さ。運命の女性かもしれねえ」

「ハット、お前の運命の女性は甲子園のアルプススタンドにいるんじゃなかったのかよ」

「それは夢のまた夢だ。彼女の方が現実的だろ。だって毎日部活で会えるんだぜ」

話に夢中になっていたせいか、服部翔大はボールをとり損ね、油井学が投げたボールが顔面に当たる。それでも服部翔大はにやけた笑みを浮かべたまま、痛がる素振りさえ見せなかった。足元のボールを拾ってから、服部翔大が言う。

「ニカ、抜け駆けはなしだぜ」

「そんなことしないよ。心配するなって」

たしかに岩佐茜は可愛い。あんな子が恋人だったらと想像するだけで胸が躍る。でも想像だけだ。康介は女の子と付き合ったことがないので、彼女が出来るということがどういうことなのか、いまいちわからない。

康介はボールを投げた。しかし珍しいことに具志堅星矢がボールをキャッチし損ね、ボールはグローブを掠《かす》めて後ろに流れていってしまう。まったくグッシーまで……。康介は声を張り上げた。

「グッシー、何やってんだよ」

具志堅は返事をせず、右手で指をさした。具志堅が指でさした方に目を向け、康介は驚いた。いつの間にか嵯峨省平が岩佐茜のもとに向かってのそのそと歩いている。それに気づいた服部翔大が「汚え、嵯峨ちん。抜け駆けしやがって」と言い、嵯峨省平を追うように走っていってしまう。まったく二人とも……。グラウンドに小尾の姿はなく、康介は具志堅に目配せをしてから、二人を追った。

岩佐茜はグラウンドの脇にあるベンチに座っていた。康介がその場に辿《たど》り着いたとき、先に到着した嵯峨省平が彼女の前に立っていた。いつの間に用意したのか、嵯峨省平はスナック菓子の袋を手にしている。それを彼女に差し出しながら嵯峨省平は頬を赤くして言う。

「これ、よかったらどうぞ。新商品の明太子《めんたいこ》チーズ味」

「嵯峨ちん、抜け駆けはなしだ」と鼻息を荒くして服部翔大が嵯峨に詰め寄ろうとしたので、康介はその肩に手を置いて注意する。

「ハット、やめろよ。それに嵯峨ちんもだ。練習中だぞ」

「だってよ」と服部翔大が反論する。「先にズルをしたのは嵯峨ちんじゃねえか。嵯峨ちん、汚いぞ。それにな、そんなお菓子渡して喜ぶのはデブだけだ」

「いいじゃないか、別に」嵯峨省平は唇を尖《とが》らせて反論する。「それにハットにデブなんて言われたくないね。自分だってデブのくせにさ」

「お前の方がデブじゃねえかよ、嵯峨ちん」

二人が言い合いを始めてしまい、収拾がつかなくなってしまう。何とか二人の間に割って入ろうとしたのだが、押し返されてしまって手が出せない。すると背後で声が聞こえた。

「この際だからはっきり言っておくけど」

康介は振り返る。茜が無表情のまま続けて言った。

「私、野球は好き。でもデブは嫌いだから」

「いらっしゃい。……おいおい勘弁してくれよ。月に一度って約束じゃなかったのかよ」

康介たちが暖簾《のれん》をくぐると、カウンターの中にいた初老の大将が溜め息をついてそう言った。康介が代表して答えた。

「大将、今月は初めてだよ」

奥の座敷が空いていたので、康介は靴を脱いで座布団の上に座る。ほかの五人も同じように座った。相撲部改め野球部の二年生全員だ。練習が終わり、小腹が空いたので何か食べていこうという話になったのだ。

「大将、ジャンボラーメン、六人前ね」

服部翔大が代表して注文する。この店に来たら食べるものは必ずこれだ。駅前にある〈ジャンボラーメン〉はその店名が示す通り、ジャンボラーメンというメニューが売りだった。でかい器に五人前のラーメンが入っていて、三十分以内に完食できれば無料になるという代物だった。

「いい加減にしてくれよ、お前たち」大将が嘆く。「この店を潰《つぶ》すつもりかよ。大体な、お前たちはジャンボラーメン以外注文したことないじゃないか」

「だったらジャンボラーメンやめればいいんだよ、おじさん」

秦正明が涼しい顔で言う。店の名前でもあり、看板メニューであるジャンボラーメンをメニューから外せないことを承知で言っているのだ。大将は諦《あきら》めたのか、肩を落として調理にとりかかる。

「それにしてもあの子、あんなにはっきりものを言う子には見えなかったな」

油井学が言った。油井は吹奏楽部と部活をかけもちしているのだが、最近は野球部の練習だけで忙しいらしい。

「そこがいいんじゃないかよ」と服部翔大が言う。「美人ってのは大抵気が強いって相場が決まってんだ。みんなも覚えておいた方がいいぜ」

次に口を開いたのは寺の息子である秦正明だった。

「そうかもしれないね。でもあんな可愛い子は初めて見た」

「だろ、ハタハタもそう思うだろ」満面に笑みを浮かべて嵯峨省平が言う。「僕なんて心臓がバクバク音を立ててたもん。一目惚《ぼ》れってやつかもしれない。そう思ったんだから」

岩佐茜恐るべしだ。相撲部改め野球部二年生のほぼ全員のハートを一瞬にして摑《つか》んでしまったといっても過言ではない。康介は隣に座る具志堅星矢に訊く。

「グッシーは？　グッシーはどう思った？」

「俺か？　俺はあんまり好みじゃないね。おっ、噂をすれば何とやらだ」

グッシーが店の入り口に目を向けてそう言った。入り口の引き戸が開き、二人連れの客が入ってきたところだった。小尾と岩佐茜だ。小尾が座敷に座っている康介たちを見て言った。

「お前たち、学校帰りにラーメン屋に寄る体力が残ってるってことだな」

「くたくただよ、先生」と嵯峨省平が不満をこぼす。「で、先生もこの店の常連なの？」

「俺か？　俺は初めてだ。前々から気になっていたんだよ。この店のジャンボラーメンってやつがな。マスター、ジャンボラーメン一つね。茜、お前は何にする？」

小尾がカウンターの椅子に座りながらカウンターの中にいる大将に言った。茜は小尾の隣にちょこんと腰を下ろし、壁に貼られているメニューを見上げている。カウンターの中で振り向いた大将が嘆く。

「またジャンボラーメンか。今日は厄日だな、まったく。まさかそっちのお嬢ちゃんもジャンボラーメンなんて言い出すんじゃないだろうね」

「私、中華丼」

「よかったよ、本当に。ジャンボラーメン、全部で七人前ね。ちょっと待ってな」

大将がそう言って調理にとりかかる。カウンターの上に置いてあったスポーツ新聞を手にとった小尾に対し、服部翔大が遠慮なく声をかける。

「先生の奥さん、さぞかし美人だったんだね」

「ん？　どういうことだ？」

「だって茜ちゃん、全然先生には似てないじゃん。お母さんに似たってことでしょ」

「服部。よく見てみろ。目元なんて俺にそっくりじゃないか」

「どこが似てんだよ、先生。本当に受け継いでいるのかよ、先生の遺伝子」

「お前、それが教師に対する口の利き方か」

「ごめんごめん。先生って何かシンパシーを感じるというか、先生っぽくないんだよ。

あっ、これは褒め言葉ね、褒め言葉」

たしかに服部翔大の言う通りだ。小尾という教師はどこか普通の教師にはない雰囲気を持っている。元プロ野球選手という異色の経歴の持ち主だが、近寄り難さはまったくない。学校の先生というより、近所の兄貴といった感じだ。

その後もみんなでいろいろ話していると、ようやくジャンボラーメンが出来上がってくる。

「お待ちどおさま。重たいから運んでくれよな」

大将の言葉に全員が立ち上がり、大将の手からジャンボラーメンの器を受けとって自分の席に運んでくる。康介は割り箸《ばし》を割り、器に視線を落とす。旨そうだ。麺《めん》だけでも五人前だが、チャーシューやら煮玉子もふんだんに盛られている。代表して服部翔大がスマートフォンをテーブルの上に置きながら言った。

「よし、スタート。三十分な」

その声を合図にして、みんなが一斉に食べ始める。誰もが黙々と麺を啜《すす》っていた。康介もひたすらラーメンを食べる。やはり旨い。シンプルな醬油《しょうゆ》味だ。

「ご馳走《ちそう》さまでした」

五分ほどたった頃、早くも完食者が現れた。予想通りというべきか、嵯峨省平だった。その二分後、具志堅星矢が完食した。すでに康介の器にも麺や具は残っておらず、あとはスープだけだった。康介は直接器を口に当て、スープを残さず飲み干す。

相撲部改め野球部の面々は全員が十分以内に完食した。それを見た大将が嘆くように言った。

「お前たち、いい加減にしてくれよな。これで一万五千円の赤字じゃないか」

三十分以内に完食できなければ二千五百円を払わなければならない。しかしこの店で金を払った記憶が康介にはない。いつもジャンボラーメンしか食べないし、完食できないことなどないからだ。大将には悪いと思うが、月に一度はジャンボラーメンを食べずにはいられない。

「ふう、食った食った。意外に簡単だったな」

カウンターに座る小尾が腹をさすりながら箸を置いた。服部翔大が目敏《めざと》く小尾の器の中をチェックして、まるで審判のような口調で言う。

「不合格。スープまで全部飲み干さないといけないんだぜ、先生」

「そうなのか?」

「当たり前だよ。麺を食べるだけだったら簡単じゃん」

仕方ないといった表情で小尾は器を両手で持ち、それを直接口に当てる。しばらくスープを飲んでいた小尾だったが、やがて器をカウンターの上に置いて言った。

「駄目だ。無理だな、こりゃ。こんなことならさっきビールを飲むんじゃなかったぜ」

「あんた、ギブアップだな」大将が嬉しそうな顔つきで言った。「中華丼とジャンボラーメン、合わせて三千二百円ね。ビタ一文まけないからね」

小尾が無念そうに財布から紙幣を出し、それを大将に渡す。大将が小尾に訊いた。

「あんた、初めて見る顔だけど、新栄館の先生？」

「ええ」と小尾がうなずく。「小尾といいます。野球部の監督をしています。必ずリベンジに来るので、そのときはよろしくお願いします」

「野球部って……。新栄館って野球部がなかったはずじゃ……」

「まあ事情がありましてね。相撲部の連中を遊ばせておくのはもったいないんで、野球をやらせることにしたんですよ」

「へえ、こいつらが野球部ねえ」座敷に座る康介たちを見て大将が言う。その顔つきが気になった。何かを企んでいるような気がしてならない。「いやね、先生。俺は商店街の草野球チームに入っているんですけどね、対戦相手がいなくて困っていたところなんです。どうです？　先生。ここは一丁、うちのチームと対戦してもらえませんかね。なに心配要りませんよ。うちのチームは全員が還暦を過ぎたよぼよぼのチームだ。現役高校生と対戦しても勝ち目はない」

康介は気がついていた。入り口の脇の壁に大判サイズの写真が貼られており、そこには野球のユニフォームを着た大将たちが写っている。商店街チームの集合写真なのだろう。

「お言葉は嬉しいですけど、まだこいつらに試合は早いと思います。もう少ししたらお願いしたいですね」

小尾はやんわりと断った。まあそれは当然だろう。康介と具志堅以外はほとんど素人といった具合で、まだ練習したのは十日ほどだ。試合なんてまだまだ先の話だ。

「だったら条件をつけましょうか、先生」大将は引き下がる気配を見せない。「もし新栄館が勝ったら、うちの店で好きなものを好きなだけご馳走させていただきますよ。もちろん先生を含めた部員全員ね」

「ほう、それは悪くないですね。もしうちが負けたら？」

小尾が訊くと、大将が不敵な笑みを浮かべて言った。

「決まってるじゃないですか。こいつら、いつもジャンボラーメンをタダ食いしやがって、こっちも迷惑をこうむっているんです。うちが勝ったら、新栄館の相撲部員、いや野球部員は今後一切うちの店に出入り禁止。どうです？　先生。一丁やってみませんか？」

●

「お前ら、もたもたするんじゃない。いいか、これがお前たちのデビュー戦だ。絶対に勝てよ。相手は年寄りばかりだ。現役高校生として負けちゃいかんぞ」

小尾がそう鼓舞しても部員たちの反応は薄い。誰もが眠そうに欠伸《あくび》を嚙《か》み殺している。

〈ジャンボラーメン〉の大将に試合を申し込まれてから二週間が経過し、今日は試合の当日だ。

まだ時刻は早朝午前六時半だ。普段、商店街チームが練習で使用する市営グラウンドが会場だった。そろそろ試合が始まる時間なのだが、なぜか商店街チームの面子《メンツ》が揃わないらしい。

「準備運動は十分だな。絶対に負けるんじゃないぞ。おい、嵯峨。起きろ、目を覚ますんだよ」

嵯峨省平は立ちながらも目を閉じて完全に眠っている。小尾の声にようやく目を覚まし、まるでここがどこであるか確認するように嵯峨は周囲を見回していた。

「先生、ちょっといいかな？」

そう言われて振り返ると、〈ジャンボラーメン〉の大将が立っていた。水色のユニフォームに身を包んでおり、胸には『東多摩駅前商店街』と書かれている。

「何ですか？」

小尾が訊き返すと、大将は携帯片手に無念そうに首を横に振る。

「いやね、八百屋のマサやんがね、持病の椎間板《ついかんばん》ヘルニアを悪化させちまったみたいで、今日は出場を辞退するって言うんだよ。いやあ、参った参った」

「それは仕方ないですね。ということは九人揃わないってことですか？」

「そうなんだよ、先生」

やはり年寄りの集まりだけあって、それぞれに持病を抱えているというわけだ。今日のところは延期するしかないだろう。そう思った小尾だったが、大将が意外な提案を持ちかけてくる。

「せっかく集まったんだ。うちは八人でも構わないから、どうか試合をしてくれないかな」

「いや、それは難しいんじゃないすかね」

「うちの連中、やる気なんだよ。現役高校生と試合できる機会なんて滅多にないし、しかも元東京オリオンズの小尾選手が率いるチームなんだ。試合をするだけで自慢の種になること間違いなしだ。どうだい？　先生。お願いできないかな？」

やはりこちらの素性はバレていたか。まあ草野球をするくらいなら、プロ野球にもそれなりに詳しいだろう。しかし大将は小尾のドーピング疑惑に触れることなく、純粋に小尾の野球人としてのキャリアを尊重してくれる気持ちが伝わってくるようで、小尾はくすぐったい気持ちになる。

「わかりました。やりましょう。そちらの守備はどうします？」

「外野は二人で十分。じゃあ一丁やりましょうか」

大将がコインをとり出した。コイントスをして先攻後攻を決め、先に新栄館高校の攻撃となることが決定した。商店街チームが守備につくのを待ってから、審判が「プレイボール」とコールした。審判は商店街チームのOBらしく、時計店のご隠居さんだと聞いている。

先頭バッターは服部翔大だ。チーム内でもっとも足が速いことを買っての一番起用ではあるが、五十メートルのタイムは十三秒だ。野球選手としては致命的に遅い。

商店街チームのピッチャーは〈ジャンボラーメン〉の大将だった。投球練習を見る限り、球速は一〇〇キロ台といったところで、まさに商店街の草野球といった感じだ。プロの選手のピッチングを見てきた小尾にとって、これほどのスローボールというのは未知の世界で逆に怖い。

投球練習が終わり、服部翔大がバッターボックスに入る。初球のストレートは見送り、続く二球目は空振りだった。バットを振るスピードはそこそこのものだが、まったくボールを見ていない。案の定、空振り三振だった。

「いいぞ、大将。その調子」

守備についているチームメイトが大将にそう声をかける。二番打者は秦正明だ。両親が東京オリオンズのファンのためか、それなりに野球を知っているような気がしたので二番に起用した。

秦正明も空振り三振に倒れてしまう。バッティングの練習などしていないので、まあ仕方がない。問題は次だ。三番の二階堂康介と四番の具志堅星矢。小尾は内心この二人には期待していた。野球経験もあるからだ。

「二階堂、遠慮するなよ」

小尾が声をかけると、二階堂康介はうなずきながらバッターボックスに入った。ヘルメットは被《かぶ》っているが、ユニフォームはまだ準備ができていないため、新栄館高校の部員たちは全員がジャージ姿だった。

二階堂がバットを構える。野球経験者だけあり、その構えは様になっている。大将が投げた初球を二階堂のバットが捉《とら》えるが、ファールだった。打球は三塁線をわずかに逸《そ》れて飛んでいく。ライナー性の鋭い打球だった。

こいつは期待できそうだ。小尾は腕を組み、二階堂に目をやった。

マウンドにいる大将の顔色もわずかに変わったように見受けられた。鋭いファールを見て、一、二番とは格が違うことを悟ったのだろう。続く二球目は様子を見るようなアウトコースへのボールだった。警戒していることが窺《うかが》えた。守備が一人少ない商店街チームは、外野を守っているのが二人だけだった。ライトとセンター、センターとレフトの中間あたりに二人を配置している。

続く三球目。わずかに甘く入ったストレートを二階堂は見逃さなかった。二階堂が打った球は二塁ベースの上を越え、センターのあたりに落下する。中間で守っていた外野の二人がボールを追いかける。ヒットだ。

打った二階堂が走り出す。が、やはりその足は遅い。ボールに追いついた外野がセカンドに投げ、二塁手からファーストへとボールが中継されてくる。アウトだった。

こんなんじゃ駄目だ。普通だったらセンター前ヒットだ。それを一塁でアウトになっているようでは、試合になるはずがない。

小尾は深い溜め息をついた。

まったく何てザマだ。

小尾は目の前で繰り広げられている試合に言葉を失っていた。

誤算は先発ピッチャーの具志堅星矢だった。コントロールが定まらず、三者連続フォアボールを与えてしまい、いきなり満塁のピンチを迎えてしまったのだ。小尾がマウンドに行って話を聞いたところ、商店街チームの高齢者を見ていると故郷沖縄に住む祖父のことを思い出してしまい、心が乱されてしまうと彼は言った。具志堅は子供の頃からお祖父《じい》ちゃん子で、野球を教えてくれたのも祖父だったという。

仕方ないのでピッチャーを服部翔大に変更したのだが、服部はあっさりとツーベースヒットを打たれてしまった。そこから先は悪夢のようだった。ヒットとフォアボールの繰り返しで、気がつくと商店街チームは打者が二巡して、スコアは十六対〇というものだった。

マウンドにいた大将が審判に向かって「タイム」と告げ、一塁側のベンチにいる小尾のもとに駆け足でやってくる。大将が小尾に言った。

「どうする？　小尾先生。このまま続けてもいいけど、あいつら今日も学校だろ」

時刻は午前七時を過ぎていた。試合開始が六時半で、特別ルールで五回終了までと事前の打ち合わせで決まっていた。まだ一回裏、しかも新栄館高校はアウトを一つもとっていない。まだノーアウトなのだ。

「わかりました」と小尾は帽子を脱ぐ。「今日はここまでにしましょう。お疲れ様でした」

「うん、お疲れ様。あいつらは出入り禁止になったわけだけど、先生は別だからね。また店に来て、いろいろプロ時代の話を聞かせてよ」

大将はそう言ってチームメイトのもとに戻っていく。小尾は前に出て、新栄館高校の部員たちを呼び寄せた。「集まれ、試合終了だ」

部員たちがのろのろと集まってくる。誰もがぐったりとした顔つきをしていた。かける言葉が見つからなかった。そもそも無理があるのだ。こんなデブどもに野球をやらせるという発想自体がおかしい。

「よし、お前たち。今日はよくやった。授業に遅れるなよ」

あえて明るい口調で言う。草野球といえども高齢者中心の商店街チームにノックアウトされ、落胆していると思ったからだ。しかし小尾の予想に反して、部員の面々は口ぐちに言う。

「腹減っちゃったな」

「そうだな。一度家に帰ってご飯食べてる時間あるかな」

「ないだろ、嵯峨ちん。学校行って食った方がいいよ」

「コンビニでおでんでも買っていくか？」

「おっ、いいねえ、おでん。そろそろ肌寒くなってきたからな」

「俺、今年初おでんかも」

「おでんの具の中で何が一番好き？　俺、大根」

「俺は牛すじ」

　部員たちはそんな会話を交わしながら、のんびりとグラウンドから去っていく。まったくもって敗北感というものを漂わせていない。こいつらにはプライドというものがないのだろうか。

「茜、帰るぞ」

　小尾はベンチに座っていた茜に声をかける。茜は持っていたノートをバッグの中にしまってから立ち上がった。試合中、スコアブックをつけていたらしい。

　茜と一緒に並んで歩き出す。自宅に戻っている暇はないので、直接学校に向かうしかない。小尾は茜に言った。

「今からでも遅くはないぞ」

「何のこと？」

「マネージャーの話だ。こんな弱い野球部のマネージャーになっても面白くないだろ。別に辞めてもいいんだぞ」

「続けるから。マネージャー」

　茜は素っ気なく言う。こういう物好きなところは誰に似たのだろうか。おそらく真由子だ。

それにしても……。小尾は歩きながら考える。今日の試合を校長に見せたかったものだ。あの無様な試合を見れば、どんなに野球に詳しくない者でも、甲子園など夢のまた夢だという現実に気づくだろう。デブはどれだけ鍛えてもデブでしかない。センター前ヒットが一塁でアウトになるような連中には野球をやる資格すらないのだ。

しかし野球部の監督を降りることは、イコール解雇を意味している。この年にして無職になりたくはないし、ドーピング疑惑で球界を追われた元プロ野球選手に対して、世間はそれほど甘くはないことは承知している。解雇されたら再就職は難しいかもしれない。

さて、どうしたものやら。小尾は溜め息をついた。

●

昼休みの学食は混雑している。相撲部の二年生六人は大抵同じテーブルに集まって、昼食を一緒に食べる。今日も六人が全員揃っていた。食べるものも大体一緒で、カツカレー大盛りと天ぷら蕎麦大盛り二杯というのがスタンダードだ。場合によっては学食を出たあとに売店に行き、デザートと称してメロンパンを二つ、三つ食べることもある。

しかし今日はみんな食欲がないようだ。多くの者がいつもは二杯食べるはずの天ぷら蕎麦を一杯しか食べていない。康介もそうだ。登校途中にコンビニエンスストアで買ったおでんを食べたせいもあるが、やはり心が晴れなかった。商店街チーム、しかも高齢者だけのチームに完敗したことに多少なりともショックを受けていた。ほかのみんなもそうだろう。

「悪い、俺のせいだ」

ぼそりと具志堅星矢が言う。試合でまともに投げられなかったことを謝っているのだろうと康介は察する。服部翔大が明るい口調で言った。

「グッシーのせいじゃねえよ。実際に先制タイムリーを打たれちまったのは俺だしさ」

「いや、俺のせいだよ、ハット」

具志堅はそう言ってうなだれる。皿の上にはまだカツカレーが半分ほど残っている。高校横綱候補と呼ばれ、全国的にも注目を集める天才力士のナイーヴな一面を垣間見《かいまみ》たような気がした。沖縄に住むお祖父ちゃんのことを思い出し、心が乱れて制球難に陥ったという話だった。まあわからなくもない。中学卒業と同時に故郷を離れ、単身東京で暮らすグッシーの淋《さみ》しさは少しは理解できるつもりだ。責めることはできない。

「俺、思うんだけどさ」油井学が口を開く。油井は普段から寡黙なため、発言すると誰もが黙って耳を傾けるという変な影響力がある。「グッシー、野球なんてやってる場合じゃないって。相撲やった方がいいよ」

具志堅は何も答えず、黙ってカツカレーを食べ始める。油井学の言ったことは正論だった。おそらく百パーセントに近い確率で、具志堅星矢は角界に入るだろう。それほどまでに具志堅星矢の才能は群を抜いている。この高校生活という貴重な時間を相撲以外で費やすことは才能を潰すことにもなりかねない。具志堅のライバルたちは日夜稽古《けいこ》に励んでいるのだから。

「グッシー、転校したら？」

他人事《ひとごと》のように嵯峨省平が言った。嵯峨だけはいつもと同じ食欲を見せており、すでに自分の分は平らげてしまっている。『お前もだろ、嵯峨ちん』と康介は声には出さずに突っ込んだ。

実力では具志堅、康介に次ぐ三番手にいる嵯峨省平だが、具志堅の次に角界入りが有力なのは嵯峨省平だろうと康介は冷静に分析している。何よりも魅力なのはその体格だ。今すぐにもプロとして十分に通用する恵まれたその巨体は天に授けられた才能といっていい。

「俺、転校はしない。そう決めたんだ」

この話は終わりだ。そんな感じでグッシーが言った。そのときだった。いきなり頭上から声をかけられる。

「おっ、これはこれはデ部の皆さん、今日もお揃いで」

柔道部の有藤だった。今日も後輩を引き連れている。隣のテーブルに有藤たちは座った。カレーライスを食べながら、有藤たちは大声で話し出す。

「知ってるか？　うちの高校でな、商店街の草野球チームに負けた奴らがいるみたいだぜ」

「マジっすか？」

「ああ、マジだよ。相手はよぼよぼのジジイどもだったが、一回裏に十六点もとられたみたいだぜ。笑っちゃうよな」

もう噂になっているのか。康介は溜め息をつく。地元の商店街チームだったので、噂が出回るのも早いのだろう。

「いい恥晒《はじさら》しだと思わないか。ジジイども相手に十六点もとられるんだぜ。どうやったらそんな点差になるのか教えてほしいくらいだ。ラグビーじゃないんだからよ」

周囲のテーブルでも笑いが洩《も》れる。男子生徒が数人、こちらを見てニヤニヤ笑っているのが見えた。隣に座っていた服部翔大が立ち上がる気配を見せたので、康介は服部の肩を押さえた。

「みんな、行くぞ」

康介が立ち上がろうとしたとき、椅子が倒れる音が聞こえた。具志堅が勢いよく立ち上がり、有藤が座るテーブルに詰め寄った。

「おっ、暴行野郎じゃねえか。先輩ぶん殴っておいて、よく学校に来られたもんだ」

有藤も負けじと立ち上がり、具志堅の前に立ちはだかった。有藤の方が見上げる形だ。有藤もそれなりに体格はいいのだが、グッシーには敵《かな》わない。

「やるのか、具志堅。どうなっても知らないぜ。相撲部を潰して、今度は何を潰そうってんだよ」

具志堅のこめかみあたりがピクリと動いたような気がした。まさかこの場で乱闘を始めるとは思えないが、それでも康介は止めずにいられなかった。

「やめろ、グッシー。相手にするなよ、そんな奴」

「そんな奴とは何だよ、二階堂」有藤が反応する。「そもそもお前に問題があるんじゃねえのか。リーダーとしての素質が足りねえんだよ、お前には」

有藤の言葉を無視して、康介はグッシーの背中を押す。それぞれがトレイを手に立ち上がったので、康介も自分のトレイを持って歩き出す。背後で有藤の声が聞こえた。

「ほらほら、みんな。おデブさんたちのお通りだ。道を空けてやってくれ」

クスクスという忍び笑いが聞こえてくる。グッシーを始めとして、全員が悔しそうに唇を嚙んでいた。返却口にトレイを置いたとき、校内放送が聞こえてきた。

『小尾先生、並びに二年一組の二階堂康介君。至急、校長室にお越しください』

●

小尾は内心期待していた。もしかして校長は野球部を諦めるのではないか、と。商店街チームに大敗を喫したことが校長の耳に入り、やはり相撲部員に野球をやらせることに無理があると気づいたのではないか、と。

しかし校長から発せられた言葉は小尾の予想をはるかに超えたものだった。

「練習試合、ですか？」

「そうだ」と校長がうなずく。「先日、会合があってね、そこで向こうの校長に打診したら、すぐに承諾してくれたよ。来週の土曜日、場所は市営グラウンドだ。グラウンドの手配は任せておいてくれたまえ」

校長は嬉しそうに言う。小尾の隣には二階堂康介が立っており、彼は困ったような表情を浮かべている。校長室に呼び出され、多少緊張している様子だった。

「で、相手はどこですか？」

小尾が訊くと、校長が笑みを浮かべて答えた。

「聞いて驚くなよ。光央《こうおう》学院だ」

光央学院。甲子園春夏連覇を果たしたこともある強豪中の強豪だ。小尾が高校生だった頃からその名は全国に知れ渡っていた。数々のプロ野球選手を輩出している野球のエリート校だ。

「ちょっと待ってくださいよ、校長。いくら何でも光央学院は格が違い過ぎますって。練習試合なんて……」

「もう決まったことだ。それとも私の方針に口を出すのかな、君は」

校長が口元に笑みを浮かべて言った。

「いや、口を出すつもりじゃ……」

「いずれにしても同じ西東京ブロックにいる以上、避けては通れん相手だ。今のうちに手合わせをしておくのも悪くないと思ってな。それに向こうの監督とも少し話をしたんだが、君のことを知ってるみたいだったぞ。城崎《しろさき》監督といったかな」

「城崎監督が……」

高校時代の恩師だ。多くの高校を甲子園に導いたことのある名将と謳《うた》われる人物で、小尾もいまだに尊敬している人格者だ。選手のモチベーションをコントロールすることに長《た》けた監督だった。

今は光央学院を率いているということか。光央学院に城崎監督とくれば、それこそ鬼に金棒ではないか。

「スケジュールが合えば、私も観戦させてもらうとしよう。君が二階堂君だな。野球部の練習は順調か？」

突然話を振られて、二階堂が歯切れの悪い口調で答えた。

「えっ？　あ、はい。まあ……」

「決まったな。そういうわけだから、よろしく頼むよ、小尾先生。私からは以上だ」

頭を下げてから、小尾が校長室から出た。廊下を歩き始めると背後で二階堂の声が聞こえた。

「先生、光央学院って、そんなに強いんですか？」

小尾は立ち止まり、振り返って答えた。

「当たり前だろ。お前たちが幕下力士だとしたら、向こうは横綱級だ」

「いらっしゃい。あっ、小尾先生か。まあ座ってよ」

〈ジャンボラーメン〉の暖簾をくぐって中に入ると、大将に笑顔で出迎えられた。ほかに客は一人だけで、カウンターの隅にサラリーマン風の男が一人、スポーツ新聞を開いていた。

「大将、生ビール。それからギョーザ二人前ね」

小尾はカウンターの椅子に座り、出されたおしぼりで顔を拭《ふ》く。

「はい、生ビールね」

「どうも。大将、つまみでチャーシューもらっていいですか？」

「しょうがないな。メニューにないけど、特別だよ」

ジョッキを手にして、生ビールを飲む。

「あっ、俺もチャーシューもらっていいですかね？」

声がした方向に顔を向けると、カウンターに座ったサラリーマン風の男が大将にそう言っていた。小尾の視線に気づいたのか、男は軽い会釈をしてきたので、小尾は小さく頭を下げた。

生ビールを飲み干してしまい、「大将、生のおかわりください」と言ってから、小尾は携帯電話を出して画面を見る。茜からメールは入っていない。部活が終わったあと、茜は図書館に行くと言って出かけていった。図書館で野球のことを研究しているようだ。

「あの、もしかしてあの小尾さんですか？　小尾竜也さん、ですよね？」

カウンターの隅に座っていた男がいつの間にか立ち上がり、小尾の近くまで歩み寄っていた。一つ座席を挟んだところに男は勝手に座り、うなずくように言った。

「うん、間違いない。小尾さんだ。少し太ったようですけど、俺の目は誤魔化されませんよ」

「あんたね」と生ビールとチャーシューを運んできた大将が口を挟んでくる。「馴れ馴れしく話しかけるんじゃないよ、まったく。小尾先生、困ってるじゃないか」

「やっぱり小尾さんだ。いやあ、これは嬉しい」

大将に注意されても男はへこたれる気配を見せない。むしろさらに積極的になって小尾に話しかけてくる。

「こんな偶然があるもんなんですね。まったく驚きましたよ。こんな辺鄙《へんぴ》な——いや、失礼。東多摩市のラーメン屋で小尾竜也に会えるとは、思ってもいませんでした」

「そいつはどうも」小尾は素っ気ない返事をした。「悪いけど、食事中なんでね。あとでサインでもしますから、待っててくださいよ。飯を食べ終えるまでね」

小尾はそう言ってチャーシューを口に運び、それから生ビールを飲んだ。すると男が言った。

「サインなんて欲しくないですよ。ドーピングで球界を追われた元プロ野球選手のサインなんて、誰も欲しがったりしませんって」

カチンと来た。小尾はジョッキをカウンターの上に置き、それから睨《にら》みを利かせて言った。

「あんた、馬鹿にしてんのか」

「馬鹿になんてしてませんよ。本当のことを言っただけですから」

改めて男の様子を観察する。くたびれたスーツを着ており、あごには無精髭《ひげ》が目立つ。最初見たときはサラリーマンかと思ったが、よく見ると違うような気がする。長年の勘が告げていた。小尾は男に言う。

「あんた、ブン屋か？」

「まあほとんど正解って感じですかね」男がスーツの懐から名刺入れを出し、そこから一枚の名刺を出してカウンターの上に置いた。「一応フリーのジャーナリストをしています」

置かれた名刺を一瞥《いちべつ》する。名前は『山岸雅之《やまぎしまさゆき》』というらしく、自宅住所と携帯番号、それから電子メールのアドレスが書かれていた。肩書きは『フリーライター』となっている。

「で、フリーライターが俺に何の用だ？」

「実は俺、二年前まで〈毎日スポーツ〉の仕事をしてたんですよ。しかもプロ野球担当。

だから小尾さんの事件も取材させてもらいました」

「俺の独占手記でも欲しいのか？　だったら帰ってくれ。俺はもう球界から離れたんだ。今さら俺の記事なんて書いても誰も振り向きやしない」

「そうとも限りませんよ。だって小尾さん、やってないんでしょ。無実なんでしょう。だったら世間に対してそれを証明してみせないと」

山岸が煙草に火をつけた。その目は妖《あや》しく光っていた。


「俺が無実だと？　その根拠は？」

小尾が訊くと、山岸が煙を吐きながら答える。

「状況証拠、ってやつですかね。ドーピングに手を出すってことは、成績を上げたいとか、怪我を早く治したいとか、そういった明確なモチベーションがあるものです。でも小尾さんの場合はそれがなかった。飛躍的に成績が上がってもいなかったし、慢性的な怪我を抱えているわけでもなかった。つまり禁止薬物に手を出す理由がないんですよ」

その通りだ。三年前、小尾は三十五歳だった。大抵のプロ野球選手がそうであるように、小尾の成績は三十歳を過ぎてから緩やかな下降線を辿っていた。山岸の指摘する通り、そこに禁止薬物に手を出した形跡など見てとれない。

「それに」と山岸が続ける。「三年前の事件当時、小尾さんに対する検査が徹底していたとは思えなかったんですよ。臭いものには蓋《ふた》をする。そんな感じで球団は早々と事件の幕を引いた。まあ球団側の思惑もわかりますけどね。できれば早めに片をつけてしまいたい。球団幹部はそう思って、小尾さんを切ることで事件に終止符を打った。それだけです」

再分析を申し入れたが、受け入れられなかった。再分析を申請する期間を過ぎていたからだ。ドーピング検査に陽性反応がでること自体が珍しく、球団側も、おそらく機構側も慌てふためいたのだ。

陽性反応が出たと球団側の担当者から伝えられたとき、小尾は驚いた。当たり前だ。禁止薬物になど手を出していないのだから。だから小尾は楽観していた。やってもいないのに処分されるはずがない。

小尾は日頃からビタミンなどのサプリメントを愛用していたし、風邪を引けば風邪薬くらいは飲むこともあった。春と秋には花粉症の抗アレルギー剤を日常的に飲んでいた。そういったサプリメントや薬の成分が何らかの形で検出され、誤解を生んでいるだけだ。小尾はそう思っていた。

陽性反応が出た翌日から、小尾には自宅謹慎処分が言い渡されたが、この時点でも小尾は楽観していた。きっと何かの間違いに違いない。そのうち疑いも晴れるだろう。そう考えていたが、それが大きな間違いだった。すぐに弁護士を雇うなりして、行動に出るべきだったのだ。たとえば真由子がいたら、そういう冷静なアドバイスをしてくれていたかもしれない。しかし真由子はテニスの取材のため、日本を離れていた。小尾は休暇をもらったような感じで、のんびりと自宅で謹慎期間を過ごしたのだ。

そうこうしているうちに、小尾が禁止薬物を使用していたことは既成の事実になっていた。再分析を申し入れたがそれも却下され、球団から解雇を言い渡された。後手後手に回ってしまった結果だった。

「はい、お待ちどおさま」

目の前にギョーザの皿が置かれ、小尾は我に返る。小皿に醬油とラー油を垂らし、ギョーザを口に運んだ。山岸が言った。

「アンドロステロン。小尾さんもご存じですよね」

「ああ、知らないわけがないだろ」

アンドロステロン。小尾が使用したとされる禁止薬物だ。アナボリック・ステロイドとも呼ばれ、タンパク質を作り出す筋肉増強剤だ。有名なメジャーリーガーも使用を公言したり、または使用が噂されている薬物だ。

「アナボリック・ステロイドは筋力を飛躍的に増強させるだけではなく、脂肪燃焼効果も期待できます。さらに精神的な攻撃性も増すとも言われています。残念ながら小尾さんには、そういった効果のようなものが表面上見られなかった。だから俺は疑問に思ったわけです。本当に小尾竜也はアナボリック・ステロイドに手を出していたのか、ってね」

「だったら記事にしてくれ」小尾はビールを飲んでから言った。「あんたが記事にしてくれればいい。俺はとやかく言わん」

「だから状況証拠だけなんです。小尾さんが禁止薬物を使っていない。それだけじゃ弱いんです。それに俺は二年前に〈毎日スポーツ〉との契約を打ち切られて、今はタウン誌で提灯《ちょうちん》記事を書いてるだけの男ですから」

「決定的な証拠があればいいんだな。俺が使っていないという確たる証拠が」

「違います」と山岸は煙草の火を灰皿で揉《も》み消しながら否定した。「そうじゃありません。小尾さんの無実を証明するのではなくて、誰が禁止薬物を使用していたか、それを突き止めればいいだけなんですよ」

「簡単に言ってくれるな」

「小尾さん、プロ野球でベンチ入りできる人数は？」

山岸に訊かれ、小尾は即答する。

「二十五人だ」

厳密にいえば一軍登録できる選手は二十八人だが、ベンチ入りできる選手は二十五人と決められている。残りの三人はあがりと呼ばれていて、登板したばかりの先発投手などはベンチに入らないのだ。

「つまり小尾さんが検査をされた試合、東京オリオンズと川崎タイタンズ、両チーム合わせて五十人の選手がベンチ入りしていたことになるわけです。小尾さんが無実だとして、残りは四十九人です。その中に小尾さんに罪をなすりつけた選手がいる。それが誰なのか、特定できれば小尾さんの無実は証明できるんです」

山岸は財布を出しながら、さらに続けた。

「ただ検査はチームごとでおこなわれたはずだから、タイタンズの選手の尿と小尾さんの尿が入れ替えられた可能性は低いと考えていいでしょう。犯人はオリオンズの選手です。つまり二十四人のうちの誰か、ということになるでしょうね」

「目星はついているのか？」

「全然わかりません。でもここで小尾さんと会ったのも何かの縁だし、俺なりに調べてみますよ。あっ、ここは俺の奢《おご》りにさせてください。競馬で勝ったんですよ」

飄々《ひょうひょう》とした感じで山岸は言い、一万円札をカウンターの上に置き、店から出ていった。

●

授業が終わり、部活に向かおうとしていたところ、康介は自分の下駄箱の中に一通の封筒が入っているのを発見した。

「ニカ、どうした？　早く行こうよ」

嵯峨省平がそう言ってきたので、康介は内心の戸惑いを押し殺し、平静を装って言った。

「悪い、嵯峨ちん。トイレ行ってくる。先に行っててくれ」

「うん、わかった」

嵯峨が巨体を揺らして立ち去っていくのを見届けてから、康介はあたりを見回した。知り合いがいないことを確認してから、康介は封筒を開ける。胸が高鳴っていた。これはもしや――。

薄いブルーの便箋《びんせん》が一枚、中に入っていた。綺麗な字で『午後七時、駅前公園にてお待ちしております。茜』と書かれている。デートのお誘い、ってやつではなかろうか。

「おい、ニカ。練習に遅れるぜ」

いきなり声をかけられ、康介は慌てて便箋を背後に隠す。顔を向けると具志堅星矢が立っている。

「お、おう。さて、今日も練習頑張るか」

声が思わず上擦っていた。具志堅が首を傾げて言う。

「なに張り切ってんだよ、ニカ」

「別に何でもないって」

すぐに具志堅と部活に向かったが、正直練習に身が入らなかった。何だか心が弾んでしまい、地に足がつかないような、変な感じだった。岩佐茜はいつもと変わらず無表情で練習を眺めていた。たまに茜の方に目を向けても視線が合うこともなかった。

練習が終わったのが午後六時で、普段なら仲間とハンバーガーショップかお好み焼き屋に行くのだが、適当な理由で誘いを断り、駅前公園に向かって急いだ。公園に到着したのは午後七時の五分前だった。

一度、家に帰って着替えてくるべきだったかな。いや待てよ。家に帰ったとしてもデート向きの服なんてそもそも俺は持っていないじゃないか。そんなことを考えていると、公園に入ってくる岩佐茜の姿が見えた。

康介は直立不動のまま、彼女を迎える。言葉など出ない。ただただ心臓が音を立てているだけだ。

「こっち」

茜が短く言い、歩き出す。康介は慌てて彼女のあとを追う。

彼女は何も喋ろうとしない。やはりこちらから話しかけ、会話をするしかないのだろうか。でもあれだぞ。所詮《しょせん》、茜は一年生、つまり下級生なのだ。少し強引になってもいいのかもしれない。

「いやあ、今日も練習疲れたな。で、岩佐はどうだ？　マネージャーは慣れたのか？」

答えは返ってこない。マズい。機嫌を損ねてしまったのではなかろうか。横目で彼女の表情を窺っても、そこに感情を読みとることはできない。

「ここよ」

そう言って彼女は近代的なビルの中に入っていく。数年前に出来た複合ビルで、さまざまなショップや飲食店が入っているビルだった。茜と一緒にエレベーターに乗り、最上階で降りた。エレベーターを降りたところにフロントのようなものがあった。トレーニングジムだった。

茜は財布からカードを出し、受付の女性に渡しながら言う。

「この人は会員じゃないので、別料金でお願いします」

「かしこまりました。ビジター料金でご案内いたします。ウェアはどういたしましょうか？」受付の女性の視線が自分に注がれるのを感じた。受付の女性は続けて言う。「ジャージの貸出もいたしております。３Ｌでいかがでしょうか？」

「お願いします」

そう答えた茜の顔に初めて感情らしきものを読みとることができた。少しうろたえたような表情を見せ、茜はバッグから手帳をとり出し、そこに何かを書き込んだ。覗《のぞ》いてみると『ジャージ』と小さく書かれている。

更衣室に入った。シャワールームも完備されていた。ジャージに着替えながら康介は考える。もしかして最初のデートでジムに行くというのが、最近の流行《はや》りなのだろうか。

着替えて外に出ると、茜はすでに高校のジャージに着替えて待っていた。茜はノートを手にしている。二人でトレーニングルームに足を踏み入れる。

近代的なマシンが並んでおり、窓は一面の総ガラスになっていて、夜景を見ながらランニングマシンに乗れるようだった。今も会社帰りのサラリーマンやＯＬといった感じの男女が、耳にイヤホンを差し込んでトレーニングに励んでいる。

「まずは計測から」

茜はそう言い、ジムの中をすたすたと歩いていく。高校生らしき者など誰もおらず、気後れしてしまいそうだ。しかし茜はそんなことお構いなしといった感じだった。

「これに乗って」

茜に言われるがまま、靴を脱いで身長計に乗る。「一八五センチ」と茜が言い、ノートにそれを書き込んでから、「今度はこれ」と短く指示を出してくる。

次に乗ったのは体重計だった。体重だけではなく、体脂肪率や筋肉量なども測定できる体重計のようで、しばらく乗っていると音が鳴り、レシートのような紙が機械から出てきた。それを手にとって茜が言う。「体重は一三〇キロ。次はベンチプレス」

そんな感じで康介は茜の指示に従い、あらゆるマシンを使って筋力を計測していった。一時間半ほどですべてのマシンでの計測を終えた。茜の目的がいまいち理解できなかったが、茜の前でパワーを見せつけられるのは嬉しかったし、快感でもあった。日頃からプロテイン飲んで鍛えていますよ的なお兄さんの隣で、一〇〇キロのベンチプレスを持ち上げたときなど、茜も目を丸くしていた。

「さて、これからどうする？　ご飯でも食べていこうか？」

ジムから出たところで康介はそう言うと、茜は素っ気なく言った。

「いい。次の予定があるから」

茜はそう言い残し、去っていった。わけもわからぬまま、康介は茜の背中を見送ることしかできなかった。

「よっしゃ、監督。もう一丁」

「どうした、服部。やけに張り切ってるじゃねえか」

グラウンドではノックがおこなわれている。それを横目で見ながら、康介はボールを具志堅星矢に向かって投げ返した。康介と具志堅は二人で投球練習をしていた。残りの者はノックで守備練習だ。今日は金曜日で、光央学院との練習試合は明日に迫っている。

力強いストレートが康介のグローブに収まった。「ナイスボール」と声をかけ、康介は立ち上がる。

「グッシー、少し休憩しようぜ」

「了解、ニカ」

二人は歩み寄り、ベンチに座った。ノックの練習を眺めながら、康介は具志堅に訊いた。

「明日、勝てると思うか？」

「勝てるわけねえよ、あんなんじゃ」

ちょうどノックを受けていた嵯峨省平がボールをとり損ねて盛大に転んだところだった。たしかにあの守備では勝てるわけがない。

「でもさ、ちょっと楽しみなんだよ」グッシーが球を握り直しながら言う。「相手のチーム、凄え強いんだよな。そんなチームを相手にさ、俺のボールがどこまで通用するか、楽しみなんだよ」

正確に計ったわけではないが、おそらくグッシーのストレートは調子がよければ時速一四〇台後半まで出る。これはプロ顔負けのスピードだった。一八八センチの長身から、一三五キロの体重が乗ったボールなのだ。高校生でこれほどのストレートを投げられる選手はなかなかいないだろう。康介は言った。

「ちょっとネットで調べてみたけど、光央学院ってかなり野球が強いらしいぜ。去年も夏の甲子園に出場して、準決勝まで進んだみたいだ」

「でも、同じ高校生だろ」

「まあな」

「相撲なら絶対に負けないんだけどな」

「そりゃそうだ」

二人で顔を見合わせて笑う。相撲ならそこらへんの高校生に負ける気がしない。下手をすればグッシーは全国一になれるかもしれないほどの逸材なのだ。しかし野球となると話は別だ。

練習の大半は守備練習に費やされていた。メニューを考えるのは監督の小尾だが、康介も多少の野球経験があるため、守備練習の重要性は理解できる。要するに失点を少なくすることにより、勝率を高めようというものだ。しかし新栄館高校野球部の場合、守備力を高めたところで焼け石に水といった感じだった。

「よおし、ノックは終了。最後に打撃練習だ。具志堅、二階堂、よろしく頼むぞ」

小尾の声に腰を上げ、グッシーとともにマウンドに向かう。キャッチャーメットを装着して腰を下ろすと、服部翔大がバッターボックスに入ってくる。

「グッシー、覚悟しろ。今日こそは打ってやる」

服部翔大がそう言うと、マウンド上でグッシーが応戦する。

「ハット、俺の球を打つなんて百年早いんだよ」

「何だと、この野郎。俺だって日夜研究してんだからな」

服部翔大はバットを構えた。なぜか手首をこねるようにバットを小刻みに揺らしており、ガムをくちゃくちゃと嚙んでいる。おそらく動画投稿サイトで見たメジャーリーガーあたりのスタイルを真似ているのだろう。

剛速球が康介のグローブに飛び込んでくる。遠慮してやればいいものを、具志堅星矢は練習といえども決して手を抜くことがない。勝負というものにとことんこだわる男なのだ。

案の定、服部翔大は三球三振に倒れた。次のバッターは嵯峨省平だった。嵯峨はもぐもぐと口を動かしている。腹が減ってしまい、監督の目を盗んでパンを口に入れてきたに違いない。

明日の試合、どうなってしまうのやら。溜め息を洩らし、康介はグローブを構えた。

目の前では光央学院の選手たちが試合前の練習をおこなっている。さすがに甲子園の常連校らしく、その動きは統率がとれていて、見ていて気持ちがいいものだった。小尾は感嘆しながらその練習を眺めていた。

試合開始も目前に控えている。市営グラウンドには驚いたことに二百人ほどの観客が詰めかけていた。その半分が新栄館高校の生徒で、あとの半分は光央学院の応援のようだ。光央学院クラスの強豪校になると、練習試合でもファンが集まるというわけか。

三塁側のベンチから一人のユニフォーム姿の男性が出てくるのが見えた。小尾は慌ててベンチから立ち上がり、彼のもとに向かって歩き出す。ちょうどホームベースの後ろあたりで彼に対面した。

「小尾君、久し振りだね」

そう言って名将、城崎監督が帽子を脱ぎ、右手を差し伸べてくる。小尾も帽子をとって、両手で城崎監督の手を握り返した。

「監督。ご無沙汰《ぶさた》しております」

「少し太ったようだね。でも元気そうで何よりだ」

「監督もお元気そうで」

来年でたしか七十歳になるはずだが、とてもそうは見えなかった。血色もいいし、何よりまだまだ現役だといったオーラを感じられる。

「私はね、小尾君。こうして高校野球のグラウンドで教え子と再会することが何よりも嬉しいんだ。指導者の道を歩こうとしている君を歓迎するよ」

「いや、それほどのことじゃないです」

成り行きで野球部の監督をやらされているだけだ。しかしそのあたりの事情は城崎監督も知っているらしく、目を細めて言った。

「でもまあ、相撲部を野球部にしようなんて、君の学校の校長も思い切ったことをするもんだね。話題にはなるかもしれんが」

「そうですね」

こうして二十年たった今でも、城崎監督と相対すると緊張感のようなものに包まれるのが不思議だった。あの頃にタイムスリップしたような感覚さえある。俺のピークはいつだったか。そう自問すると、思い当たるのは高校三年の夏だ。プロになってからではない。

城崎監督はエースとして小尾に全幅の信頼を置いてくれていた。その期待に応《こた》えるため、小尾は必死になって練習した。百合草ではなく、自分を選んでくれた監督のために、小尾は三年間野球漬けになったといっても過言ではない。

「この年になるとね」城崎監督は遠くを見るような目で話し出す。「ああしておけばよかった、こうしておけばよかったと後悔することが多々あるんだ。そのうちの一番大きな後悔が君だ、小尾君。二回戦で私は君が肩に違和感を抱えていることに薄々気づいていた。でも君に投げさせたかった。エースは君だ。ずっと私はそう公言し続けていたのだからね」

不意にあの頃の記憶がよみがえる。高校三年の甲子園だ。暑い夏だった。悔しくてたまらない夏だった。

「やっと言えるよ。君には一言、謝りたかったんだ。すまなかった、小尾君」

「あ、ありがとうございます」思わず言葉に詰まってしまった。小尾は頭を下げる。

「監督のその言葉だけで十分です。今日はよろしくお願いします」

「こちらこそ。手加減はせんぞ」

「お手柔らかにお願いします」

もう一度握手を交わして、お互いのベンチに戻る。しばらく歩いたところで城崎監督に呼び止められる。

「小尾君」

振り返ると城崎監督がこちらを見ていた。優しさと厳しさが入り交じった、昔と変わらぬ目をしていた。監督は言う。

「君は絶対に薬物などに手を出す男ではない。それは私が一番よくわかっているつもりだ」

「監督……」

　言葉が続かなかった。胸が熱くなるのを感じ、小尾は三塁側ベンチに去っていく城崎監督に向かって頭を下げることしかできなかった。「おい、監督。始まるぜ」と呼ぶ声が聞こえ、一塁側のベンチに目を向けると、選手たちがベンチから出てくるところだった。

　新栄館高校が先攻だった。相手のピッチャーがマウンドに上がり、投球練習を開始する。たったそれだけで応援席から黄色い歓声が聞こえてくる。

「誰だ？　あれ？」小尾は隣に座っている茜に訊く。茜は高校の制服を着ており、帽子だけ野球部のものを被っている。「えらい人気があるようだが、そんなに有名な選手なのか？」

「知らないの？」

　茜が無表情で訊き返してきたので、小尾はうなずく。「ああ、知らん」

「吾妻《あづま》ブライアン。日本人とアメリカ人のハーフで、光央学院の二年生。エースで四番。来年のドラフト会議の目玉選手」

「アヅマブライアン？　何か競走馬みたいな名前だな」

　投球練習が終わり、プレイボールとなる。こちらの攻撃は服部翔大からだ。どこで覚えたのかわからないが、足を広げた不可解なバッティングフォームだった。初球は空振り、二球目は見逃し、三球目も空振りで三振となる。

応援席の一角が沸く。どうやら三塁側の上のあたりに光央学院のファンが押しかけているらしい。まあファンが沸くのもわかるような気がした。たった三球見ただけだが、吾妻ブライアンという選手の並外れた才能を垣間見たような気がした。

たとえ強豪校でない普通の高校であっても、野球部でエースを務めるということは、類《たぐ》い稀《まれ》な運動神経を有していることを意味する。光央学院というのは全国的に名の知られた高校であり、そこには小学生の頃から活躍していた選手などが集まり、専用グラウンドで練習をするような、ある意味で特殊な世界といえる。その特殊な世界でエースで四番となると、それこそ才能の塊のようなものなのだ。

「行け、ハタハタ」

仲間の声援を受け、二番打者の秦正明がバッターボックスに立つ。吾妻の放った初球を空振りしてしまい、続く二球目も空振り。三球目は縦に大きく落ちるスライダーで、二者連続三振となった。

プロが欲しがるわけだな。小尾は内心思う。一四〇キロ前半のストレートと、キレのあるスライダー。おそらく変化球はスライダーだけではないはずだ。今すぐプロに入っても通用する逸材だ。

「ニカ、頼むぞ」

「ニカ、ホームランね」

吾妻ブライアンの凄さに気づくことなく——まあ素人なので仕方ないのだが、新栄館高校の部員たちは呑気《のんき》に仲間に声援を送っていた。小尾は再びマウンドに目を向ける。吾妻ブライアンは口元に笑みを浮かべている。

おまけにマスクまで甘いときた。こいつらとは大違いだな。

●

審判がそうコールすると、一塁側の応援席からパラパラと拍手が起こる。光央学院の一番打者を三振にとったのだ。康介はボールを具志堅星矢に投げ返してから、大きな声で叫んだ。「ワンアウトー」

今日のグッシーはすこぶる調子がいい。相手チームの吾妻ブライアンとかいうイケメン投手の球も速いが、グッシーも負けていない。球速は五分五分といった感じだが、グッシーの方が角度があるし、球も重いのではなかろうか。

二番打者がバッターボックスに入る。グッシーがダイナミックなフォームでボールを投げる。康介のミットに球が吸い込まれた。手の平が痛いほどだ。バッターは見送ることしかできない。

「ストライク、バッターアウト」

「スリーアウト、チェンジ」

グッシーはストレートのみで三者連続三振を奪い、一回裏の光央学院の攻撃を終わらせる。三塁側のベンチに目を向けると、相手選手たちがマウンドに立つグッシーに視線を向けているのが見えた。康介は心の中でつぶやく。どうだ？　うちのグッシーだって負けちゃいないぜ。

二回表の攻撃は四番具志堅星矢からだった。グッシーは投球を中心に練習しているため、打撃練習はほとんど参加したことがない。しかしその運動神経を買われての四番起用だった。

グッシーも空振り三振に倒れてしまう。最後に吾妻ブライアンが投げた球は、ぐっと落ちるような変化球だった。

「凄えな、あのピッチャー」

思わずそう康介がつぶやくと、近くに座っていた岩佐茜がスコアブックに目を落としながら言った。

「縦に落ちるスライダー。ちなみに初球はストレートで、二球目はチェンジアップ」

「へ、へえ。そうなんだ」

月曜日の夜、一緒にトレーニングジムに行ってから、茜と会話をすることはなかった。話しかける機会を窺っているのだが、なかなかタイミングを掴めずにいた。今なら茜の周りには誰もいない。監督の小尾もベンチの外に出ていた。

茜に話しかけようと一歩前に出たところで、脇から服部翔大が割って入ってくる。

「茜ちゃん、それってもしかしてスコアブックってやつ？　へえ、茜ちゃんってスコアブックをつけれるんだ。凄いなあ」

「スリーアウト、チェンジ」

五番の嵯峨省平、六番の油井学もあっさり三振してしまった。康介は気持ちを切り替えて、グローブを持ってベンチから出る。キャッチャーメットを装着し、ホームベースの後ろに座った。

相手チームの四番は吾妻ブライアンだった。吾妻がバッターボックスに立つだけで、光央学院の応援席から女の子の悲鳴のような声が聞こえてくる。グッシー、こんなイケメン野郎に負けんじゃねえぞ。そう思いながらグローブを構えたその初球だった。

カキーンという音とともに、吾妻が打った打球はセンターに飛んでいく。センター守川誠人の前に落ちるが、守川はそれをとり損ねる。吾妻ブライアンは足も速いようで、一気に三塁まで辿り着いた。スリーベースヒットだ。

「ドンマイ、グッシー」

そう声をかけてから、康介は審判から受けとったボールをグッシーに向かって投げる。五番打者がバッターボックスに入ってきた。長身の選手だった。その打者が独りごとを言うかのように言った。

「百年早いんだよな」

「はあ？」

「だから百年早いって言ってんの。ストレートが速いだけで俺たちに通用するかよ」

小馬鹿にした物言いに腹が立つ。康介は思わず言い返していた。

「打ってから言えよ、打ってから」

「打ってやるよ。この木偶《でく》の坊が」

「何だと？」

「君たち、やめなさい」審判から注意を受ける。「試合中の私語は慎むように。フェアプレイの精神を心がけなさい」

その言葉に康介は押し黙り、ミットを構える。三塁ランナーを気にしながら、グッシーが初球を投げる。わずかに逸れてボールだった。グッシー、気にするな。バッターに集中しようぜ。康介の心の声が聞こえたのか、マウンドの上でグッシーが小さくうなずくのが見えた。

二球目、グッシーの放った球を打者が見事に捉えた。レフト秦正明の頭上を越えるツーベースヒットとなり、まずは一点先制されてしまう。二塁のベース上で打ったバッターが康介に向かって拳《こぶし》を突き出していた。まったく腹が立つ野郎だ。

「グッシー、まずはアウト一つ、とろうぜ」

球をグッシーに向かって投げながら、康介はそう声を張り上げた。

悪夢のようだった。康介は腋《わき》に汗をかいていることに気がついた。暑いからでも体を動かしたからでもなく、恥ずかしいからだった。

二回裏の光央学院の攻撃は今もなお続いている。スコアは十八対〇。つまり二回裏だけで十八点もとられてしまったのだ。しかもまだアウトは一つもとっていない。走者一掃のツーベースヒットを打たれた直後のため、ランナーは二塁だ。

マウンドの上のグッシーはすっかり息が上がってしまっているようで、肩が上下に動いている。当然だろう。もう球数は五十球を超えている。

「タイム」

そう声をかけて、三塁側のベンチから光央学院の監督が出てきた。高齢のじいさんだが、全国的に有名な監督らしい。光央学院の監督が審判の耳元で何か囁《ささや》くと、審判が一塁側のベンチに向かって声を張り上げた。

「新栄館高校の小尾監督、こちらへ」

小尾がベンチから出てきた。光央学院の監督と審判、それから小尾の三人で何やら話し始める。

「……というご提案ですが、小尾監督はいかがでしょうか？」

「うちは問題ありません。ですがコールドゲームの規定に反しませんか？」

「小尾君。これは練習試合だ。公式試合ではない。これ以上試合を続けるのは君のチームの選手のためにもならない」

「わかりました、城崎監督。ご提案を受け入れます」

両チームの監督がベンチに引き揚げるのを見届けてから、審判がホームベースの前に出て、声を張って言う。

「両チームの申し合わせにより、本ゲームは光央学院のコールド勝ちとします。試合終了です」

観客席からブーイングが聞こえてくる。そのほとんどが新栄館高校を応援する一塁側の観客席からだった。整列して、帽子をとって挨拶をした。そのまま自軍のベンチに戻ろうとすると、背後から声をかけられた。

「君がキャプテンだろ」

振り返ると、吾妻ブライアンという相手のピッチャーが立っている。男から見てもイケメンであることが一目でわかる。吾妻ブライアンは笑みを浮かべて言った。

「君たち、相撲部なんだってね。相撲部だったら相撲やってればいいじゃないか。野球を馬鹿にしないでほしい」

別に野球を馬鹿になどしていない。それに上から目線の物言いが気になった。

「俺たちだって好きでやってるわけじゃありませんよ」

「だろうね。これほど見苦しいチームは初めてだよ。技術的にもそうだし、何よりもルックスが酷過《ひどす》ぎる。野球というのはスマートな競技だぜ。君たちみたいな者には似つかわしくない」

「すみませんね。ルックスが酷くて」

どうにも卑屈な言い方になってしまう。それに敬語を使う必要もないのではないかと内心思った。三年生は夏で引退しているはずだから、おそらく同学年だ。

「自覚しているようで助かった。間違っても夏の予選なんかには出ないでくれよ」

そう言い残して吾妻ブライアンはベンチに去っていく。まったくムカつく奴だ。康介も振り返ってベンチに戻ると、ベンチ前は大変なことになっていた。

引き揚げてきた新栄館高校の選手たちに対して、罵声《ばせい》が浴びせられていた。多くは新栄館高校の生徒たちだった。

「何してんだよ、かっこ悪いな」

「せっかくの休みにわざわざ見に来てやってんだぜ」

「無理なんだよ、相撲部には」

言い返すことができず、部員たちはそそくさとベンチの中に入り、後片づけを始めている。観客席の最前列に柔道部の有藤の姿も見えた。いつものように柔道部員を引き連れている。タイミングが悪いことに、有藤と目が合ってしまう。

「おい、二階堂。無様だな」

有藤から目を逸らして、康介もベンチに入る。頭上で有藤の声が聞こえた。

「所詮、デ部はデ部ってことよ。デ部は何やっても駄目だな」

ベンチの中は葬式のように静まり返っている。小尾の姿はなく、見ると相手チームの監督に挨拶に行っているようだった。場の空気を変えようとしたのか、嵯峨省平が明るく言う。

「お腹、空いちゃったね。何食べにいこうか」

普段なら誰かが突っ込むはずなのだが、今日に限っては誰も反応しない。康介は自分の野球道具を持ち、ベンチから出る。

罵声はまだ続いている。穴があったら入りたい。そんな心境だ。これほどの屈辱を感じたことは生まれて初めてだった。

●

「いやあ、俺も見てたんだけどさ。足が遅過ぎるよ、足が」

その日の夜、小尾は〈ジャンボラーメン〉を訪れていた。茜と一緒だった。大将は今日の試合を商店街チームの面々と見に来ていたらしく、しきりに新栄館高校野球部の情けなさに憤慨している。

「まあ、あそこで試合をやめたのは正解だったかもしれないな。あれ以上続けたら、見せしめだよ、見せしめ。向こうの監督の提案なんだろ。さすが名将、城崎監督だ。慈悲の心も持ち合わせているってわけだ」

たしかに大将の言う通り、城崎監督の情けには救われた部分がある。あれ以上、試合を続けるのは酷だった。普段は何を言われても動じることがない相撲部改め野球部員たちも、さすがに今日は落ち込んでいた。

実は最初、真由子を試合に誘おうと考えていたのだが、直前で思いとどまった。不様な試合を見せてはならないと思ったからだ。彼女を呼ばなかったのは正解だ。

「でも、あのピッチャーだけは収穫だよ。具志堅だっけ？　俺らと戦ったときは調子悪かったみたいだけどさ、ストレートの速さなら向こうのピッチャーに負けてなかったもんな。だけどあのブライアンって奴は一流だね。あっ、いらっしゃい」

別の客が入ってきたので、大将はお喋りをやめた。カウンターの上には今日の試合のスコアブックが置いてあり、茜はチャーハンを食べながら熱心にスコアブックを眺めている。小尾はギョーザを食べ、ビールを飲んだ。茜は静かにチャーハンを食べていた。

「無駄だぞ、茜。今日の試合なんて今後の参考になりゃしない」

今日の試合、観戦する予定だった新川校長が別の用事ができたとの理由で球場を訪れなかった。もし試合を生で見ていたら、それこそ激怒したことだろう。相手が全国的な強豪校とはいえ、二回コールド負けというのは酷過ぎる結果だった。

難しいところだった。小尾も内心では野球部の監督など放り出してしまいたいと思っている。こんなチームで満足に野球などできるわけがないのだ。

しかし野球部が存続してくれなければ、小尾自身の首が危ういのだった。あの校長のことだ。野球部の監督を辞めたいと申し出れば、即刻解雇を言い渡されるだろう。

着信音が鳴っていた。カウンターに置いた小尾の携帯電話だった。画面に表示されているのは未登録の番号だったが、訝《いぶか》しく思いながらも小尾は通話ボタンを押す。

「はい、小尾ですが」

「今日はお疲れだったな、小尾君」

校長の新川だった。校長に携帯番号を教えた憶えはないが、校長という権限を利用すればこちらの番号くらい簡単に入手できるに違いない。

「今日の結果は聞いたよ。散々な結果だったらしいね」

すでに試合結果も耳に入ったということか。小尾はその場で姿勢を正し、校長に言った。

「申し訳ありません。私の指導不足のいたすところで」

「構わんよ、小尾君」思ったより怒っていないようだ。「相手は甲子園の常連校だ。創設して間もないこちらに勝ち目がないことなどわかっていた。だがな、小尾君。次は勝ってもらわないと困るよ」

このおっさん、野球のことをわかってんのかよ。その言葉を飲み込み、小尾は返事をする。

「了解です、校長」

「それと頼まれていた機具だが、手に入ったぞ。明日には搬入されるはずだ。あと市営グラウンドを週に三回、使えるように手配しておいた」

機具の手配など頼んだ記憶はない。もしかすると二階堂あたりが頼んだのだろうか。小尾がそんなことを思案していると、電話の向こうで校長が言う。

「とにかく野球部を強くすることに全力を注いでくれたまえ。協力は惜しまないつもりだ。小尾君、君はリーチだからね」

「リーチ、といいますと？」

「次の試合、練習試合であれ何であれ、負けたら即刻新栄館から去ってもらう。君の代わりなどいくらでもいるし、すでに人選も始まっている。以上だ」

電話は切れた。次に負けたら即解雇だと？　まったく無茶を言いやがる。日本全国どこを探したって、あのデブたちを甲子園に導ける名将などいないはずだ。

ジョッキを手にしたが、すでに空であることに気づき、「大将、生ビールおかわり」と告げてから、隣に座る茜を見る。チャーハンを食べ終えた茜は涼しい顔でスコアブックを眺めている。

絶対に馘《くび》にならない方法が一つだけある。今後、一切試合をしないことだ。

●

光央学院と対戦した翌々日、放課後に部室に向かうと、部室の前に見慣れない機械が置いてあるのが見えた。機械の前にはほかの二年が集まっている。康介が近づいていくと、嵯峨省平が興味津々といった目つきで訊いてきた。

「ニカ、これ何だろ？」

「ピッチングマシンだ。自動的にボールを投げてくれる機械だ。よくバッティングセンターに置いてあるだろ」

「ふーん、そうなんだ」

「おいおい、ピッチングマシンじゃないか」

振り返ると小尾がこちらに向かって歩いてきていた。小尾がマシンを見て言う。

「随分本格的なマシンだな。これはプロが使うほどのもんだぞ。二階堂、注文したのはお前だろ。今後は勝手に校長に直談判《じかだんぱん》するな。俺を通せ、俺を」

「知らないっすよ。俺、注文なんてしてませんよ」

「ん？　お前じゃないなら誰なんだ？　具志堅か？　それとも服部か？」

「私よ」

声のした方向に顔を向けると、岩佐茜が部室から出てくるところだった。彼女に命じられたのか、なぜか一年生の三人が普段は部室の中に置いてある黒板を外に運び出している。

「全員集合」

茜の声に小尾が怪訝《けげん》な顔をして言った。「茜、いったい何を……」

「いいから全員集まって。早く」

茜は運び出された黒板の前に立っている。仕方ないので、康介は茜の前に座った。何が始まるのだろう。ほかの部員たちも康介に従った。小尾は部員の後方に戸惑い気味で立っている。

茜は全員が集まったのを見届けてから、手にしていたチョークで黒板に書きつける。

茜が書いたのは次のようなものだった。

打撃力E
守備力E
投手力E
走力E
采配《さいはい》E

「これが今のうちの力」

茜が短く言う。おそらくAからEの五段階評価なのだろう。つまりすべてが最低ということだ。まあわからなくもないが、投手力はもっと高くてもいいのではないか。康介がそう感じていると、服部翔大が反論した。

「茜ちゃん、そりゃないよ。グッシーの投手力だけはBくらいはあるんじゃないかな。吾妻ブライアンと同じくらいの速球なんだぜ」

「ないわね」茜は素っ気なく言い切る。「ストレート一本で駆け引きもできないピッチャーはEで妥当」

「おい、茜。采配Eも酷過ぎるだろ。せめてCくらいはあると思うんだが……」

後方で反論した小尾を、茜は容赦なく斬り捨てる。そこには親子の情愛の欠片《かけら》も見当たらなかった。

「指導経験ゼロの監督はE。ただの素人同然だから」

「ただの素人って、お前な。俺はこう見えても……」

小尾の言葉を遮るように茜が再び話し出した。

「先週、部員全員の体力を測定したの。体のサイズから、筋力や肺活量、体の隅々のデータを測定した。その結果がこれ」

茜は一冊のファイルを掲げて見せた。分厚いファイルだった。まさかあのトレーニングジムでのデートのことか。周囲の者も思い当たる節があるらしく、どよめきが起きる。肘で脇腹をつつかれるのを感じ、隣を見ると嵯峨省平が「ニカもか？」と小声で訊いてきたので、康介は「うん」とうなずいた。「何だよ、俺だけじゃなかったのかよ」と服部翔大が不満そうな声を洩らした。要するに茜は九人を一人ずつ呼び出して、あのジムで体力測定をしたということだ。そういえば先週、やけにみんな練習を張り切っていたもんな。

「静粛に。このデータから面白い事実を発見したの。あなたたち九人はパワーがずば抜けて高いってこと。平均身長一八〇・六センチ。平均体重一二五・七キロの恵まれた巨体は、類い稀なパワーを秘めているってわけ。パワーだけならどの高校にも引けをとらないはず」

「当たり前だよ、茜ちゃん。だって俺たち、相撲部だったんだぜ。パワーなら誰にも負けやしないよ。でも野球と相撲は別物だからね」

服部翔大の言葉を無視して、茜は続けて言った。

「柔軟性も高いわね。あと動体視力もいい。これは野球にとって大きな武器ね。守川君、ちょっと前に来てくれる？」

茜に呼ばれ、一年生の守川誠人がおずおずといった感じで立ち上がる。「おい、守川。頑張れよ」とか「俺、代わってやろうか」とか、やや羨望《せんぼう》も入り交じった無責任な野次が飛んだ。前に出た守川に対し、茜は一本の金属バットを渡してから言った。

「守川君、振ってみて」

守川がバットを振る。右打ちだった。野球経験のまったくない守川のスイングは、見ていても素人とわかるものだった。茜が守川の前に出て、細かい指示を出す。

「膝《ひざ》は軽く曲げて。グリップはあごの高さ。左足をすっと引き上げて、軸足の右足に全体重を乗せる。そうそう、そんな感じ。そしたらそのまま左足を踏み込む。力強く踏み込むの。違う、そうじゃない。もう一度」

五分ほどだろうか。茜の指導に従い、守川はバッティングフォームを矯正された。みるみるうちに守川のスイングはよくなっていく。

「腕の力だけでバットを振らない。下半身の動きをイメージすること。打った方向にバットが伸びていくようなイメージで振り抜くの。よし、いいわね」

茜が守川から少し離れ、斜め前に立って言う。

「今からこのボールを放るから、よくボールを見てスイングして。いい？」

守川がうなずく。茜が二メートルほど離れた場所で、下からボールを放る。守川がバットを振った。

甲高い音が聞こえ、ボールが一直線に高く舞う。グラウンドをはるかに越え、校舎の屋上の向こうに消えていった。「おお」と残りの部員たちは感嘆の声を洩らした。茜は表情を崩さずに言う。

「百メートルくらいね。まあセンターフライってところかしら。ちなみに守川君は九人の中でもっとも小柄で筋力も少ない。その守川君でもこれだけのパワーを秘めてるわけ。あなたたちにできることはバッティング。いえ、バッティングしかないの。足も遅いから、とにかく長打を狙うこと。一塁でアウトにならないようにね。あわよくばすべてホームランを打つつもりでね」

茜は再び黒板の前に向かい、チョークでさきほどの文字を書き直した。

打撃力A
守備力E
投手力E

走力E
採配E

「中途半端に練習して、オールDのチームを目指しても大会じゃ勝てっこない。あと半年練習して、こういうチームになるのよ。点をとられたって構わない。それ以上にとり返せばいいんだから。五点とられたら十点とるの。十点とられたら十五点とるの。あなたたちのパワーにはそれだけのポテンシャルが秘められてる」

胸の高まりを感じていた。守川の打った球を目の当たりにしたせいか、茜の言わんとしていることが確実に伝わってきた。たしかにそうだ。力だけなら誰にも負ける気がしない。あの吾妻ブライアンでさえ、俺たちほどのパワーはない。

「野球は投手から。野球は守備力を高めることが先決だ。そんなセオリーは一切無視。新栄館高校は攻撃あるのみ」そこで茜は言葉を区切り、後方にいる小尾に声をかけた。「ということで、いいですよね、監督」

小尾が咳払いをしてから答えた。

「あ、ああ。ご苦労だった、茜。そういうわけだ、みんな。今日からは打撃の練習しかしないぞ。打って打って打ちまくれ」

「監督」と服部翔大が声を上げた。その目つきは訝しむようだった。「今の話、監督が考えたってことですか？　それとも茜ちゃんが考えたんですか？」

「お、俺だ。名付けて小尾理論だ。覚えておけ」

小尾がそう言うと、九人の部員が一斉に口を開く。

「小尾理論って、何かダセー」

「でも茜理論だと可愛過ぎだろ」

「小尾セオリーの方がよくない？」

「何か数学の方程式みたいだな」

「お前たち、練習を始めるぞ」小尾が手を叩いて、部員たちを黙らせた。「まずはバッティングフォームのチェックからおこなう。俺と茜で指導する。長打を打つにはコツってもんがある。それを必ずものにするんだ」

部員たちが立ち上がる。康介も立ち上がり、自分のバットを探した。ちょうど茜の足元にバットがあった。それに気づいた茜がバットをとり、グリップを向けて康介に差し出した。

「始まるわよ」

茜が短く言った。その口元には一瞬ではあるが、笑みが浮かんだように感じられた。

康介は訊き返す。

「始まるって、何が？」

「決まってるじゃない。挑戦よ。新栄館高校の挑戦」

すでにほかの八人は自分のバットを振り回している。一昨日《おととい》の大敗が嘘のように、それぞれの顔つきは明るかった。康介はグリップを固く握り締めた。野球部が発足して一ヵ月半がたった、十一月中旬のことだった。

第三章　ビッグ・ベースボール

「おい、お前たち。遠足に来たんじゃないんだぞ。ここでの休憩時間は三十分だ。三十分たったら出発するからな」

小尾がそう注意しても、部員の誰もが耳を貸さなかった。バスがゆっくりとパーキングエリアの駐車場に入っていく。

「まずは海鮮丼からだな」

「いや、あさりラーメンってのも捨て難いぜ」

「俺も海鮮丼だな。それからラーメン、コロッケ、肉まんの順番に回ろうと思ってる」

「さすがグッシー。気合い入ってんな」

九人のデブたちは今や遅しとバスが停まるのを待っている。まったく食べることになると、百二十パーセントの力を発揮する奴らだ。ネットやガイドブックで一週間前からあれこれ研究していたようだ。

バスが停まり、ドアが開くと我先にとデブたちは外に飛び出していった。小尾は最後にバスから降りる。潮の香りがした。風が強いが、晴天だった。

東京湾アクアラインのなかほど、海ほたるパーキングエリアだ。土曜日だけあって、団体客や家族連れで賑《にぎ》わっている。建物内に足を踏み入れると、昼時という時間帯のせいか、店舗の前で列もできていた。

「すみません、おじさん。コロッケ十個ください」

「あっ、俺も」

「俺は肉まんを五個ください。おい、ハット。横入りするなよ」

デブたちの声が聞こえてくる。ここは他人の振りをした方がよさそうだ。小尾は一人、ぶらぶらと歩いた。

どの店も混んでいる。回転寿司《ずし》があり、その店頭でパック入りの寿司を販売していたので、小尾は寿司を二パック買った。朝から何も食べていないので腹が減っていた。外に出て、食べる場所を探していると、一台のベンチに茜が座っているのが見えた。

「茜、寿司買ってきたぞ。一緒に食わんか？」

茜はタブレット端末に目を落としていた。顔も上げずに茜は答える。「要らない」見ると茜の座っている横にはコロッケやら肉まんやらあさり焼きといった食べ物が置かれている。そういうことか。すぐに小尾は状況を察する。あのデブたちが貢いでいったに違いない。しかし茜は貢ぎ物には目もくれずに、タブレット端末を眺めている。

「本当に四番は嵯峨でいいんだな？」

寿司のパックを開けながら茜に訊《き》くと、茜は短く答えた。

「うん、四番は嵯峨君」

あの光央学院との練習試合から半年が経過していた。この半年間、新栄館高校野球部では打撃練習を徹底的におこなってきた。九人のデブたちは厳しい練習に文句を言いながらも、誰一人として脱落することはなかった。そして今日、新栄館高校は二度目の練習試合を迎えたのだ。

相手は千葉県木更津《きさらづ》市の木更津中央高校だった。過去に甲子園に出場したこともある強豪校で、今年の春の千葉予選でもベスト8に進出していた。相手にとって不足はない、というより創部間もない新栄館高校野球部にとっては完全に格上の相手だ。

当然、校長も今日の練習試合のことは知っている。つまり今日の試合、負けた時点で小尾の解雇が確定するのだ。昨日からあれこれ考えてしまい、満足に寝ていない。

三日前、小尾は思い切って真由子に電話をした。練習試合を見に来てほしいと伝えたかったからだが、真由子が電話に出ることはなかった。彼女のことだから、きっと仕事で忙しいのだろう。

今日は六月の第一土曜日だった。新栄館高校は春の予選にはエントリーせず、夏の選手権一本に集中することにした。四月には新入生も入学したのだが、一年生部員が入ることはなかった。九人の破壊力を極限まで上げる。それが小尾と茜の基本方針だった。

今日の試合は試金石になる。それなりに鍛えてきたという自負があるが、単なる自己満足に過ぎないかもしれないのだ。そういう意味で、今日の試合の意味するところは大きい。わざわざ千葉まで遠征して練習試合をおこなうのも、西東京地区の他校への情報統制という意味合いもある。

来月の予選開始に向け、全国の野球部が追い込みに入っている時期だ。それこそ毎週のように各地で練習試合が組まれ、高校球児たちは汗を流している。創部したばかりの新栄館高校は、情報というものが一切外に出回っていないチームだった。あるといえば、光央学院に十八対〇で二回コールド負けをしたという情けない実績だけだ。とにかく相手を油断させるためにも、極力外部への情報漏洩《ろうえい》を防ぎたいというのが小尾と茜の一致した考えだ。

「茜ちゃん、ソフトクリーム買ってきたよ」

そう言いながら服部翔大が近づいてくる。小尾の顔を見て服部翔大は露骨に落胆した表情を見せた。

「何だよ、監督も一緒かよ」

「悪いか？　俺は茜の父親だぞ」

小尾は服部翔大の手からソフトクリームを奪いとった。

「あっ、監督。それは茜ちゃんに買ってきた……」

「茜のものは俺のものだ。おっ、旨《うま》いな。イチゴ味だな」

「たく、しょうがねえな」

服部翔大が不貞腐《ふてくさ》れたような顔をする。そのまま立ち去ろうとした服部翔大を呼び止めた。

「待て、服部。これを持ってけ。俺と茜だけではこんなに食いきれん」

ベンチの上に置かれた貢ぎ物を指でさすと、服部翔大は「みんな、抜け駆けしやがって」とつぶやき、大量の食料を抱えてバスに戻っていく。

「打順は決まったか？」

小尾が訊くと、茜は無表情のまま答えた。

「うん、決まった」

バスの発車時刻まであと五分を切っていた。ソフトクリームを舐《な》めながら、小尾は黙って立ち上がった。


目の前では新栄館高校の試合前練習がおこなわれている。それを見ている一塁側の木更津中央のベンチでは失笑が洩《も》れていた。新栄館高校のお粗末な守備練習を見て、木更津中央の部員たちが笑っているのだった。

「今日はよろしくお願いしますね」

木更津中央の監督が新栄館ベンチまでやって来たので、小尾もベンチから出て帽子をとった。

「こちらこそ、よろしくお願いします」

四十代後半くらいの男だった。握手を交わしてから、木更津中央の監督が言う。

「いやあ、驚きましたよ。新栄館高校というと柔道や相撲の専門校というイメージがあったんですが、まさか野球部があったとはね」

「去年の秋に創部されたばかりです。お手柔らかにお願いします」

「それにあの小尾竜也さんが監督をされているとはね。まさに二重の驚きです」

「まあ、いろいろ事情がありましてね」

「それにしても」木更津中央の監督はグラウンドに目を向けて言った。「これまでたくさんのチームと対戦してきましたが、このチームの体格っていうんですか、大きさは別格だ」

高校生の成長力とは恐ろしいもので、この半年間で九人のデブたちはさらなる成長――肥満を遂げ、平均身長、平均体重ともにアップしていた。

「まあ、よろしくお願いしますよ、小尾さん」

木更津中央の監督がベンチに引き揚げると同時に守備練習が終わった。九人のデブたちが談笑しながらベンチに向かって歩いてくる。その表情にはこれから半年振りの練習試合をおこなうという緊張感はなく、近所のスーパー銭湯帰りの太った集団のようだ。

「お前たち、わかってるだろうな。負けたら次はないんだぞ」

小尾がそう声をかけても、九人はまったく耳を傾けることなく、世間話に興じている。仕方ない。奥の手を使うか。小尾は手を叩《たた》いてから部員たちに言う。

「よく聞け。今日もっとも活躍した者、つまりＭＶＰには焼肉を奢《おご》ってやるぞ。お前たちがいつも通っている食べ放題の店じゃないぞ。ちゃんとした店だ」

「おお」と部員たちが歓喜の声を上げる。俄然《がぜん》張り切り始めた九人を見て、小尾は苦笑する。こいつらの扱い、本当簡単だ。

審判が集合の声をかけたので、九人はグローブを持ってグラウンドに飛び出していく。先攻は木更津中央だった。小尾は隣に座っている茜のタブレット端末を覗《のぞ》き込み、新栄館高校野球部の打順を確認する。

一番・セカンド　服部翔大　一八〇センチ／一二五キロ　得意技・掬《すく》い投げ
二番・キャッチャー二階堂康介　一八六センチ／一四〇キロ　得意技・下手投げ
三番・ピッチャー　具志堅星矢　一八九センチ／一三六キロ　得意技・上手投げ
四番・ファースト　嵯峨省平　一八六センチ／一六二キロ　得意技・突き出し
五番・レフト　秦正明　一八一センチ／一一八キロ　得意技・合掌捻《ひね》り
六番・ライト　油井学　一七九センチ／一四〇キロ　得意技・吊《つ》り出し
七番・サード　花岡雄正（兄）　一七七センチ／一二〇キロ　得意技・押し出し
八番・ショート　花岡光正（弟）　一七七センチ／一二〇キロ　得意技・押し出し
九番・センター　守川誠人　一七四センチ／一一〇キロ　得意技・外掛け

なぜデブたちの得意技まで明記されているのか定かではないが、ナインの総体重が一トンを超えるという、超重量打線だ。重さだけならプロにも負けない自信がある。審判の声とともに試合が始まる。

具志堅は今日も調子がいいようだ。投球練習では手を抜いていたようで、一四〇キロを超えるストレートが外角低めに決まり、相手の一番打者は目を丸くしていた。具志堅はコントロールに苦しみながらも、一番打者から三振を奪った。

続く二番打者はツーストライクに追い込みながらも、センター前に弾《はじ》き返されてしまう。センター守川誠人がボールをとり損ねるうちに、ランナーは三塁まで進み、早くもワンアウト・バッター三塁のピンチを迎えることになった。

続く三番打者は初球を見送った。その余裕を感じさせる動きが気になった。嫌な予感は当たり、レフト前に運ばれて一点先制されてしまう。具志堅がストレートしか投げられないということを、早くも見抜かれてしまったのかもしれない。

「おい、茜。大丈夫か？」

小尾が不安になって茜に訊くと、茜は無表情のまま答える。

「大丈夫。十点とられてもいい。そういうチームを作ってきたんだから」

本当かよ。小尾は不安げな顔でマウンドの具志堅に目を向けた。頼むぞ、具志堅。負けちまったら解雇されちまうんだぞ、俺。

●

長い一回表が終わり、二階堂康介はキャッチャーメットを外しながらベンチに向かった。小尾が手を叩いて九人を出迎える。

「よしよし、よく守ったぞ。お前たち、反撃開始だ」

小尾の声はなかば自棄《やけ》になっているように感じられる。無理もない。一回表で七点もとられてしまったのだ。やはり千葉県ベスト8の実力は並ではなく、グッシーの威力のあるストレートが見事に打たれてしまった。

一番打者のハットが右のバッターボックスに入る。事前のミーティングでは、相手のピッチャーは一三〇キロ台のストレートとスライダーが武器と聞かされていた。ハットは初球を見逃し、続く二球目を空振りしてツーストライクと追い込まれてしまう。

「ハット、落ち着け」

かなり力が入っていることがわかったので、康介はハットにそう声をかける。するとハットが振り返って、康介を見てうなずいた。

ハットは運動神経がいい。おそらく九人の中でもグッシーに次ぐ運動神経の持ち主だと康介は思っている。相撲の技も豊富に使え、それが器用貧乏になっていないことがその証明だ。

三球目はボールで、四球目だった。相手の投げた外角高めのストレートをバットの芯《しん》で捉《とら》えた。

カキーン。球は天高く舞い上がっていく。レフトの頭上を越すヒットだった。新栄館高校のベンチから歓声が上がる。

が、ハットは無理をしない。通常であればツーベースであってもおかしくはない当たりだったが、ハットは一塁でストップする。

康介は立ち上がり、バッターボックスに入る。一番打者にヒットを打たれたせいか、マウンド上のピッチャーがやや焦っている様子が伝わってくる。

相撲と野球は全然違うスポーツであるが、選手間の駆け引きが重要であることに違いはない。たとえば立ち合い、相手がどのように仕掛けてくるのかを事前に予測するなど、戦術面の駆け引きが重要だ。康介は予測する。一番打者にヒットを打たれたその直後、ピッチャーとしたらストライクを欲しい場面ではなかろうか。甘いストレートが来る確率が高いのではないか。

康介の予想は当たる。甘く入ったストレートを康介は見逃さなかった。康介が打ったライナー性のボールは右中間を抜くヒットとなり、康介は一塁で止まる。ノーアウト・ランナー一、二塁のチャンスだ。

三番打者のグッシーがゆったりとバッターボックスに入った。バットを縦にして、グッシーが構える。グッシーはこれまでその強烈な右手の腕力を用い、上手投げで数々の相手をなぎ倒してきた。一年生の東京都新人戦では上手投げのみで決勝戦まで勝ち上がり、南海の黒豹《くろひょう》恐るべしと他校の相撲部を震え上がらせた。ちなみにその決勝の相手は康介で、残念ながら上手投げで康介は敗北を喫した。グッシーの天賦の才をまざまざと見せつけられた一戦だった。

バッターボックスでのグッシーは、その佇《たたず》まいからして威厳に満ちている。相撲部が活動停止にならなかったら、高校横綱になっていたかもしれない男なのだ。その覇気は凄《すさ》まじい。

一球目はボールで、次の二球目だった。相手投手の変化球にグッシーはバランスを崩す。おそらく変化球が来るのを予測してはいなかったのだろう。しかしグッシーは見事に対応し、手首の力だけでバットを球に合わせた。センター前に球が転がっていく。

康介は必死で走る。ここでアウトになるわけにはいかない。センターから球が返ってくるのが見えたので、康介は頭から滑り込んだ。間一髪、セーフだった。これでノーアウト・満塁のチャンスだ。

四番打者の嵯峨ちんがバッターボックスに入ったが、何か審判に注意を受けていた。嵯峨ちんはいったんバッターボックスを出て、口元に手を当ててもぐもぐと動かしている。多分一回表の相手の攻撃が長引いたせいで、腹が減ってしまったのだろう。海ほたるPAで買ってきたメロンパンあたりをベンチで食べていたに違いない。その気持ちは康介にもわかる。あれほど海鮮丼を食べたというのに、康介も小腹が減っている。

再び嵯峨ちんがバッターボックスに立つ。その初球、嵯峨ちんは盛大な空振りをした。二塁にいる康介までバットをスイングした音が聞こえてきそうなほどだった。四番はグッシーだろう。誰もがそう思っていたが、茜は予想に反して嵯峨ちんを四番に起用した。康介はその意図が何となく理解できるような気がした。チーム随一の怪力を誇る嵯峨ちんだ。その破壊力は高校生離れしている。

続く二球目も空振りだった。しかしそのスイングは力強い。ピッチャーはランナーの足が遅いことを見抜いているのか、まったく警戒などしていない。当たり前だ。康介たちは一切走塁の練習などしていないし、盗塁なんて夢のまた夢だ。

三球目だった。カキーンという音が鳴り、ボールが舞い上がる。その軌道を目で追いながら、康介は二塁のベース上で立ち止まったまま、思わずつぶやいていた。

「当たれば飛ぶんだな」

ボールはレフトスタンドに飛び込んだ。満塁ホームランだった。打った本人が一番驚いているようで、ベンチの小尾が嵯峨ちんに声をかける。

「嵯峨、もたもたしてないでベースを回ってこい」

その声に嵯峨ちんはのそのそと走り出す。康介も歩くようなスピードで三塁ベースを回り、本塁に向かいながら思う。やっぱりホームランっていいな。走らなくてもいいもんな。

「ゲームセット。新栄館高校のコールド勝ち」

審判が試合終了を告げた。二十五対十四の乱打戦だった。五回終了時に十点以上の差があったため、新栄館高校のコールド勝ちとなった。

整列して挨拶《あいさつ》を交わす。木更津中央のナインは意気消沈している様子だった。「これからも頑張れよ」と服部翔大が上から目線で木更津中央の選手に声をかけていたので、康介はハットの頭をはたいてベンチに戻った。

「お前たち、よくやったぞ。俺はお前たちの力を信じてた」

小尾は満面に笑みを浮かべていた。本当に嬉《うれ》しそうだった。小尾が続けて言う。

「これが新栄館高校の野球だ。小尾理論に基づいた超攻撃的野球ってやつだ。機動力なんて要らない。スモール・ベースボールなんてクソ喰《く》らえだ。俺たちが目指すのはビッグ・ベースボールだ。なあ、茜」

矛先を向けられ、茜が面倒臭そうにすらすらと答える。

「ビッグボールともいう。スモールボールというのはバントや犠牲フライでアウトと引き換えにして、試合を有利に進めていく戦術ね。反対にビッグボールはチーム構成で高い出塁率や長打力を重視する。でも長打力のある選手というのは年俸が高くなる傾向にあることから、資金に余裕のある球団に限定される戦術とも言われている。たとえばメジャーリーグのボストン・レッドソックスやテキサス・レンジャーズがその例ね」

「まあ、とにかく」小尾が手を叩いて言った。「今日は本当によくやった。相手は千葉県ベスト8の強豪だ。俺は千葉出身だが、千葉県の野球レベルというのは東京に勝るとも劣らない。その千葉県ベスト8を倒したということは、俺たちのチームが通用することの証《あかし》だ。これが最後の練習試合だ。あとは本番を迎えるのみだ」

それは事前から聞かされていたことだった。西東京地区のライバルたちを油断させるための措置らしい。新栄館高校野球部の打撃力を大会本番まで隠し通すのだ。

「よし。じゃあ今日のMVDを発表するぞ」

小尾の声にハッとが口を開いた。

「監督、MVPの間違いじゃないの？」

「いや、MVDだ。モスト・ヴァリュアブル・プレイヤーならぬ、モスト・ヴァリュアブル・デブだ」

九人は何も言わない。幼い頃からデブと言われ続けているので、今さら言われても動じることはない。

多分、グッシーか嵯峨ちんだな。康介は内心そう思っていた。嵯峨ちんは二打席目でもホームランを放ち、三打席で七打点を稼ぎ出していた。一方、グッシーはホームランは一本だが、六打点と嵯峨ちんに次ぐ打点を稼ぎ、さらには五回を一人で投げ抜いたのだ。しかし康介の予想に反して、小尾から告げられたのは意外な名前だった。

「今日のMVDは二年生の守川誠人だ」

さすがにそれには部員から非難の声が上がる。守川はヒットは一本打ったが、打点は挙げていなかった。

「監督、なぜ守川なんだよ」

「そうだよ。嵯峨ちんかグッシーが妥当な線だろ」

小尾は肩をすくめてから説明する。

「三回裏の守川のことを憶《おぼ》えていないのか、お前たち。守川はデッドボールを受けただろ。その痛みをこらえて、試合に出場し続けたんだ。そのガッツに俺は感銘を受けた」

「待ってよ、監督」油井君が批判の声を上げる。「監督の魂胆はお見通しだよ。財布と相談したんじゃないの。嵯峨ちんを高級焼肉店に連れて行けば大変なことになってしまう。だから一番食の細い守川を選んだんだね」

「ち、違うぞ。そんなことは断じてない。俺は守川のガッツに敬意を表しただけなんだ」

「デッドボール受けて痛かったのはわかるけどさ。相撲のぶつかり合いに較べたら、屁《へ》でもないよ、デッドボールなんて」

「そうだよ、監督。ちゃんと選んでくれよ」

非難の声が続いたが、それを聞き流して小尾が続けた。

「これはもう決まったことだ。MVDは守川だ。さあ、片づけて帰るぞ」

小尾が手を叩いて促すと、部員たちは「ずるいな」とか「大人って信じられないな」とか言いながら片づけを始める。文句を言いながらも、皆の顔つきは明るかった。大勝利に誰もが気分をよくしていることは明らかだった。練習試合ではあるが、新栄館高校の記念すべき初勝利だった。

●

「いやあ、遂《つい》にあいつらが初勝利か。何か感慨深いもんがあるなあ」

木更津中央に勝利した夜、小尾は一人で〈ジャンボラーメン〉を訪れていた。茜は今日の試合をビデオカメラで録画したらしく、部員たちのバッティングフォームをチェックしたいと言い、アパートに残っている。練習試合で初勝利したことを話すと、大将は自分のことのように喜んでくれた。

「超攻撃的野球か。あいつらはパワーじゃ誰にも引けをとらないから、戦術的に合ってるのかもしれんね」

今日の結果は上出来だった。二十五対十四というスコアが示す通り、やや大味な感は否めないが、千葉県ベスト8の強豪校から五回で二十五点をとったというのは素晴らしかった。この半年間の練習の成果が目に見える形で現れたといっていい。

「せっかく勝ったんですから、あいつらの出入り禁止を解いてやってくれませんかね？」

小尾がそう言うと、大将が厳しい目つきで言った。

「駄目だね、先生。それとこれとは話が別だ。あいつらは今後一切出入り禁止。それが変わることはないね」

店のドアが開き、一人の男性客が入ってきた。半年ほど前にこの店で会った、山岸というフリーライターだった。実は会うのは三度目だ。春先にこの店で顔を合わせていたのだが、そのときは店内が混雑していてまともに話すことができなかった。幸いなことに今夜は店内が空《す》いている。

「小尾さん、お久し振りですね」

「ああ、久し振りだな」

山岸は小尾と一つ座席が離れたカウンターの席に座った。「生ビールとチャーハン、お願いします」と注文してから、山岸は言った。

「どうですか？　その後何かわかりましたか？」

「いや、まったくだ」

野球部の練習が忙しく、ドーピングの件に関しては調べてもいない。東京オリオンズの二十四名のベンチ入り選手の中に、小尾に濡《ぬ》れ衣《ぎぬ》を着せた真犯人がいるというのだった。

「で、何か調べてくれたのか？」

「まあ頑張ってはいるんですが、なかなかね」山岸は生ビールを飲み、唇に付着した泡を手でぬぐってから続けた。「しがないフリーライターにとって、東京オリオンズの取材規制を突破するのは困難ですよ。〈毎日スポーツ〉時代だったら簡単に球場にも出入りできたんですけどね」

今年もすでにプロ野球が開幕して二ヵ月がたっている。たまにこういった店で食事をする際、スポーツ新聞を読む程度だが、今年も東京オリオンズは順調に首位に立っているようだ。

「小尾さん、なぜドーピングはいけないんでしょうか?」

いきなり山岸に訊かれ、小尾は面喰らう。生ビールを一口飲み、小尾は答える。

「そりゃ決まってるだろ。禁止されてる薬物を使っちゃいけないんだ。子供でもわかることだ」

「でも考えてみてくださいよ。人間の筋力というのは限界がある。その限界を突破したいというのは当然のことじゃないですかね。たとえば百メートル走。どれだけトレーニング技術が進歩しても、八秒台の世界新記録は生まれないでしょう。でも科学が進歩し、まったく新しいドーピング技術が生まれたら、人類は百メートルを八秒台で走破できるかもしれない」

「あんたの言うことも一理ある。でもな、ドーピングってのは己の寿命を縮める結果になりかねないんだ」

ステロイドなどの過剰摂取が人体に与える悪影響は周知の通りだ。皮膚の炎症などの軽微なものから、肝臓や腎臓《じんぞう》、場合によっては心臓疾患を起こし易くなるとも言われている。強靭《きょうじん》な肉体を手に入れる代わりに、悪魔に魂を売り渡す。それがドーピングだ。

「でも結局はイタチごっこですよね。昨今のスポーツ界ではアンチ・ドーピングの流れになっていますけど、ドーピングをする方が先行している以上、それをとり締まる側は後手に回るしかない。現在、国内で禁止薬物を手に入れるのは難しい状況です。ドーピングに手を染めている者の多くは海外からの輸入に頼っているんだと思います。小尾さん、グルって知ってますか？」

「グル？　何だそれ？」

「導師って書きます。ステロイド系のドーピングというのは素人が普通に飲んでも一定の効果しか生むことができないんです。複数のステロイドを組み合わせ、それに応じたトレーニングメニューを考え、場合によっては海外からの輸入も代行する。いわばドーピング指導者ですね」

山岸が言わんとしていることが摑《つか》めてきた。小尾は山岸に訊く。

「つまり俺を嵌《は》めた奴にも、その導師って指導者がついているってことか？」

「おそらく」と山岸はうなずいた。「個人でドーピングをやっているなら、抜き打ちの検査を乗り切ることなど難しいでしょう。組織ぐるみとまでは言いませんが、そういったネットワーク的なものが存在していることは想像できます」

「はい、チャーハンね」

大将が運んできたチャーハンを受けとり、山岸はそれを食べ始めた。

導師。ネットワーク。つまり俺を嵌めた奴は、単独犯ではないというわけか。しかし複数犯だとわかったところで、手掛かりらしきものは一切ないし、そういった犯人像もまったく思い浮かばなかった。

●

木更津中央との練習試合から三日後のことだった。部活が終わり、いつものように仲間とお好み焼き屋で軽食をとったあと、康介は帰路についた。

「じゃあな、ハット」

「おう、ニカ。また明日」

ハットと駅前で別れてから、一人歩き出したところで、いきなり背後から声をかけられた。

「二階堂康介君だね。新栄館高校の」

振り返ると一人の男が立っていた。スーツを着ており、五十代くらいと思われた。

「私はこういう者だ。少し話をさせてもらえないかな？」

そう言って男が名刺を寄越しながら、あたりを見回した。暗いので名刺の文字はよく見えなかったが、大学あたりの関係者だろうと思われた。近くに大手チェーンの喫茶店の看板を見つけ、男は康介の肩に手を回す。

「あそこにしよう。そんなに警戒しないでもいい。少し話をするだけだから」

このように大学関係者から声をかけられることには慣れている。ただ、最近は少なかった。相撲部が活動停止になってしまったからだ。一応話を聞いておくのもいいかもしれない。

喫茶店に入り、窓際の席に座った。康介は渡された名刺を眺める。そこには『昇陽《しょうよう》大学相撲部顧問・三井勝重《みついかつしげ》』と書かれている。神奈川県横浜市にある昇陽大学は相撲の名門校として知られており、数多くのプロ力士も輩出していた。

「何か注文しよう」そう言って三井がメニューを渡してくる。「好きなものを食べていいぞ。ここは私の奢りだ」

「アイスコーヒー、お願いします」

さすがにお好み焼きを三枚食べたあとなので、これ以上食べたら家に帰って夕飯を食べられなくなってしまう。セルフサービスの店のため、レジでコーヒーを買ってからテーブル席に座った。三井が話し出す。

「君たち新栄館高校の相撲部が活動停止になったことは知っていた。私たち昇陽大学では中学生の頃から君の存在をマークしていたんだ」

「ありがとうございます」

「たとえば君の同級生、具志堅星矢」いきなり三井がグッシーの名前を口にする。「彼は高校卒業と同時に角界に入っても通用する逸材だ。間違いなく幕内まで昇進できるだろうし、場合によってはもっと上を目指せるかもしれない。でも我々は具志堅君ではなく、二階堂君、君に声をかけたんだ」

「なぜ僕なんですか？　具志堅ではなく」

「勘だよ。私が昇陽大学の相撲部の顧問になり、二十五年近くがたつ。これまで多くの若者を指導してきた実績がある。おそらく君は横綱にはなれないし、大関にもなれない。関脇《せきわけ》にもなれんだろう。だが幕内力士として長く活躍できると思っている」

　褒められているのか、そうでないのかわからない。「いただきます」と言ってから、康介はアイスコーヒーを一口飲んだ。三井が続けて言う。

「うちの大学相撲部には玉乃浦《たまのうら》部屋とのパイプがあってね。君が角界入りを希望するなら、大学卒業後に推薦してあげてもいい。廃業後はうちの大学で指導者になることも可能だ。とにかく四年間、うちの相撲部で汗を流してみないか？」

　玉乃浦部屋。元横綱玉乃熊《たまのくま》を輩出した名門だ。現役力士も多数所属しており、幕内力士も多い。現関脇玉乃舞《たまのまい》も玉乃浦部屋の力士だった。

　悪くない話だと思った。康介が角界入りを迷っている最大の理由が、第二の人生を考えてのことだった。相撲取りというのはツブシが利かない職業だ。飲食店経営に転身する力士も多いと聞くが、自分の場合はそうはいかないだろうと思っていた。三井は暗に第二の人生もバックアップしてもいいとほのめかしているようだった。

　そんなことを考えていると、三井が話し出した。

「結論は急がなくていい。そう言いたいところだが、君が野球をやっていると聞いて驚いたんだ。できれば早急に相撲に打ち込める環境に身を置くべきだと思う。うちの附属高校が横浜にある。君さえよければ、編入できるように手配するつもりだ。新栄館高校ほどではないが、うちの附属高校もそれなりに相撲部に力を入れている。君にとっても悪い話ではないと思うよ」

三井が立ち上がったので、康介も慌てて立ち上がる。

「また近いうちに会おう。心が固まったようなら、君から連絡してくれても構わないから」

三井と握手を交わす。いったん背を向けて歩き始めた三井だったが、数歩歩いたところで立ち止まった。振り返った三井は思い出したように言う。

「ところで二階堂君。君の同級生の具志堅君も野球をやっているのかい？」

「ええ、一緒にやってます」

康介がそう答えると、三井は苦笑いを浮かべて言った。

「もったいないことだ。あれほどの逸材が、この重要な時期に相撲ではなく野球をやっているなんてね」

三井が立ち去っていく。その姿が店のドアの向こうに消えるまで見送ってから、康介は椅子に座った。改めて渡された名刺を眺め、康介は残りのアイスコーヒーを飲み干した。

●

六月十八日の土曜日。小尾は都内の某大学の講堂にいた。館内はほぼ満席といった状態だった。本日、ここで全国高等学校野球選手権大会の東・西東京大会の組み合わせ抽選会がおこなわれるのだった。すでに東東京ブロックの抽選会は終わり、西東京ブロックの抽選が始まっていた。

館内は熱気に満ちている。さすが激戦区だけのことはあり、テレビ局の取材も来ているようだった。

手元には数字のみが書かれたトーナメント表が配られている。壇上に上がった各野球部の主将がクジを引き、マイクで番号を読み上げてから、自分の高校名が書かれた札を、背後にあるボードにかけるという仕組みだった。さきほどまで隣に座っていた二階堂康介の姿はない。そろそろ番が回ってくるので、舞台近くで待機しているはずだった。

「小尾君」

そう声をかけられて振り返ると、そこには光央学院の城崎監督が立っていた。手にハンカチを持っている。トイレの帰りに小尾の存在に気づいたといったところだろう。ちょうど小尾の隣の席が空いているのを見て、城崎監督はその席に座った。

「まさか本当にエントリーしてしまうとはね」

城崎監督は苦笑混じりにそう言ったので、小尾は鼻の頭を指でかきながら答える。

「エントリーしただけですよ。校長の命令には従うしかないもんで」

「やけに謙遜《けんそん》するじゃないか。木更津中央にコールド勝ちをしたと聞いているぞ」

小尾は内心舌を巻く。もう城崎監督の耳に届いているというのか。たいした情報網だ。

「ビッグボールだろ？　君が採用した戦術は」

そこまでお見通しか。隠し通しておく意味もないと思ったので、小尾は素直にうなずいた。

「ええ、おっしゃる通りです。欠点を補うよりも、長所を伸ばした方がいいのではないか。そう思いました」

「うん、いいね。私が君の立場だったら、同じ戦術を選ぶだろう。もし三年間与えられたら、ダイエットをさせるがね」

そう言って城崎監督が笑った。小尾もつられて笑う。舞台上では抽選がおこなわれている。

出場校は全部で百三十二校だった。うち実績のある十校にシード権が与えられている。光央学院は第一シードだった。シード権の与えられた十校は、いずれも甲子園に出場したことのある強豪校ばかりだった。

『新栄館高校、主将、二階堂康介君』

館内アナウンスで紹介され、二階堂が舞台に上がる。その巨体に館内にいる他校の生徒たちから小さなどよめきが起きた。二階堂もやや緊張している様子だった。

クジを引いた二階堂は中央に置かれたマイクに向かい、番号を読み上げた。

「新栄館高校、八十八番」

二階堂は手にしていた札を『八十八番』の箇所にかけた。そして舞台左手に歩き去っていく。

小尾は配付されたトーナメント表に目を落とす。まだ対戦相手の八十九番は決まっていないようだった。横からトーナメント表を覗き見て、城崎監督が言った。

「うちと当たるとしたら決勝か。まあ健闘を祈るよ」

「ありがとうございます、監督」

「ところで小尾君、来週の日曜日だが、予定は空いているかな？　まあ予選に向けて練習で忙しいとは思うのだが」

たしかに来週の日曜日も練習だ。しかし茜に任せておけば問題ないだろう。小尾は訊いた。

「空いていますが、何か？」

「私は今年で七十歳になるんだ。早いものだよ。古希を祝う会を私の教え子たちが開催してくれるようなんだ。もしよかったら、小尾君も参加してはどうかと思ってね」

「いや、俺なんかが顔を出せるわけがありませんよ」

「私はそうは思わないがね。懐かしい顔が集まるんだ。君は東京オリオンズで活躍した名選手だ。それに今は高校野球の指導者としての道を歩み出している。胸を張って来ればいい」

そこまで話したところで、城崎監督は声をひそめて言った。

「君がドーピングに手を出していないのであれば、堂々とすることだ。それに私の教え子の集まりだから、君にも参加する資格があるぞ」

城崎監督は立ち上がり、緩やかな階段を下へと立ち去っていく。監督と入れ替わるように二階堂康介が姿を現した。緊張が解けたせいか、ややその顔つきは明るかった。

「八十八番か。いい番号だな」

小尾がそう言うと、二階堂がトーナメント表に視線を落として答えた。

「ええ。相手はどこになるんでしょうかね」

舞台上ではまだ抽選会がおこなわれていた。

●

「初戦は練馬《ねりま》北か。どんなチームなんだろうな。おい、嵯峨ちん。それは俺のだぞ。勝手に食べるなよ」

ハットが嵯峨ちんに注意をした。抽選会のあった日の夜、部員全員で集まった。場所は駅前商店街の中にあるお好み焼き屋だ。

「それにしても西東京ってこんなに高校があったんだな。知らなかったよ」ハットが呑気《のんき》に言う。全員の手元に今日決まったトーナメント表が配られている。ハットの感想は康介とおおむね同じだった。今日、会場に行って康介は度肝を抜かれた。しかもテレビ局も来ていたし、まさにお祭り騒ぎだった。相撲の都大会とは大違いだ。しかもまだ本番ではなく、たかが抽選会なのだ。

参加チームは東・西を合わせて二百七十校を超えるらしい。たとえば相撲の場合、都大会の出場校はせいぜい五十校ほどだ。それと較べると五倍にも及ぶ。野球というのがメジャースポーツであることを痛感させられた。

「あの吾妻のチームは第一シードか」グッシーがコーラを飲みながら言う。「当たるのは決勝戦ってことか」

二週間前の木更津中央との練習試合以来、部員たちの士気は上がっている。千葉県ベスト8に勝ったことが大きな自信になったようだった。いっそのこと千葉の予選大会に出たら優勝できるのではないか、と意味のわからないことを言い出す者もいるくらいだった。

練習はその大半が打撃練習に費やされている。ピッチングマシンを使って打ちまくるのだ。たまにグッシーがマウンドに立つこともあり、中にはグッシーの剛速球を打ち返す者もいた。それが悔しいらしく、グッシーは居残り練習でさらに速球に磨きをかけているようだ。

「明日の練習、何時から？」

ハットがお好み焼きを食べながら言うと、グッシーが答えた。

「八時からだろ。でも明日、ちょっと俺、用事があって練習行けないかもしれない」

「用事って何だよ、グッシー」

「いいだろ、別に」

個室の座敷に案内されていたので、すでに部屋中に煙が充満している。店員が追加のお好み焼きを運んできたので、嵯峨ちんがそれを受けとりながら言った。

「すみません。マヨネーズもらっていいですか？」

「あっ、俺も」

「俺もいいですか？」

空になったマヨネーズのボトルを受けとり、半ば呆《あき》れ顔でアルバイトのお姉さんは戻っていく。部員の中にマヨネーズの嫌いな者はいない。むしろマヨネーズ嫌いというのは隠れキリシタンのように迫害される宿命を背負っており、油井君は一年生の頃にマヨネーズが食べられずに本気で退部を考えたこともあるという。しかし今ではすっかりマヨネーズが大好きになり、今日も大量にマヨネーズをかけたお好み焼きを頬ばっている。

「どうした？　ニカ。食欲ないみたいじゃん」

油井君にそう言われ、康介は答えた。

「抽選会で緊張したみたいだ。油井君、俺の分も食べていいよ。これ、焼けてるから」

「いいの？　悪いね、ニカ」

そう言って油井君が康介の焼いたお好み焼きに手を伸ばす。今日はまだ五枚しか食べていない。元がとれないとみんなから笑われかねないほどの量だ。

昇陽大学の顧問・三井と会ってから、十日ほど経過している。あれから三井からの接触はない。しかし日増しに康介の中で心が揺らぎ始めていた。もう一度、相撲に専念したい。昇陽大学で相撲をやりたい。そんな思いが生まれ始めているのだった。

昇陽大学の三井は康介のことを評価してくれた。息の長い力士として活躍し、その後は指導者への道を歩むという道筋まで示唆してくれたのだ。これは康介にとって大変有り難い言葉だった。

「あと三十分で食べ放題が終わるぞ。焼きそばは十五人前頼めば足りるよな。みんな、ラストスパートだ」

ハットの声に一同が食べるペースを速めた。康介はコーラを一口飲んで、そっと箸《はし》を置いた。

その騒動が発生したのは木曜日のことだった。

部室の中で練習着に着替えて外に出ると、二人の部員が揉《も》み合っているのが見えた。グッシーとハットだった。グッシーはもう練習着に着替えていたが、ハットはまだ制服のままだった。ハットがグッシーの胸倉を掴んでいた。

「グッシー、抜け駆けなんて卑怯《ひきょう》じゃねえかよ。しかも練習をズル休みかよ」

グッシーがハットの手を振りほどいて言う。

「離せよ、ハット。練習を休んだのは悪いと思ってるよ。でも俺がどこで何をしようがお前には関係ないだろ」

「関係あるね。うちのクラスの生徒が目撃してんだ。おい、グッシー。言い訳によっちゃただじゃおかねえぜ」

「面白え。ただじゃおかないってどういうことだよ。ハット、今の言葉、忘れるなよ」

「おう、忘れねえよ。この際だから決着をつけてやろうじゃねえか」

そう言ってハットがグッシーに殴りかかろうとしたので、康介は慌ててハットの背後に回り込んで、彼を羽交い絞めにする。ハットがもがきながら言う。

「離せよ、ニカ。離せったら」

「何があったんだよ、ハット。冷静になれ。何があったかちゃんと説明しろ」

すでに部員たちが集まっていた。三人を囲むように成り行きを見守っている。抵抗する力が弱まったのを感じたので、康介はハットから手を離した。ハットがグッシーを睨《にら》みつけて言った。

「この前の日曜日、グッシーが練習を休んだのはニカだって知ってるだろ。うちのクラスの生徒が目撃したんだ。グッシー、茜ちゃんと手を繋《つな》いで街を歩いていたらしいぜ」

たしかにグッシーは日曜日の練習を休んだ。茜もいなかったはずだ。要するに二人は練習をズル休みしてデートをしており、それをハットのクラスメイトに目撃されたということか。

「手なんて繋いでねえよ。いいだろ、ハット。俺のことは放っておいてくれないか」

「予選に向かってチーム一丸になってやっていこうっていう、大切な時期だろうが。そういうときに勝手にデートなんてしていいと思ってんのか。誰の許可を得てんだよ、誰の」

「ただ二人で街を歩いていただけじゃねえか。許可が必要なんて初耳だぜ。それとも何か？　もしかしてお前、茜の彼氏なのか？　だったら許可が必要かもしれねえけど、そうじゃねえだろ」

「おい、グッシー。勝手に茜ちゃんのことを呼び捨てにすんじゃねえよ」

ハットがグッシーに向かって詰め寄ろうとしたので、康介は再び背後から羽交い絞めにした。そのままハットを引き摺《ず》るように部室に連れて行き、中に押し込んだ。

部室の中には誰もいなかった。二人きりになり、ハットは康介に向かって言う。

「ニカ、主将としてどうなんだよ。あんな身勝手な行動が許されるのか？」

「グッシーがマネージャーと一緒に歩いていたって話、本当なのか？」

「ああ」とハットが肩で息をしながら言う。「うちのクラスの奴が見たらしい。仲よく手を繋いでたってさ。部活休んでデートしているなんて、いったいどういう根性してんだよ」

真偽を確かめる必要があるが、手を繋いでいたかどうかはともかくとして、日曜日に二人が一緒にいたということは事実だろうと思った。

甲高い音が鳴る。ハットが近くにあったゴミ箱を蹴り上げたのだ。

「まったくムカつく野郎だ、あいつ。ニカ、俺はしばらく練習を休むぜ。どうせ打つだけの練習だから、バッティングセンターで十分だ。あんな奴とは一緒に練習したくねえからな」

ハットはロッカーから自分の荷物を出し、そのまま部室を出ていってしまう。「待てよ、ハット」と康介はハットを追いかける。

部室から出たところに部員が勢揃いしていた。グッシーだけはやや離れたところでぽつんと立っている。康介はグッシーのもとに駆け寄った。

「おい、グッシー。本当に日曜日、部活を休んでマネージャーと一緒だったのか？」

「ああ、そうだ」グッシーは胸を張って答える。「悪いのかよ、ニカ。でも手なんて繋いでないぜ。どこかの馬鹿が勝手に勘違いしてんだよ」

その言葉を聞いたハットが反応し、足を止めて言った。

「馬鹿だと？　てめえもう一遍言ってみろ」

「だってそうだろ。誰に聞いたか知らねえけど、噂を鵜《う》呑《の》みにして騒いでるだけじゃねえか。だから馬鹿だって言ってんだよ」

「てめえ、いい加減にしろよ。おい、みんな。よく聞いてくれ。なぜこいつが野球やっでるか知ってるか？　怖《お》じ気づいたんだよ。相撲じゃ天下獲《と》れねえことをわかったもんで、野球やってんだよ。ただの意気地なしなんだよ、この具志堅星矢って男はよ」

「お前、ぶっ殺されてえか」

今度はグッシーが激昂《げきこう》し、ハットに向かっていく。康介は必死になってグッシーを止めるが、一度火がついてしまったグッシーのパワーは凄まじかった。体ごと持っていかれてしまう。

「やめろ、グッシー。これ以上問題起こしてどうすんだよ。おい、ハット。お前も突っ立ってないで、とっとと逃げろよ」

「俺は逃げねえぜ」

「いいから俺の言う通りにしろ」

康介が叫ぶように言うと、ハットが肩をすくめて校舎の方に向かって歩き出した。グッシーの力が弱まったのを感じたので、康介は手を離して言う。

「グッシー、どういうことだ？　俺に事情を教えてくれ」

「話すことはない。あんな奴は放っておいて、いいから練習やろうぜ」

グッシーはそう言ってグラウンドの方に立ち去っていく。まったくグッシーにしろハットにしろ、頑固で融通がきかなくて困ったものだ。

主将はつらいぜ。康介は一人溜《た》め息をついた。

●

品川《しながわ》のホテルは賑わっていた。小尾はやや居心地の悪さを感じつつ、ホテルのロビーを歩いていた。外資系のホテルで、プロを引退してからこういう高級ホテルには縁がなかった。プロの頃は謝恩会や忘年会などでよく出入りしたものだった。

二階の大広間が会場になっているらしく、小尾は早速そちらに向かう。城崎監督から届いた招待状によると、会の開始は午後一時からとなっていたが、すでに腕時計の針は午後二時を回っている。一時間の遅刻だった。

受付で名前を書いてから、大広間に入る。二百人ほどいるだろうか。名将の誉れ高い城崎監督だけあって、彼を慕ってこれほどの教え子たちが顔を揃えたというわけだ。城崎監督はちょうど広間の中央ほどで教え子たちに囲まれている。あの状況だと挨拶するのは難しそうだ。

特に知っている顔も見当たらなかった。広間のサイドには料理が並べられており、立食式のパーティーだった。ほとんど料理は手つかずで、誰もが集まって昔話に花を咲かせているようだ。

小尾は通りかかったウェイターのトレイからシャンパンのグラスを受けとり、それを飲みつつ料理を食べることにした。エビのチリソースかけ、ローストビーフ、サンドウィッチなどを皿に載せ、次々と食べていく。名の知れたホテルの料理だけあって、どれも美味だ。

あいつらを連れてきてやったら喜んだことだろう。つい小尾は九人の野球部員の顔を思い浮かべていた。あいつらにとってここは天国のようなものだ。

「もしかして小尾先輩じゃありませんか？」

いきなり背後からそう言われて振り向くと、スーツを着た一人の男が立っていた。三十代半ばと思われるが、髪がやや薄くなっていた。男は小尾の顔をまじまじと見て言った。

「やっぱり小尾先輩だ。俺ですよ、後輩のイケヤマです。先輩が三年生だったときの一年です」

そう言われても記憶がまったくない。小尾の通っていた千葉の高校は野球部の名門校と言われており、一学年だけでも部員が三十名以上いた。後輩一人一人の顔を憶えているわけがない。それでも小尾は調子を合わせて言う。

「おお、イケヤマか。元気そうで何よりだな」

「先輩こそ元気そうで。先輩の活躍、ずっとテレビで見てました。会社の同僚にも自慢しまくっていましたよ、東京オリオンズの小尾投手は俺の先輩だったんだぞって」

イケヤマという男の声は大きい。その声に気づいたのか、集まって談笑していた男の一人がこちらを見たことに気づいた。五十代半ばほどの年配の男だった。

「ところで先輩、今は何をやっていらっしゃるんですか？　やっぱりもう野球は辞め……」

イケヤマの話に割って入るようにして、年配の男が小尾に向かって話しかけてくる。その険しい表情からして、こちらに好意を抱いていないことがはっきりとわかった。

「小尾竜也君だね？　私は茨城県の城西《じょうせい》二高出身の勝俣《かつまた》という者だ。この会の発起人の一人でもある。東京オリオンズに在籍していた小尾竜也君に間違いないね？」

シャンパンを飲み干してから、小尾は答える。「ええ、まあ」

「まったく何ということだ」勝俣という男が嘆くように言った。「ドーピング疑惑で球界を追われたんだろ、君は。そんな男が監督の晴れの舞台を訪れるなんて、非常識も甚だしい。今すぐ出ていくんだ」

年齢を重ねている分、こちらが偉いのだという態度が気に食わない。小尾は勝俣という男の声を無視して、通りかかったウェイターからシャンパンのおかわりを受けとって、再び料理を食べ始める。すると勝俣が声を大きくして言った。

「君、私の言ったことが聞こえなかったのか？　早くここから出ていきなさい」

周囲の視線がこちらに向けられているのがわかった。中には小尾を見ながらひそひそと話している男もいた。まったくこれだからこういう場は嫌なんだ。小尾がげんなりとした気分になって箸を置いたときだった。

「小尾君、よく来てくれたね」

そう言いながら城崎監督が近づいてくる。騒ぎを聞きつけたのだろう。小尾は頭を下げた。

「監督、このたびはおめでとうございます。野暮用ができてしまいましたので、俺は失礼させていただきます」

「君が遠慮することはない。君は私の教え子の中でも優秀な選手だったんだ。さあ、こっちに来たまえ。ほかの者にも紹介しよう」

城崎監督が小尾の背中に手を回した。それを見た勝俣という男が城崎監督に直訴した。

「お言葉ですが監督、この男は今日の会に相応《ふさわ》しいとは思えないのですが。ドーピング疑惑で球界を追われた男なんですよ」

「勝俣君、私は自分の教え子はドーピングになど手を出さないと信じているんだよ」城崎監督は口元に笑みを浮かべて言う。「それに日本におけるドーピングの現状について、私は誰よりも熟知しているつもりだ。小尾君」

いきなり名前を呼ばれ、小尾は背筋を伸ばす。「な、何でしょう？」

「私はアンチ・ドーピング委員会の委員を務めているんだ。この国は海外に較べてドーピングに対する認識も甘いし、検査の方法なども確立しているとは言い難い。小尾君のときにも私は君の無罪を主張したのだが、委員の中で受け入れられなかった。君が再分析を受けられなかったのも知っている。君が球界を追われたのは私の力不足でもあるんだよ」

アンチ・ドーピング委員会。そんな組織があることも知らなかったし、その委員に城崎監督が名前を連ねていることも知らなかった。城崎監督が続けて言う。会場は静まり返っており、誰もが城崎監督の言葉に耳を傾けている。

「そもそも日本人はドーピングに対して積極的ではない。それはなぜか。やはり日本人の美徳というものだと私は思っている。薬物に頼るのは卑怯な行為だ。そういうドーピングを拒む土壌がこの国にはある。しかしこれから先、どうなるかわからない。たとえば入れ墨を入れたり、ピアスを開けたり、そういう若者が増えていけば、ドーピングに対する抵抗も薄れていくのではないかと私は危惧《きぐ》している。東京オリンピックも控えている以上、ドーピング撲滅の啓発運動を活発にしていかなければならないし、その検査方法も確立しなければならない。ここに集まったみんなは、私のこの思いを理解してくれると信じている」

拍手が湧き起こった。城崎監督は周囲に向かって頭を下げてから、小尾の方に向かって歩み寄ってくる。小尾の耳元で低い声で言った。

「すまない、小尾君。君を傷つけるつもりはなかった。やはり君への疑惑は根強く残っているようだ」

「お気遣いなく。ありがとうございます」

小尾に向けられた懐疑的な視線の矛先を、うまく変えてくれたのだ。感謝しきれないほどだ。

「監督、俺は練習があるのでこれで失礼させていただきます」

「そうか」と城崎監督はうなずく。そして笑みを浮かべて小声で続けた。「本当はな、私もこんな会に出ている暇があったら、練習を見ていた方がよほど楽しいんだよ」

城崎監督に肩を叩かれ、小尾は会場をあとにする。大量に残っている料理が気がかりだったが、これ以上この場にいては監督の迷惑になるような気がした。

会場を出て、一階のロビーを歩いた。どこか空気が張りつめているような気がした。見るとホテルの従業員らしきスーツ姿の男性が、集まって何やら話している。エントランスから外に出たところで、ホテルの前に停車している救急車が目に入った。急病人でも出たのだろうか。そんなことを思いながら、小尾はタクシーに乗り込んだ。


最近、茜の帰りが遅い。今日もそうだった。日曜日なので練習は午前中で終わっているはずなのに、いっこうに帰ってくる気配がない。時刻はもう午後七時を過ぎている。

小尾は冷蔵庫の中身を物色していた。食材がほとんど入っていなかった。茜が帰ってきたら〈ジャンボラーメン〉に行くか。そう思ってテレビを点《つ》けたとき、部屋のインターホンが鳴る。

茜か。小尾は玄関に向かってドアを開けた。「茜、いったい何を……」

ドアを開けたところに立っていたのは、二人の男だった。二人ともスーツを着ており、三十代から四十代といったあたりの年齢だった。男の一人が懐から黒い手帳を出した。

「小尾竜也さんですね。私は警視庁捜査一課の紺野《こんの》と申します。こちらは同じく平沼《ひらぬま》です」

金色のバッジが見える。警視庁が俺に何の用があるというのだろう。真っ先に思い浮かんだのはまだ帰宅していない茜のことだった。

「まさか……。茜の身に何か？」

「アカネ？　いや、違います」と紺野が答える。「小尾さん、少しお話をさせてもらってよろしいですか？」

「ええ、まあ。どうぞお上がりください」

二人の刑事を招き入れた。リビングに案内して、二人をソファに座らせる。紺野という刑事が早速訊いてくる。

「小尾さん、今日の午後、品川区にある〈ロイヤルパシフィック品川〉に行かれましたよね？」

「行きました」〈ロイヤルパシフィック品川〉というのは城崎監督の古希を祝う会が開かれたホテルだった。「高校時代の恩師の古希を祝う会がありましてね、そこに招かれたんです。それが何か？」

紺野が手帳に目を落として話し出した。

「今日の午後三時三十分頃、一一九番通報がありました。部屋の一室で男女が倒れていると連絡があったんです。すぐに救急隊が駆けつけましたが、男性の方は息がありませんでした」

あの救急車か。ホテルから出てきたとき、正面に停まっている救急車を目撃したことを思い出した。だがそれが俺とどういう関係があるというのだろう。

「鈍器のようなもので殴られ、男性は死亡したとみられています。ホテル側の宿泊名簿、それと部屋に残されていた免許証から、遺体の主はすでに明らかになっています。殺されたのは百合草智明さん。東京オリオンズの選手です。小尾さん、彼のことはご存じですね？」

百合草が……殺された？　その意味していることが小尾には理解できず、しばらく頭が回らなかった。紺野という刑事の言葉が聞こえる。

「……小尾さん？　小尾さん、大丈夫ですか？」

「は、はい。突然のことで驚きました」

百合草が死んだ。あまりに突然の訃報《ふほう》を信じることができなかった。百合草とは高校時代の同級生で、東京オリオンズでも同じユニフォームでともに戦ったチームメイトだ。高校時代は小尾がエースで、百合草が控え投手に甘んじていた。それが高校三年の夏に立場が逆転し、それから先はずっと百合草の方が小尾の前を走っていた。東京オリオンズのエース、いや球界を代表するエースピッチャーだった。二十八歳のときにFA宣言をしてメジャーリーグにも挑戦したことがある。結果は二年間でわずか五勝という成績で、失敗ともいえる挑戦だった。日本の球界に復帰後、三年ほど低迷した時期もあったが、やがてかつての勢いをとり戻し、その後は順調に勝ち星を重ねていった。あの百合草が死んだなんて信じることができなかった。

「ですが」小尾は感じた疑問を口にする。「なぜ俺のところに？　たしかに俺は今日、あのホテルに行きました。まさか俺が疑われているなんてこと、ないですよね？」

紺野が険しい表情で答えた。

「現時点では捜査はほとんど進んでいません。遺体は司法解剖に回されています。あらゆる可能性が考えられますが、状況から無理心中を図ったというのが現時点では有力です」

「つまり、一緒に亡くなった女性というのは……」

「まだ彼女は亡くなったわけではありません。服毒したようで、意識不明の重体で都内の病院に搬送されました。まだ意識はとり戻していません」

愛人と一緒だったというわけか。百合草は二十代後半、メジャーリーグに挑戦する直前に結婚しているはずだ。相手はキャビンアテンダントだったと記憶している。

しかしまだわからなかった。なぜこの刑事たちは百合草が亡くなったことをわざわざ俺に伝えに来たのだろうか。同級生で元チームメイトということから、世間では仲がいいと思われていたのだろうか。

「百合草さんの部屋で倒れていた女性ですが」そこで紺野はいったん間を置いた。「岩佐真由子。フリーのジャーナリストです。小尾さんの前の奥さんで間違いありませんね」

目の前が真っ白になった。なぜだ、なぜ真由子が百合草と一緒に……。でもちょっと待て。つまり真由子は意識不明の重体で病院に搬送されたということか。

思わず小尾は立ち上がり、紺野の胸倉を掴んでいた。

「お前ら、ふざけるなよ。そ、そんな大事なことをなぜ先に言わないんだよ。どこだ？　真由子はどこにいる？　どこの病院にいるんだよ」

●

「ごめんね、二階堂君。翔大ったら、何か具合が悪いとか言って部屋から出てこようとしないのよ」

ハットのお母さんが申し訳なさそうに謝った。康介は「じゃあ、また来ますので」と言い、服部家の玄関から出た。ドアを閉めてから溜め息をつく。

ハットが部活に来なくなって三日がたっていた。今日は日曜日だったのだが、午前中の練習にも顔を見せなかった。気になったので自宅を訪ねてみたところ、門前払いされてしまったのだ。

来週、七月二日の土曜日に高校野球選手権大会、つまり夏の甲子園に向けた西東京予選の開会式がおこなわれ、その翌日が新栄館高校の初戦だった。そんな大事な時期なのにチームがまとまっているとは正直言い難い。

事の発端はマネージャーの茜とグッシーが街を一緒に歩いていたという目撃証言だった。それに腹を立てたハットがグッシーに文句を言い、それが言い争いに発展した。ハットは練習に来なくなってしまい、グッシーは反省することなく平然とした顔をして練習に参加している。

家に帰る気にはなれず、康介は商店街を当てもなく歩いていた。夜の七時を過ぎていた。嵯峨精肉店の看板が見え、店頭では嵯峨ちんのお父さんが「いらっしゃい、お買い得だよ」と声を張り上げている。嵯峨ちんほどでもないが、お父さんもなかなかの巨漢だ。康介は嵯峨精肉店を通り過ぎ、細い路地を通って嵯峨ちんの母屋に向かう。お父さんもお母さんも店で働いているので、嵯峨ちんは一人でいるはずだ。話し相手になってもらいたい。

玄関先に人影が見え、康介は足を止めた。嵯峨ちんが一人で素振りをしていた。康介の存在に気づき、バットを振るのをやめて嵯峨ちんが言う。

「やあ、ニカ。どうかしたの？」

「いや、近くまで来たもんで」康介は嵯峨ちんの右膝《みぎひざ》に包帯のようなものが巻かれていることに気がついた。「それより嵯峨ちん、足を痛めたのか」

「うん、今日の練習で捻ったみたい」

「あまり無理しない方がいいぜ。予選も近いんだし」

「そうだね。でも家の中で一人でいると、何かムズムズしてきちゃってさ。最近、野球が面白いんだよ。ホームラン打つと、すっごく気持ちいいんだよね。相撲で勝ったときも格別だけど、それとはちょっと違う意味で気持ちいいんだ。何か頼りにされてるみたいなね」

それは康介にもわかる。団体戦もあるとはいえ、相撲というのはあくまでも個人競技だ。だが野球は違う。ナインが力を合わせて勝利を目指すというのは、相撲では体験できない。

「頑張ろうね、ニカ」

そう言いながら嵯峨ちゃんがバットを振り、そのままバランスを崩した。康介は嵯峨ちゃんの体を支えた。

「だから無理するなって、嵯峨ちゃん」

「う、うん……」

嵯峨ちゃんは苦痛に顔を歪《ゆが》めている。これ以上、無理をさせるのは危険だった。嵯峨ちゃんに肩を貸して、一緒に家の中に入る。

「嵯峨ちん、明日は練習を休んでいい。病院に行ってくるんだ。これは主将命令だ」

「わかった。そうする。僕が抜けちゃうと八人になって試合できないもんね」

嵯峨ちゃんと別れを告げ、康介は帰路についた。問題は山積している。グッシーとハットの確執。嵯峨ちゃんも足を痛めてしまった。自分も昇陽大附属高校への編入を三井から勧められている。予選を一週間後に控えているというのに、自分の気持ちがそれほど高揚していないことに康介は気づいていた。

●

一睡もできずに夜が明けた。小尾は品川区内にある総合病院のロビーで一夜を明かした。隣には茜が座ったまま眠っている。

真由子は集中治療室に入ったままだった。午前七時を過ぎたところだった。ずっと病棟で待っていたのだが、面会できるのがいつになるかわからないと言われ、一階のロビーで待つことにしたのだった。茜もかなりショックを受けているようで、ほとんど口を開こうとしなかった。

清掃のおばさんが掃除を始め、徐々に一階ロビーも騒々しくなってきた。隣で眠っていた茜が目を覚ます気配があったので、小尾は茜に言った。

「ここは俺に任せろ。お前は学校に行くんだ」

「無理。行けるわけない」

「じゃあ家に帰ってろ。ここでずっと待ってるわけにもいかんだろ」

「待ってる。ずっと待ってるから」

母親が集中治療室に入っているのだから、ここに残りたいというのは娘として当たり前の反応だ。小尾は茜を説得するのを諦《あきら》めて、外の景色に目をやった。総ガラス張りになっていて、外の景色がよく見える。出社していくサラリーマンたちが足早に歩いていた。

「小尾さん、ですね？　先生がお呼びです」

顔を上げると女性の看護師が立っていた。彼女のあとに従い、廊下を歩く。エレベーターで三階まで昇り、面会室という部屋に案内された。小尾と同年齢くらいの医者が待っていた。

「現在もまだ、岩佐真由子さんは集中治療室で治療を続けています」医者が説明を始めた。「一命をとり止めたといってもいいでしょうが、まだ昏睡《こんすい》状態が続いています」

少しだけ安堵《あんど》する。命をとり止めたのだ。隣を見ると茜も真顔で医者の話に聞き入っている。

「岩佐さんは睡眠薬を大量に摂取したようですね。みずから飲んだのか、それとも誰かに飲まされたのか、そのあたりのことは警察の捜査に委《ゆだ》ねるとして、一般的に睡眠薬での自殺は難しいと言われています。市販されている睡眠薬なら何千、何万錠と飲めば自殺を図れるかもしれませんが、普通そこまで胃に入りきらないですからね」

そういうものなのだろうか。自殺など考えたことがないのでわからないが、睡眠薬を大量に飲めば死に至るものだとばかり思っていた。医者が続けて言う。

「しかし、岩佐さんが飲んだのはバルビツール系の睡眠薬で、麻酔で使われることもあるものです。基本的に医師の処方がなければ入手できないもので、呼吸を抑制する働きもあり、同時に筋肉を溶かすこともある危険な薬物です。岩佐さんの場合、発見も早かったことが幸いしたようで、命をとり止めることになりましたが、後遺症についてはまだわかりません」

「後遺症って……」思わず小尾は口を開いていた。「妻に、いや真由子に何か障害が残るということでしょうか？」

医者が首を横に振って答える。

「まだわかりません。我々としてもベストは尽くしました。今後も継続して治療に当たります。そういう可能性があるということを、ご家族の皆さんにはあらかじめ知っておいてほしかったんですよ」

「面会は……面会はできないんでしょうか？」

「ええ、しばらくの間は難しいでしょう。面会が可能になったら、またこちらから連絡させていただきます。どうかお気を落とさずに。快方に向かうことを祈りましょう」

医者は一礼して部屋から立ち去った。代わりに部屋に入ってきた女性の看護師が入院に関する手続きや、必要なものなどを説明してくれた。しかし小尾の耳にそれらの言葉は入ってこなかった。一命はとり止めたものの、障害が残る可能性があるというのだ。

あの真由子がなぜ……。

「……必要なものは以上です。何か質問はございますか？」

「特にありません。ありがとうございます」

茜は神妙な顔をして、看護師に礼を述べた。膝の上には手帳が置かれ、右手にペンを持っていた。しっかり者の娘だ。小尾はなぜか涙腺が緩むのを感じ、目をこすった。

もう一度看護師に礼を言ってから、茜と二人で面会室から出た。そこで待っていたのは昨夜会った二人組の刑事だった。紺野という刑事が会釈をしながら近づいてくる。

「岩佐さん、まだ意識が戻らないようですね」

「え、ええ。ところで刑事さん、俺に何か話でも？」

「少し事情をお聞かせいただきたくてね」

「わかりました。では一階のロビーあたりで……」

歩き始めた小尾の右腕を、紺野がぐっと掴んで言った。

「小尾さん、できれば品川警察署までご同行いただきたい」

断固とした口調で紺野はそう言った。その目は険しいものだった。

●

月曜日の朝、登校途中で康介はその話を知った。途中で会ったハットに聞かされたのだ。昨日の日曜日、品川区内のホテルで男女が無理心中を図り、女性の方が岩佐真由子、小尾の元妻であるという。つまり茜の実の母親であるということだ。幸いなことに亡くなってはいないようだ。

「しかも驚くなよ」隣を歩くハットが言う。「死んだ男の方、誰だと思う？　あの東京オリオンズの百合草なんだぜ。まったく驚いたよ。朝からニュースはこの話題で持ち切りだぜ」

知らなかった。今日は少し寝坊をしてしまったので、朝のニュースも見ていない。

「ちょっとコンビニ寄ってこうぜ」とハットが言い、通りかかったコンビニエンスストアに入っていく。するとレジの前に嵯峨ちんが立っていた。

「あっ、ニカとハット、おはよう」

「おはようって嵯峨ちん」ハットが嵯峨ちんの手元を見ながら言う。「朝からおでんかよ。もしかして朝飯食べてこなかったのか？」

「ううん、食べたよ。ここまで歩いてきたら何だかお腹空いてきちゃってさ、何か最近、朝おでんが癖になりつつあるんだよ」

「まったく燃費の悪い男だなあ。おい、嵯峨ちん。それどころじゃないんだよ」

ハットはレジの前に並んでいた新聞を数種類手にとり、それをレジの上に置きながら言った。

「大変なんだよ。おでんなんか食べてる場合じゃないぜ」

店から出て、その前に座り込んで買ったばかりの新聞を読む。スポーツ紙はどれも一面で報じていた。百合草智明の死は球界にとっては大きなニュースのようだ。一般紙でも一面で伝えている新聞もあるほどだ。

「ほら、ニカ。これ読んでみろよ」

ハットから渡されたのはスポーツ紙だった。その記事によると百合草智明の遺体は品川区内のホテルで発見されており、一緒に倒れていた女性は世田谷区に住む岩佐真由子というフリーのスポーツジャーナリストとなっていた。たしかに茜と同じ名字だ。女性は意識不明の重体らしい。

「これはスキャンダルだな」ハットがうなずきながら言う。「マズいぜ、これは。多分百合草と茜ちゃんのお母さん、付き合ってたんだよ。百合草は妻子持ちだ。不倫ってやつだな」

スポーツ紙をハットに返しながら、康介は反論する。

「スポーツジャーナリストって書いてあるだろ。インタビューしてたとか、そんな感じじゃないのか」

「だといいけどな。おい、嵯峨ちん。早く食っちまえよ。遅刻するぞ」

嵯峨ちんはおでんを頬ばっている。出汁《だし》の匂いが漂ってきて、さきほど朝食を食べたばかりだというのに食欲が刺激される。康介は立ち上がり、やや急いで学校へ向かって歩いた。

学校に着いて教室に入ったところで、秦正明がやって来た。秦正明は隣のクラスだ。

「ニカ、例の話、知ってるか？」

「ああ。さっきハットから聞いた」

「二年の情報だと茜ちゃん、今日は学校を休むみたいだぜ。小尾監督もだ。おっ、グッシー」

教室の後ろのドアからグッシーが入ってくるのが見えた。グッシーと康介は同じクラスだった。グッシーは今日もコンビニエンスストアの白い袋を持ち、おにぎりを食べている。一人暮らしのグッシーは登校しながら朝食を食べるのが常だった。朝だけで十個ほどのおにぎりを食べるらしい。さすが嵯峨ちんに次ぐ大食漢だけのことはある。

「グッシー、聞いたか？　監督の元奥さんのこと」

ハタハタに訊かれ、グッシーは答える。

「知ってる。さっき茜からメール来たから」

「茜からって……。本当にお前ら、付き合ってんのか？」

ハタハタの質問には答えずに、グッシーはおにぎりの残りを口の中に放り込み、教室の一番後ろの自分の席に座る。ちょうど担任教師が教室に入ってきたので、ハタハタが慌てて出ていった。

日直のかけ声で朝の挨拶をして、朝のホームルームが始まる。担任教師の言葉は康介の耳をすり抜けていった。

今週の土曜日に開会式、日曜日に初戦を迎える。そんな大事な時期なのに、小尾監督の前の奥さんが意識不明の重体で病院に運ばれてしまったのだ。奥さんの安否も気になるところだったし、何があったのか、それも気になった。康介は不安に駆られた。

果たして、俺たちは無事に初戦を迎えられるのだろうか。

●

「これは何なんだよ、いったい。まるで俺が容疑者みたいじゃないか。俺は無関係だ。百合草とはここ何年も連絡すらとったことがないんだぜ」

小尾は品川警察署の取調室に連れてこられていた。紺野という刑事が後ろ手でドアを閉めた。平沼という刑事も一緒だった。

「おかけください。別に小尾さんを容疑者だと考えているわけではありませんよ。ちょっと見ていただきたいものがありましてね」

「俺に見せたいもの？　何だよ、それ」

「その前にこれまでに判明した経緯を説明させてください。一応、別れた奥さんに当たるわけですし、ほかに近しいご家族がいないようなので」

真由子の実家は北海道の函館《はこだて》市だ。十代の頃に上京し、それから両親とはほとんど連絡をとり合っていないらしい。ほかに親しくしている親戚《しんせき》などもいないはずだった。

「百合草さんは一昨日《おととい》、つまり事件前日の夕方に〈ロイヤルパシフィック品川〉にチェックインしたようです。昨日、同ホテルの広間で城崎監督というんですか、百合草さんの恩師に当たる方の古希を祝う会があったようで、その招待状を持っていました。その会に出席するため、事前にチェックインしたものと思われます。城崎監督ですが、小尾さんも親しくされているようですね。参加者名簿の中に小尾さんの名前もありました」

「親しいってほどでもないが、恩師であることに変わりはない。俺と百合草の関係なんて、もう調べがついてんだろ」

「ええ」と紺野は答える。「実は私、こう見えても東京オリオンズのファンでね。お二人の関係は以前から知っていました。仕事じゃなかったらサインをいただきたいくらいですよ」

「サインなんてここ何年も書いたことはない。で？　続きは？」

小尾が先を促すと、紺野が咳払《せきばら》いをしてから説明を続けた。

「百合草さんの死亡推定時刻は午後二時過ぎくらい。おそらく岩佐さんが薬を飲んだのもその前後あたりの時間帯だと思われます。午後二時三十分、男の声で一一九番通報があり、救急車が現場に駆けつけました」

男の声で一一九番通報があった。てっきりホテルの従業員が遺体を発見したものだと思っていたが、別の第三者が通報したということか。でもその男はどうやって百合草が死んだことを知ったのか。ホテルの部屋は密室のはずだ。小尾の疑問を察したのか、紺野が説明した。

「通報はホテルから五十メートル離れたところにある公衆電話からでした。今どき携帯を持っていない者などほとんどいないはずです。携帯から身許《みもと》を特定されることを恐れのが入っている。

そう言って紺野が机の上にビニール袋を置いた。中には携帯電話の充電器のようなも
「それはわかりません。実はこんなものが部屋から見つかりました」

「つまり犯人みずからが通報したってことか？」

たんでしょうね」


「盗聴器です。百合草さんのバッグの中に入ってました。何者かがホテルに入る前にバッグの中に忍ばせたんでしょう。ホテル内の通路に設置された防犯カメラの映像が残っていました。これです」

紺野が机の上に置かれたノートPCを開き、ある映像を再生した。ホテルの通路を斜め上から撮った映像のようだ。まず一人の男が廊下を歩いていき、一枚のドアの前で立ち止まった。マスクをしているせいで、男の顔は判別できない。しばらくして男は部屋の中に消えていく。紺野が口を開いた。

「時刻は午後一時五十分です。彼が室内に入って十八分後の午後二時八分、今度は岩佐さんが現れます」

別の映像が再生された。今度は一人の女性がさきほどの男と同じように廊下を歩き、ドアの前でしばらく待ったあと、部屋の中に入っていった。一瞬だけ見えたその横顔は真由子のもので間違いなかった。

「岩佐さんが部屋に入ってから十五分後、午後二時二十三分、男が先に部屋を出てきま

す」

次の映像は男が部屋から出てくるところだった。男はそそくさと廊下を歩き、カメラの死角へと消えていった。

「こいつだ。この男が百合草を殺し、真由子に睡眠薬を飲ませたんだよ」

「その可能性もあります。ですが我々の推測は違います。お気を悪くしないで聞いていただきたい。百合草さんと岩佐さんは不倫の関係にあった」

「ちょっと待て。どこに証拠があるんだよ」

「だからお気を悪くしないでほしいと言ったじゃないですか。これは我々の推測に過ぎませんので。不倫の関係にあった二人は脅されていたんではないでしょうか。百合草さんほどの選手になればスキャンダルにも価値がある。おそらく映像に映っている男が恐喝者でしょう。どこかの出版社の記者、もしくはカメラマン。探偵という線も考えられます。決定的な証拠を見せつけられ、二人は絶望した。多分百合草さんは別れ話を切り出したんでしょう。それを聞いた岩佐さんはショックを受け、逆上して発作的に百合草さんを殺害してしまう。そして所持していた睡眠薬で自殺を決意する」

「待て。真由子はそんな女じゃない。冷静な女だ」

「客観的事実に基づいて推理しているだけです。恐喝者が二人を殺害する意味がないんです」

小尾は押し黙った。それは認めるしかない。二人を殺しても一文の得にもならないのだ。金を奪うことが目的ならば、絶対に二人を殺害しようとは思わないだろう。百合草の年俸は三億は下らない。それこそ金はいくらでも引っ張れるのだから。

「二人のスクープを追っていたのは一人ではなかった。もう一人、いたんです。その男は仕掛けた盗聴器で二人が無理心中を図ったことを知り、一一九番通報してから逃亡した。これが現時点で我々が考えている推論です。現在、百合草さんの部屋に入った男性が事情を知っているものと考え、行方を追っていますが、まだその素性は明らかになっていません」

根本的に間違っている。小尾はそう思った。真由子は発作的に人を殺すような女ではない。しかし反論の余地がなかった。真由子が百合草の部屋で睡眠薬を飲んだのは紛れもない事実だった。そういえば、と小尾は思い出す。あれは去年のことだったか。たしか月岡が二人の関係を匂わせるようなことを言っていた。本当に真由子は、百合草と……。

「もう一つ、興味深い事実が浮上しました。小尾さんにはこちらの方が重要かもしれませんね」

もういい。これ以上、何も聞きたくない。どうせ真由子が不倫していたことを示す証拠でも見つかったというのだろう。

「司法解剖の結果、百合草さんの体内からある薬物が検出されました。アンドロステロンなどのステロイド系の薬物が数種類です」

「何だって」

思わず小尾は声を発していた。紺野が続けて言う。

「医者の話によると、かなり長期間にわたり服用していた形跡があるそうです。アナボリック・ステロイド。小尾さんならおわかりになると思いますが、いわゆるドーピングというものです」


家に着いたのは午前十時のことだった。学校には休むことを告げてある。小尾が自宅アパートの前に辿《たど》り着くと、どこからともなく現れた報道陣に囲まれる。

「小尾さん、元奥様が服毒自殺を図った件について、いかが思われますか？」

「小尾さん、亡くなられた百合草さんについて何かおっしゃりたいことはありますか？」

「事件について、一言コメントをお願いします」

小尾は報道陣を無視して、階段を上った。あとから報道陣はついてくるが、構わずに小尾は自宅アパートの中に入った。インターホンが立て続けに押される。靴を脱いでリビングに向かうと、そこには茜がぽつんと座っていた。

「ずっとあんな感じなのか？」

「そう。電話はうるさいから線を抜いた」

見ると電話線が抜かれている。球界を代表する投手の死。その彼と不倫をしていたかもしれないスポーツジャーナリスト。しかもその元旦那《だんな》がドーピングで球界を追われた元プロ野球選手ときたら、いかにもマスコミが飛びつきそうなネタだった。

「お母さんは？」

茜が不安そうな顔つきで訊いてきたので、小尾は答えた。

「病院から連絡はない。また夕方にでも顔を出そうと思ってる」

訊きにくい質問だったが、小尾は思い切って口を開く。「お母さんのことだけど、そのう、あれだ。誰か恋人がいたように見えたか？」

茜は首を横に振って答えた。

「知らない。そういうことを話す人じゃなかったから」

「そうか」

紺野から聞いた話は衝撃的だった。百合草がアナボリック・ステロイドを使用していた形跡があるというのだった。司法解剖の結果なのだから、おそらく間違いないだろう。だとすれば四年前、小尾がドーピング検査を受けた当日の、もう一人の検査対象者は百合草智明だったのではないか。

長期間にわたり使用していたのであれば、四年前も使用していた可能性が高い。百合草は自分の尿から陽性反応が出ることを恐れ、同日に検査を受ける対象者、つまり俺の尿と入れ替えたのではなかろうか。だが、いったいどうやって？

検査は球場内の会議室でおこなわれた。試合が終わったあと、そこに呼び出されたのだ。立ち会ったのはチームドクターと、ドーピング検査係官だった。二つの容器に尿を採取したあと、それを発泡スチロールの箱の中に入れ、所定の用紙に名前などを記入したことを憶えている。発泡スチロールの箱は係官の手により、すぐさま分析機関に運ばれたらしい。

ほかの検査対象者と顔を合わせる機会もなく、尿を入れ替える時間などないように思われた。しかも百合草はピッチャーだ。ベンチ入りしていない可能性も高い。もう昔のことなので記憶が定かではないが、たしか――。

「茜、至急調べてほしいことがある。三年、いや四年前の八月、たしか第一土曜日のことだ。東京オリオンズ対川崎タイタンズの試合、先発ピッチャーは誰だったか」

茜がうなずき、すぐにスマートフォンを手にして調べ始めた。やがて茜は顔を上げ、その名前を言った。

「百合草智明。七回一失点でマウンドを降りてる」

やはりか。あの試合、百合草もベンチ入りしたメンバー二十五人のうちの一人だったわけだ。小尾に濡れ衣を着せた張本人は百合草なのか。

しかし多くの謎が残されている。仮に百合草がドーピングをしていた張本人だとして、どうやって小尾の尿と自分の尿を入れ替えたのか。なぜ百合草はドーピングに手を染めたのか。そして今回の事件だ。百合草を殺害し、真由子に睡眠薬を飲ませたのは誰なのか。

テーブルの上で携帯電話が鳴っていた。校長の新川からだった。騒ぎを聞きつけ、早速小言を言うために電話をかけてきたのだろう。

「はい、小尾ですが」

「小尾君、聞いたよ」電話の向こうで新川が言う。不機嫌そうな声だった。「まったく大変なことになってしまったようだね。別れた奥さんのこととはいえ、不倫だなんて我が校のイメージダウンにもなりかねんぞ」

「すみません」と謝りながら、なぜ俺が謝らなければならないのかと疑問を感じる。「明日からは学校に行きますので、どうかご心配なく。ご迷惑をおかけして……」

「来なくていい」

「は？」

「だから学校には来なくていいと言っているんだ。どれだけ迷惑をかければ気が済むと思っているんだね。事態が落ち着くまで、君が学校に来ることは許さん」

「ですが校長。今週末には野球部の初戦が……」

「君はいい。別の者を用意した。とにかく君は自宅謹慎だ。わかったな」

電話は一方的に切れてしまう。小尾はしばらく呆然《ぼうぜん》と立ち尽くしていた。学校に迷惑をかけたのは仕方がないことだが、それと野球部の西東京予選とは話が別だ。強豪校にひと泡吹かせたい。その一心で練習に取り組んできた。それなのに監督としてベンチに座れないなんて、何のために時間を費やしてきたのかわからない。

部屋のインターホンが鳴る。どうせマスコミだろう。さまざまな思いがないまぜになり、小尾は思わず近くにあったテレビのリモコンを玄関のドアに向かって投げつけていた。

●

「おい、ニカ。この雑誌を見てよ」

そう言ってハタハタが一冊の雑誌を持って康介のもとにやって来た。昼休みのことだった。雑誌は今日発売されたばかりのゴシップ誌で、表紙は水着を着た女性だった。

今日は水曜日だ。小尾と岩佐茜が学校を休むようになって三日がたつ。日曜日の初戦を前にして、新栄館高校野球部は万全の状態にあるとは言えない。監督とマネージャーが不在で、ハットとグッシーはいまだに冷戦状態が続いている。嵯峨ちんも右膝の状態が悪いようで、練習中も右膝を気にしている。

康介の気持ちも揺れたままだった。実は昨日、また昇陽大学の三井が康介のもとを訪れていた。横浜にある昇陽大附属高校の相撲部コーチも一緒で、是非編入して相撲部に入部してほしいと言われ、学校のパンフレットも置いていった。スポーツ特待生は学費も大幅に免除されるだけではなく、昨年完成したばかりの寮に入ることもできるという。

「茜ちゃんのお母さんなんだから、さぞかし美人なんだろうな。そりゃ男が放っておかないとは思うけど、相手が悪いよな。だって小尾監督と百合草って高校時代からのライバルなんだろ」

ハタハタが言う。康介は雑誌に目を落とした。

記事によると、百合草智明と岩佐真由子が——記事の中では『Iさん』となっていたが、二人の仲が周囲に疑われるようになったのは、去年の秋のことだった。去年、岩佐真由子は東京オリオンズの試合を密着取材しており、それがきっかけとなって二人の交際がスタートしたのではないか、というのが球団関係者の弁だった。百合草智明の奥さん——Aさんは取材に応じることはないらしい。彼女に近い関係者の証言によると、心身ともにショックを受けている状態のようだ。

「ハタハタ、こんなの嘘に決まってんだろ。そもそも関係者って誰だよ。ライターが適当な記事を書いてんだよ」

「でもニカだって今日のニュース見ただろ。百合草って結構ヤバい奴だったみたいだぜ」

今朝のニュースは康介も見た。亡くなった百合草智明の遺体から薬物反応が出て、どうやらドーピングに手を染めていたという話だった。どのスポーツ紙でも一面を飾っていた。無理もない。百合草智明ほどの現役選手がドーピングをしていたのだから。

ドーピング。康介には縁遠い話だったが、今朝の報道を受けて午前中の授業中にあれこれ考えてみた。たとえば康介は相撲ではグッシーに絶対に勝てない。十番勝負なら、二勝できればいい方だろう。自分とグッシーの間にはそれほどの実力差がある。もしある薬を飲めば、驚異的に筋力がアップし、グッシーを圧倒できるかもしれない。そんな薬を目の前にぽんと置かれたりしたら、自分はその薬を飲むか否か。現時点では飲まないだろう。そんな薬、怖くて仕方がない。それがもし、プロ入りしてからではどうだろうか。プロというのは厳しい世界で、勝ち星が稼ぎに直結する世界だ。そんなとき、薬を置かれたとしたら、絶対に飲まないと言い切れる自信がなかった。

「おい、ニカ」

ハタハタに肩を叩かれ、我に返る。ハタハタの視線の先、教室の後ろのドアのところに岩佐茜が立っている。教室内がざわめくのを感じる。三年生には女子生徒がいないので、存在自体が珍しいのだ。しかも野球部マネージャー岩佐茜の美貌《びぼう》は校内でも話題になっている。

康介は立ち上がり、茜のもとに向かう。教室にいるクラスメイトの視線を集めているのが恥ずかしいような気もするし、少し気持ちがいい感じもする。茜の前に立ち、康介は言った。

「よ、よう、マネージャー。もう大丈夫なのか？」

「ご迷惑をおかけしました。今日から部活に復帰します」

それだけ言い、茜は踵《きびす》を返した。康介は慌てて茜に言う。

「おい、マネージャー。お母さんの具合はどうなんだよ。みんな心配しているんだぜ」

振り返った茜は答える。

「お陰さまで一命はとり止めました。でも意識は戻らず、今も人工呼吸器をつけてます」

「そ、そうか」

命に別状がなかったのは何よりだが、意識が戻っていないというのならあまり容態はよくないのかもしれない。しかし茜はいつもと同じ無表情だ。

「具志堅君はどこですか？」

そう茜が訊いてくる。登校したその日からグッシーの居場所が気になるなんて、やはり二人は付き合っているのだろうか。康介は何食わぬ顔をして答えた。

「グッシーなら屋上で寝てるんじゃないか。飯食ったあと、大体屋上で昼寝してるよ」

小さく頭を下げてから、茜は廊下を歩き去っていく。三年生の校舎なので、茜が歩いているだけでほかの男子生徒が立ち止まって茜のことを眺めていた。誰もが口を広げている。

教室の中に戻ろうとしたときだった。突然、校内放送が聞こえてきた。

『三年二組の二階堂康介君。至急、校長室にお越しください。繰り返します。三年二組の二階堂康介君。至急、校長室にお越しください』

康介が校長室に足を踏み入れると、新川校長が待ち受けていた。ほかに誰もいない。

校長と二人きりになるのは初めてなので、緊張してしまう。

「来たな、二階堂君。まあ座りたまえ」

校長に言われた通りに康介はソファに腰を下ろした。校長は康介の前に座り、偉そうに足を組む。偉そうというより、校長だから偉いのだ。自分の愛車が汚れたのを生徒のせいにしたり、廊下を走っただけで一時間も生徒を説教したりと、この校長は校内での評判がよくない。

「二階堂君、日曜日にいよいよ予選が始まるな。自信のほどはどうだ？」

校長に訊かれ、康介は恐る恐る口を開く。

「初めての公式試合ですから、やはり緊張します」

「まあ緊張するのは仕方がないことだ。だが君たち野球部には大いに期待している。我が校の名を都内に、いや全国に轟《とどろ》かすまたとないチャンスだ」

どこか引っかかる言い方だった。まるで注目を集めることが目的のようだった。康介の胸中はお構いなしといった感じで校長が続けた。

「明日の放課後、テレビの取材が来るから、部員は全員グラウンドに集合するように」

テレビの取材なんて受けたことがない。部員たちはさぞかし盛り上がるはずだが、新栄館高校野球部を取材することに果たして意味があるのだろうか。

「だがナイスアイデアだったと思わんか、二階堂君」校長が身を乗り出して言った。

「相撲しか取り柄がなかった君たちに野球をやらせるなんて、私にしか思いつかないアイデアだ」

失礼だな、と康介は思う。たしかに相撲しか取り柄がないのかもしれない。しかしそういうことは思っていても口にしないのが良識ある大人というものではないだろうか。

「というわけだから、明日は頼むぞ、二階堂君」

「わかりました。お話はそれだけでしょうか？」

そう言いながら康介は腰を浮かしかけた。もう話は終わりだと思ったからだ。しかし予想に反して校長は続けて言った。

「ところで二階堂君、小尾先生の奥さん、いや元奥さんのスキャンダルは知っているね？」

「はい。知っています」

「まったく困ったことをしてくれたものだよ、小尾先生も」校長が眉間《みけん》に皺《しわ》を寄せて言った。「小尾先生に非はない。だとしても、彼の元奥さんがやったことは我が校の品位を貶《おとし》める結果になりかねない」

校長の言っていることはわかる。しかし康介は小尾監督を責める気にはなれない。意外にも小尾という男は部員たちの間で人望が厚いのだ。

表面上は飄々《ひょうひょう》としており、無責任なところがある。しかし「面倒臭えな」と言いながら夜遅くまで打撃練習に付き合ってくれたり、「俺に教えを乞《こ》うなど百年早い」と言いながらバッティングフォームの改造を一緒に考えてくれたりなど、ここ半年ですっかり監督らしくなっている。

「仕方がないから、小尾先生にはしばらく謹慎してもらうことにした」

校長の言葉に康介は自分の耳を疑った。今週末に試合が控えているのだ。小尾監督抜きで戦えるわけがない。

「心配しなくていいぞ、二階堂君。代わりの監督は用意してある。高野連にも了解をとった」

「ちょっと待ってください、校長先生。急に監督を替えるといっても……」

「もう決まったことだ。騒ぎが落ち着くまで小尾先生には謹慎してもらう。私の決定に口を出すんじゃない」

康介は押し黙り、新栄館高校の教師陣の顔を思い浮かべた。いるだろうか。野球部の監督に相応しい人物が。

すると校長が身を乗り出し、にやりと笑って言った。

「どうせ誰が監督をやろうが試合をするのは選手だ。監督なんて飾りに過ぎん。だったら私が監督として采配《さいはい》をふってやろうじゃないか」

その翌日の放課後、新栄館高校にケーブルテレビのテレビクルーが訪れた。カメラマン一名とディレクター一名、それから女性レポーターが一名だった。ほとんど打ち合わせというものもなく、いきなり撮影は開始された。

「皆さん、こんにちは。私は今、東多摩市にある私立新栄館高校を訪れています。実は野球部の取材にやってきたんです」

ピンクのワンピースを着たレポーターがマイク片手に喋《しゃべ》っている。髪もふわふわしており、とても可愛らしい女性だった。クールな茜とは対極にいるような女性で、しかも胸も大きい。康介はちらりと横に並ぶ八名の部員たちを見る。彼らの目は女性レポーターに釘《くぎ》づけだ。

「実はこの野球部、ただの野球部じゃないんです。テレビの前の皆さん、おわかりですか？」

カメラが女性レポーターから離れ、康介たちの方に向けられた。一気に緊張が押し寄せる。

「この体、見てください。とても野球部とは思えませんよね。何を隠そう、この野球部の部員たちは、去年まで全員が相撲部員だったのです」

カメラを持ったカメラマンが目の前を移動していく。どこか恥ずかしい。これがテレビに映ってしまうということが、うまく想像できなかった。テレビの取材なんて相撲部時代にはなかったことだ。やはり高校野球は恐るべしだ。

「九人全員の体重の合計は一トンを超えるという、超重量野球部なのです。しかも野球の練習を始めて九ヵ月しかたっていないという、超初心者。でも驚くことなかれ。彼らは全国的にも注目を集めるほどの名力士が揃っているんです」

女性レポーターがグッシーのもとに歩み寄った。部員たちの羨望《せんぼう》の視線がグッシーに集まった。

「彼の名前は具志堅星矢君。新栄館高校野球部の三年生で、ピッチャーです。彼の持ち味は時速一四〇キロを超えるストレートなんですが、実は彼、高校相撲界の注目を浴びるほどの選手だったんです。そんな彼がなぜ野球をやっているのか、少し話を聞いてみたいと思います。具志堅君、こんにちは」

「こんにちは」

「君は相撲の高校チャンピオンになれるほどの名選手だと聞きました。具志堅君はなぜ野球をやろうと思ったのかな？」

「相撲部がなくなったから」

ぶっきらぼうな口調でグッシーが答える。康介たちは慣れているが、女性レポーターには物足りないらしく、さらに突っ込んで質問した。

「具体的には？　野球が好きなのかな？」

「いや、だって相撲部がなくなって、野球部になったわけだし、だったら野球やるしかないじゃないですか」

女性レポーターが引きつった笑みを浮かべ、マイク片手に言う。

「そうですか。やっぱり高校生ともなると考え方がしっかりしていますね。次は嵯峨省平君です。嵯峨君はすでに体重が一六〇キロを超え、チーム一の巨漢です。現役力士に勝るとも劣らないその体格を活《い》かして、ホームランを狙うバッターです。嵯峨君、こんにちは」

「こ、こんにちは」

「嵯峨君、野球の魅力をズバリ教えてください」

「部活のあと、家に帰って食べるご飯が美味《おい》しいことです」

嵯峨ちんは真面目な顔で答えたのだが、女性レポーターは愛想笑いを浮かべて言った。

「そうなんだね。嵯峨君のパワーの源はお母さんが作る手料理なんですね」

新川校長も同席しており、そのインタビューの様子を見守っている。受け答えがなっていないと怒鳴り出すのではないかと思ったが、さすがにカメラが回っていることに遠慮してか、口を挟むことはない。女性レポーターがカメラ目線で言った。

「私たち番組はこの夏、新栄館高校野球部を応援していきたいと思っています。マシュマロ・ナインの夏が、始まろうとしているのです」

マシュマロ・ナイン。太っていることをマシュマロとかけているのだろうか。ちらりと新川校長に目を向けると、彼は腕を組んで満足そうにうなずいている。

「では最後に、チームのキャプテンである二階堂康介君に話を聞いてみたいと思います。こんにちは、二階堂君」

マイクを向けられ、康介は答える。「こんにちは」

「マシュマロ・ナインこと新栄館高校野球部ですが、予選を間近に控えています。意気込みをお願いします」

「僕たちはチャレンジャーです。つい先日まで野球なんてやったことがない素人でした。失敗を恐れず、チーム一丸となって戦っていきたいと思っています」

「チーム一丸。いい言葉ですね」

女性レポーターが初めて満足そうな笑みを浮かべた。それを見て、康介は複雑な心境になる。チーム一丸とは言い難い。グッシーとハットの冷戦はまだ続いているし、康介自身も心が揺らいでいる。実は昨夜、昇陽大学の三井から連絡があり、昇陽大附属高校相撲部の練習を見学に来ないかと誘われた。一応断ったのだが、昇陽大附属高校に転校してすぐに相撲をやるべきなのか、心は揺れていた。

「チーム一丸。このスローガンをもとに、マシュマロ・ナインの夏が始まろうとしています。皆さん、ご期待ください」

女性レポーターがそう締めくくった。

●

七月二日、土曜日。神宮球場にて全国高等学校野球選手権大会東・西東京大会の開会式がおこなわれた。小尾はその様子をスタンドから眺めていた。隣には茜も座っている。曇り空だったが、気温は三十度に達しようとしていた。グラウンドにいる選手たちも暑いことだろう。

すでに選手入場も終わり、グラウンドには参加する選手たちが整然と並んでいる。今は高野連のお偉いさんが挨拶をしているところだった。

「やっぱりあいつら、目立つなあ」

小尾はそう言ってグラウンドに目を向けた。やけにでかい奴らが並んでいるのが見え、周囲よりは頭一つ抜けているので、その存在は際立っている。

「ユニフォーム、変わったのか？」

小尾が訊くと、茜が短く答えた。膝の上に置いた新聞を眺めている。

「そう。校長が新調させたの」

以前は胸元に『新栄館』と書かれたシンプルなユニフォームだった。さきほど茜から借りたカメラのズーム機能で一番前に立っている二階堂康介の姿を見たところ、ユニフォームが変わっていることを知ったのだ。薄いブルーの生地に、左右の胸元には青い文字で『M』と『9』の文字が二つ、鮮やかに刺繍《ししゅう》されている。

「で、M9って何の意味だよ」

「マシュマロ・ナイン」

「何だ、そりゃ」

明日から試合が始まるが、小尾はベンチ入りすることさえできない。最初は嫌々ながら引き受けた野球部の監督であるが、最近は自分が新栄館高校野球部を率いているという自負もあった。

去年の十一月から、茜の発案を受けて、攻撃力特化のチーム作りが始まった。初めは半信半疑だった小尾も、九人の秘められたパワーを知り、練習にも本腰を入れて付き合うようになっていった。

圧巻だったのは先月の練習試合だ。千葉県ベスト8相手にコールド勝ちを収めたことで、小尾は超攻撃野球の真価を見たような気がした。千葉県は高校野球のレベルが高いことは小尾も出身者なのでよく知っている。ある程度は戦えるチームになったのではないか。そんな手応《てごた》えを感じていた小尾だった。

小尾の代役は校長の新川らしい。あの校長の考えそうなことだった。校長みずから監督を務めるなど、まさにマスコミが飛びつきそうなネタだった。学校をPRするためには何でもする男なのだ。

「今日も病院に行くの?」

茜に訊かれ、小尾は答えた。「まあな」

真由子はまだ意識をとり戻さない。人工呼吸器をつけ、今も眠ったままだ。毎日のように小尾は病院に足を運び、真由子の寝顔を見ながら、そこで数時間を過ごしている。

「お母さん、いつになったら目を覚ますんだろ」

「そのうち目を覚ますって。疲れたんだろ、働き過ぎで」

「そうかも。あの人、仕事一筋だったから」

警察の捜査は続いているようだった。無理心中という見解だったが、それを立証することができないようだった。二人の遺書もなく、命をとり止めた真由子の証言をとることができないからだ。事件の前後に部屋に出入りした男の素性は今もわからないままらしい。

グラウンドでは優勝旗の返還がおこなわれていた。東東京は第一関東高校、西東京は光央学院、どちらも全国的に名が知られた名門中の名門だ。光央学院の主将はあの吾妻ブライアンという選手のようで、優勝旗を返還しているのが見えた。

「これ、見て」

茜から手渡されたのは今朝の朝刊だ。西東京エリアの参加校、全百三十二チームを数日に分けて紹介しているようで、新栄館高校が掲載されていた。『今年から野球部が創設されたという初出場校。全員が元相撲部という異色のチーム。ピッチャー具志堅（三年）の速球が武器だが、チームとしては未知数』と書かれていた。

未知数か。まあ悪くない。できるだけ相手を油断させるのが勝負の秘訣《ひけつ》だ。明日になれば新栄館高校の野球が知れ渡ることになるだろう。そのためにも初戦は大切だ。

小尾は曇り空を見上げる。明日は晴天で、気温は三十度を超えるだろうと天気予報が伝えていた。

「明日、頼んだぞ。お前だけが頼りだ、茜」

小尾がそう言うと、茜が短く言った。

「わかってる」

グラウンドでは選手宣誓がおこなわれようとしていた。光央学院の吾妻ブライアンの名前が呼ばれた。そろそろ病院に向かうとするか。立ち上がった小尾の背中に、マイクを通した吾妻ブライアンの声が追いかけてくる。

『宣誓。我々、選手一同は……』

すべてがもどかしかった。明日の試合、ベンチ入りできないということに加え、真由子の状態が気になって仕方がなかった。なぜ、真由子は睡眠薬を飲んだのだ。しかも百合草の部屋で。選手宣誓の声を無視して、小尾はスタンドの階段を駆け上った。

●

マズいぞ、これは。

キャッチャーメットを外し、康介は額の汗をぬぐった。ワンアウト、満塁。しかも九回裏の相手の攻撃。一打出れば逆転サヨナラの場面だった。

一回戦の相手は練馬北高校だ。場所はネッツ多摩昭島《あきしま》スタジアムで、午前十時のプレイボールだった。双方が点をとり合うシーソーゲームとなり、今は十二対十一で新栄館高校が一点リードしている。

新栄館高校はどこかちぐはぐな攻撃だった。七回あたりでコールドできると康介も思っていたのだが、打線がうまく繋がらず、肝心のチャンスを何度も潰《つぶ》してしまっていた。康介自身は四打席四安打三打点一本塁打の活躍だった。ハットと嵯峨ちんが調子を落としているようで、それほど活躍できていない。

マウンドでグッシーが大きく息を吐くのが見えた。康介はメットを被《かぶ》り、キャッチャーミットを構えた。グッシーの速球が飛び込んでくる。空振りだ。

三塁側のスタンド席、練馬北の応援席が盛り上がっている。当たり前だ。一打逆転の大チャンスなのだ。打席に立つ三番打者も力が入っているようで、歯を嚙《か》み締めている。

グッシー、頼むぞ。

康介はマウンドに立つグッシーに声には出さずに語りかける。まだ球速はさほど衰えていないが、球の重みのようなものがなくなりつつあるように感じた。しかしここはグッシーを頼むしかない。守備にはまったく期待できないため、グッシーのピッチングだけが頼りだった。

二球目、またグッシーは空振りを奪う。三球目も同じく空振りで三振を奪い、これでようやくツーアウトとなった。三塁側のスタンド席から喚声が湧き起こり、練馬北の四番打者が打席に入ってくる。さきほどもセンターオーバーのタイムリーを打たれており、嫌な予感がしてならなかった。三番打者ほど緊張もしていないようで、面構えもいい。

マウンド上のグッシーが帽子をとって汗をぬぐう。新栄館高校の誤算の一つが、この強烈な暑さだった。これほど暑いとは思ってもいなかった。気温は三十一度らしいが、もっと暑く感じてしまう。

　そもそも相撲はほぼ裸でおこなうスポーツなので、ユニフォームというものを着慣れていないのだ。だから練習の際にもユニフォームなど着なかったし、短パンとTシャツというラフな服装で普段から練習していたのがいけなかった。用意していたスポーツドリンクは二回裏で早くもなくなってしまい、ぬるい水道水で我慢するしかなかった。嵯峨ちんは「暑い、暑い」と言って、ベンチの中でユニフォームを脱いでしまい、審判から注意を受けていた。しかし嵯峨ちんの気持ちもよくわかった。こんなに暑いのだし、ユニフォームを着ている方が無理なのだ。マワシ一丁で試合ができたら、どんなに気持ちがいいことだろう。

「ツーアウト」

　康介は立ち上がり、指を二本立てた。しかし守備についているナインは誰もがぐったりとした表情をしていた。暑さはデブから気力さえ奪うのだ。

　康介はミットを構える。その初球だった。グッシーの投げた球を四番打者のバットが捉えた。マズい。冷や汗が出たが、打球は三塁側のスタンドに飛び込むファールだった。

「三振だ、三振」

　ベンチに座る校長の新川の声が聞こえた。監督としてベンチに座っているくせに何のアドバイスも送ることなく、扇子を扇《あお》ぎながら「勝て」とか「点をとれ」とか、抽象的なことばかり言うのだ。野球素人であることは一目瞭然《りょうぜん》だった。

二球目はボールで、三球目もファールだった。タイミングが合っていて、不気味な感じがした。

「タイム」

ベンチの方から声が聞こえ、茜がマウンドに向かって走ってくる。本来であれば伝令役は控えの選手がおこなうものだが、選手が九人しかいないため、マネージャーの茜が伝令役を務めることが許されている。康介も立ち上がり、マウンドに向かった。

「具志堅君、どう？」

茜に訊かれ、グッシーは答えた。

「厳しいな」

「仕方ないわね」茜が腕を組んで言った。「できれば三回戦くらいまで温存するつもりだったけど、使うしかないわね、あれを」

「だな。使うしかねえな、あれを」

あれ、とは何だろう。何か秘密兵器的なものがあるのだろうか。康介が首を傾げていると、茜が康介に向かって言った。

「二階堂君、絶対にボールを後ろに逸《そ》らさないで。お願い」

上級生に向かって君づけで呼ぶのはどうかと思うが、それがいつものことなので慣れてしまっている。去年、小尾理論が発表されたミーティング以来、茜は部員の中でも一目置かれる存在になっていた。

「説明してくれ、マネージャー。あれって何だよ」

「説明している暇はない。いいから急いで」

茜はそう言ってマウンドから降り、ベンチに向かって小走りで去っていく。わけがわからぬまま、康介はホームベースに戻ってミットを構える。あれ、とは何だろうか。

グッシーが振りかぶり、四球目を投げてくる。高めのストレートだ。自分の顔のあたりでミットを構えたが、打者の手元でボールがぐっと沈み込むように落ち、康介のミットをすり抜けた。腹に鉛が打ち込まれたような衝撃を受けたが、防具にぶつかったボールを康介は何とか押さえ込むようにして捕った。

「空振り三振。ゲームセット」

審判の声が試合終了を告げた。防具をしていたとはいえ、腹に当たったボールの衝撃は大きかった。康介は立ち上がり、整列に向かう。

審判が号令をかけたが、康介は半ば呆然としながら頭を下げた。さきほどのボールの軌道が頭から離れなかった。あの落差は何だったのだろうか。

「では諸君、今日はよくやった。また来週の二回戦もこの調子で頼むよ」

そう言って校長の新川は白いクラウンの運転席に乗り込んだ。クラウンが去っていくのを見送ってから、康介は隣に立つグッシーに訊いた。

「グッシー、最後の球、あれは……」

康介の言葉は茜の言葉でかき消されてしまう。「みんな、ちょっと集まって」

球場の駐車場だった。バスの前で九人の部員たちが茜のもとに集まっていく。全員が体育座りで座るのを見届けてから、茜が腕を組んで言う。

「今日の試合、全然駄目。こんなんじゃ勝ち上がることなんてできない。服部君、グリップの位置が違う。油井君はボールをよく見て。花岡兄弟は完全に振り遅れてる。秦君、エラーするのはいいけど、それを打席まで引き摺らないで。守川君は……」

勝つことには勝ったのだが、危うい勝利だったことは誰もがわかっているようで、部員たちは神妙な顔つきで茜の言葉に聞き入っている。

「それにしても集中力のなさが一番の問題。暑いから？　夏は暑いに決まってるじゃない。もっとしっかりしてよね」

「茜ちゃん」とハットが恐る恐るといった感じで手を挙げた。「茜ちゃんにはデブの気持ちがわからないんだよ。俺たち、ずっと相撲部だったろ。ユニフォームっていうのがそもそも苦手なんだよね」

「服部君、もっと具志堅君を見習って。具志堅君は文句も言わずに九回を投げ抜いたの」

「すぐそうやってグッシーの肩を持つんだから。まったくやってられねえよな。いちゃつくならほかでやってくれよ」

ハットは不貞腐れたように唇を尖《とが》らせて、両手を後ろについて足を投げ出した。その姿は駄々をこねる子供のようだ。するとグッシーが立ち上がり、ハットに向かって言った。

「ハット、お前は誤解しているみてえだが、俺と茜は付き合ってなんかいないぜ」

「嘘言うなよ。お前と茜ちゃんが仲よく歩いているのは目撃されているんだよ。それも一度や二度のことじゃないんだぜ」

ハットの言葉を無視して、グッシーが康介を見て言った。

「ニカ、最後に投げたボールはフォークボールだ」

フォークボール。落ちる球のことだ。道理で、と康介は納得する。打者の手元でぐっと落ちたわけだ。茜が付け加えるように説明した。

「正確にはSFF。スプリット・フィンガード・ファストボール。要するに高速で落ちるフォークボールのことね。プロの選手でも決め球にしている選手は数多くいる。フォークよりも落ちる落差が少ないんだけど、具志堅君の場合は握力が強いせいか、落差も大きいの」

グッシーがさらに説明した。

「ストレートだけでは予選を勝ち抜くことは難しい。俺はそう思った。で、茜に相談した結果、変化球を覚えることに決めたんだ。人目につかないよう、町の公園などで練習に明け暮れた。カーブ、スライダー、シンカー、シュート、チェンジアップ。あらゆる変化球を試してみて、一番しっくりきたのがフォークボールだった」

「おい、グッシー」ハットが口を開いた。その顔はまだ不服そうだ。「だったら最初から
そう言えばよかったんじゃねえか。コソコソするから怪しまれるんだよ」

グッシーが笑みを浮かべて謝った。

「悪い、ハット。でも黙ってるしかなかったんだよ。俺は速球しか投げられない投手。本番までそういうことにしておきたかった。相撲と同じで野球も情報戦だ。俺の決め球を直前まで知られたくなかったんだ。特にお前は口が軽いしな」

まあそうだろうな。康介は納得していた。敵を欺くには味方から、というわけだ。二人の気持ちはよくわかる。

「それだけじゃないわ」と茜がつけ加える。「うちは控え投手がいないから、具志堅君がフルイニングを投げ抜かなくてはならない。スタミナに不安があった具志堅君は、朝と夜、毎日十キロのジョギングをして、スタミナをつけようと努力していたのよ」

十キロのジョギング。聞いただけで気持ちが悪くなってくる。グッシーが照れたように笑って言った。

「お陰で足腰が鍛えられたよ。これは将来、相撲にも活きるはずだ。それと、言っておくけどな、俺はこの予選が終わったら――いや、予選敗退が決まった時点で新栄館高校を退学するつもりだ」

思わず耳を疑っていた。退学？　新栄館高校を辞めるということか。いったいなぜ――。グッシーがその疑問に答えるかのように語り始める。

「そもそも俺は角界に入るために沖縄から上京した。本来であれば相撲部が活動停止になった時点で、退学することも考えた。でも活動停止になったのは俺のせいだし、いろいろと悩んでいた。それに俺は新栄館高校の相撲部、いや今じゃ野球部だけど、みんなが好きだ。だからこの大会が終わるまでは、みんなと一緒に野球をしようと誓ったんだよ」

口が乾いているのを康介は感じていた。グッシーが新栄館高校を去るというのが信じられなかった。唾《つば》を飲み込んでから、康介は訊いた。

「グッシー、新栄館辞めてどうすんだよ。ほかの高校に転校するのか?」

「転校はしないよ、ニカ。俺はもう三年生だ。今さらほかの高校で相撲をやっても意味はない。俺は部屋に入るつもりだ。いくつかの部屋から誘いも受けている。まだどの部屋に入るか決めてないけどな。それに活動停止の引き金になった俺が学校を去れば、相撲部だってきっと復活するはずだ。おいおい、泣くなよ、嵯峨ちん」

嵯峨ちんはすでにむせび泣いている。グッシーがいなくなってしまうことを悲しんでいるのだろう。そもそもグッシーが暴力沙汰《ざた》を起こしたのは嵯峨ちんが原因だった。二人は仲もよく、思うところがあるのかもしれない。ハットも珍しく沈痛な表情を浮かべているし、ほかのみんなも同様だった。

「だからさ、みんな」グッシーが明るい口調で言う。「勝って勝って勝ちまくろうぜ。俺たちにその力は十分にある。半年前まで野球の素人同然だった俺たちが、一回戦を勝ったんだぜ。パワーだけならどのチームにも絶対負けないんだ」

グッシーの鼓舞は康介の胸にさほど響いてこない。グッシーがいなくなる。そちらの方がよほどショックだった。しかし主将として、ここは黙っているわけにはいかなかった。康介は立ち上がって手を叩いた。

「そうだぜ、みんな。遅かれ早かれ、俺たちはバラバラの道を進むときが来る。グッシーだけは半年早く卒業する。そう考えるんだよ。グッシーの卒業を祝うためにも、俺たちは勝ち進まなければならないんだ」

ハットがうなずくのが見えた。油井君もハタハタもうなずいている。嵯峨ちんも涙を拭《ふ》き、顔を上げた。三人の二年生も康介を見ていた。

そのとき着信音が響き渡った。茜がスマートフォンを耳に当て、しばらくしてからスマートフォンを部員たちに向けて言った。

「お父さん、いや監督から」

スピーカー機能をオンにしたようで、スマートフォンから小尾の声が聞こえてくる。

「お前たち、よくやった。俺もスタンドから観戦してた。暑さ対策については想定外だったな。デブの習性を察することができなかったのは俺の痛恨のミスだ。次回からは対策を練るとしよう」

グラウンド上の暑さは異常だった。もう着替えているが、まだ体が火照っているような気がしてならない。強烈な陽差しもきつく、体感温度は三十度をはるかに超えていたのではなかろうか。

「今からすぐに練習だ。全員、バスに乗れ」

小尾の声に九人が一斉に口を開く。「マジかよ、おい」「腹減って死にそうだよ」「今日くらい休みでもいいじゃねえかよ」「勝ったんだしさ、俺たち」

「行き先はプールだ。暑かったから、近くにあるプールで体を冷やしてこい。水着の姉ちゃんがお前たちを待っているぞ」

小尾の声に部員たちの顔色が変わり、歓喜の色が浮かぶ。「おお、プールかよ」「気持ちいいだろうな、プール」「かき氷、売ってるかな」「うおお、早く飛び込みてえ」

「早くバスに乗れ。行き先は運転手さんに告げてある。プールのあとは焼肉の食べ放題だ。俺は生憎《あいにく》行けないが、好きなだけ食ってこい。初勝利のお祝いだ」

茜がスマートフォンを操作し、通話を終了させた。「プール、焼肉、プール、焼肉」と連呼しながら、ハットを先頭に部員たちは元気にバスに乗り込んでいった。それを見て康介は思う。

ベンチに小尾はいない。しかしこうして小尾は見事に部員たちを操縦している。そのやり方がどうであれ、小尾こそが新栄館高校の監督なのだ。

康介は荷物を持ってバスに乗り込んだ。

夜の九時。康介は駅前にあるバッティングセンターにいた。家にいても落ち着かず、なぜか無性にバットを振りたくなり、ついつい足が向かってしまったのだ。日曜日の夜のせいか、バッティングセンターは誰もいなかった。

全部で六打席しかない、小さなバッティングセンターだった。康介は一番右端にある打席に立ち、コインを入れてバッティング練習を開始した。

それにしても――。ピッチングマシンから放たれるストレートを金属バットで弾き返しながら、康介は思う。まさかグッシーがあそこまで決意を固めているとは想像もしていなかった。この予選で敗退が決まり次第、退学して相撲部屋に入るというのだ。グッシーほどの実力者なら、おそらくどの部屋でも入門を許可されるはずだ。

応援したい気持ちもあるが、淋《さみ》しい気持ちの方が強かった。グッシーとは卒業までずっと一緒に居られると勝手に思い込んでいた。しかしグッシーはプロ入りを志願しているのだから、相撲の稽古に集中したいのは当たり前のことなのだ。野球をしていることの方が異常なのだ。

背後に人の気配を感じた。誰かがバッターボックスに立ったのだ。振り返ると、そこにはグッシーが立っていた。グッシーは康介の顔を見て、照れたように笑って言う。

「落ち着かないんだよ。家に独りでいても」

「俺もだよ、グッシー」

「俺、最近バッティングの練習サボり気味だからさ」

グッシーがバットを振る。当たり損ねたボールが転がっていく。ピッチャーゴロといったところか。二球目は鋭いスイングでライナー性のボールがネットを揺らす。センター前ヒット。しかし足の遅い新栄館高校にとっては、外野へのヒットでも一塁でアウトになる可能性が高いので油断は禁物だ。

「昇陽大学の三井さん、ニカのところにも来てるだろ」

いきなりグッシーに言われ、康介は驚く。「知ってんのか？　三井さんのこと」

「ああ。俺のところにも勧誘に来た。玉乃浦部屋への入門を誘われたよ。魅力的な提案だった。五年後には、昇陽大学を卒業したニカも玉乃浦部屋に入門する計画を三井さんは思い描いているみたいだ。悪くない提案だろ。またニカと稽古ができるんだ」

「で、返事はしたのか？」

「断ろうと思ってる」グッシーが打った打球がネットに突き刺さる。今度はセンターオーバーのヒットだろう。「そういうの、好きじゃないんだよ。ニカを誘えば、俺も来るだろう的な策略がさ。多分ニカもそのうち言われるぜ。『また将来的に具志堅君と相撲ができるんだ。是非うちの大学に来ないか』ってな」

そういうことだったか。康介は腑《ふ》に落ちた。昇陽大学の三井が狙ったのは康介の一本釣りではなく、グッシーと合わせての二本釣りだったのだ。しかも二人が将来一緒に相撲できると匂わせ、両方を手中に収めてしまおうという作戦だ。まあ大人の考えそうなことだった。

「でもニカ。俺思うんだけど、ニカって案外野球の素質があるかもしれないぜ」

「野球の素質？　俺が？」

「だってそうだろ。本格的に練習を始めてまだ半年くらいなのに、あれだけ打てるんだ。今日も全打席ヒットで、うち一本がホームランだ。パワーだけなら嵯峨ちんに分があるけど、野球の物差しで見たらニカだって化け物並のパワーバッターだよ。しかも打撃のセンスがいい」

褒められて悪い気はしないが、グッシーだって十分に化け物だ。九回を一人で投げ抜くなんて決して真似できないし、そのうえ新たに変化球を会得してしまったのだ。一流のアスリートというのは、何をやっても一流なのだ。

「おっ、噂をすれば何とやらだぜ」

グッシーの声に顔を向けると、嵯峨ちんとハットが並んでバッティングセンターに入ってきた。バットを手にして、ハットがグッシーの隣のスペースに立ちながら言った。

「せっかく極秘で練習しようと思っていたのに、これかよ」

嵯峨ちんがその隣のスペースに立って言った。

「夜食を食べる前にお腹を空かせておこうと思ってね」

二人はコインを入れ、ボールを打ち始める。グッシーが肩をすくめてから、バットを握り締めた。康介もバットを握り、バッティングを再開する。しばらくボールを打っていると、球を打つ音が増えたような気がした。振り向くと一番奥のスペースにハタハタが立っており、その手前では油井君がバットを振っている。

「おい、みんな」とグッシーが声を出す。「あのホームランの的に誰が最初に打球を当てるか、勝負しないか？」

「いいねえ」応じたのはハットだった。「最初に当てた奴がみんなからアイスを奢ってもらうってのはどうだ？」

「乗った」

「アイス、いただき」

「僕はアイスより、おでんがいいなあ」

口ぐちに応じて、それぞれがバットを振る。金属バットにボールが当たる金属音が響き渡る。なぜか心が浮き立った。こうして三年生六人が揃ってバットを振るのは久し振りのことだった。

「惜っしー」

「誰だ、今打った奴。邪魔するなよ」

「絶対勝つ」

康介は五人の仲間の顔つきを見る。誰もが真剣な表情だったが、それでいてとても楽しそうだ。こいつらと少しでも長く野球をしていたい。この夏を簡単に終わらせたくない。康介は心の底からそう思った。

第四章　ラスト・ゲーム

「どういうことですか？　小尾さん。岩佐さんの部屋が空き巣に入られたということですか？」

ようやく部屋の前に到着した紺野がそう言ったので、小尾は説明した。

「ええ、多分なんですけどね」

一回戦があった日曜日から二日後の夜、小尾は世田谷区桜新町《さくらしんまち》にある真由子のマンションに足を運んでいた。真由子が目を覚ました場合に備え、私物などを用意しておいた方がいいと思い、茜を連れて訪れたのだ。

部屋に入ってすぐに茜が違和感を訴えた。どこか違っている。茜はそう言うのだが、小尾は住んでいたわけではないので、まったくわからなかった。綺麗《きれい》に片づけられた部屋のように見えた。茜がいろいろと調べてみた結果、真由子が仕事用で使っていたノートPCが紛失しているのがわかった。そして小尾は警視庁の紺野という刑事に連絡を入れたのだ。

「家内が、いや真由子が仕事用で使っていたノートPCが紛失してると娘は言うんですよ。そうだろ、茜」

「うん」と茜はうなずく。「普段はここに置いてあったから」

茜が指さしたのはリビングの一角にある小さなテーブルだった。筆記用具なども置かれており、普段そこで真由子が仕事をしていたのだろうと想像がつく。紺野が腕を組んで言う。

「お嬢さん、たとえばお母さんがどこかに持ち出していたとは考えられないかな」

紺野に言われ、茜が首を捻《ひね》る。

「それはないと思います。古いタイプで結構重いパソコンだったから」

「ほかに盗まれたものに心当たりは？」

「ありません」

「そうか。一応管理人に話を聞いてみましょうか」

茜を部屋に残したまま、紺野とともに一階にある管理人室に向かった。狭い管理人室の中で一人の年老いた男性が夕刊を読んでいた。紺野の警察手帳を見て、わずかに驚いたような顔をして、男性が小窓を開けた。

「七〇二号室の岩佐さんの件で話を聞かせてもらいたいのですが、いいでしょうか？」

「え、ええ。どんなことでしょう？」

「ここ最近、七〇二号室で不審な点はなかったですか？　たとえば不法に侵入した形跡があったとか」

「そういうことは特にないですね。ん？　待てよ。七〇二号室とおっしゃいましたね？」

紺野が警察手帳を懐にしまいながら答えた。「ええ。七〇二号室です」

「先週の月曜か火曜の夜のことだったかな。岩佐さんのお兄さんに当たる方が来ましたよ。何でも岩佐さんが入院されたということで、着替えやらを持っていきたいということでしたので、お部屋にご案内しましたっけ」

紺野が振り向いてこちらに視線を向けてきた。その意図を察したので、小尾は首を横に振る。真由子に兄などいない。

「その岩佐さんのお兄さんですが、どういう方でしたか？」

「ちょっと待ってください」管理人がややうろたえたように言った。「これは何かの事件の捜査なんですか？　まさかあの人、岩佐さんのお兄さんじゃなかったとか？」

「ええ、事件の捜査だと考えていただいて結構です」

「参ったなあ。あまり憶《おぼ》えてませんよ。年齢は三十代後半から四十代前半といった感じで、これといった目立った特徴はなかったように思います」

「あのカメラの映像ですが、見せていただくことは可能でしょうか？」

紺野は天井に備え付けられた防犯カメラに目を向けて言った。防犯カメラのレンズは管理人室の前に向けられている。ちょうど小尾たちが立っているあたりを撮っているようだった。

「パソコンで見られると思うけど、私には操作できませんよ」

そう言う管理人に対し、紺野は詰め寄って言った。

「操作なら私ができます。どうでしょうか？」

「わかりました。念のため、オーナーに確認させてください」

管理人は携帯電話で何やら話し始めた。やがて通話を終えて紺野の顔を見上げて管理人が言う。

「オーナーの許可はとりました。あちらのドアから中にお入りください」

紺野と一緒に管理人室の中に入る。奥に数台のモニターが並んでおり、テーブルの上にはデスクトップ型のパソコンが置いてあった。管理人がパソコンを指さして言った。

「撮った映像は十日間、保存されているみたいで、あとは自動消去されていくような仕組みみたいです。私はパソコンが得意じゃないんで、触ったこともありませんけどね」

紺野がパソコンの前に座り、マウスを操り始めた。しばらくして紺野が言った。

「小尾さん、これを見てもらっていいですか？」

小尾はパソコンの画面を見る。一人の男性が管理人室の前に立ち、管理人と何やら話しているのが見える。時刻は先週月曜日の午後八時過ぎだった。小尾の背後で管理人が言った。「うん、この人だ。この人で間違いないですよ。岩佐さんのお兄さんって人」

カメラに背を向けて管理人と話しているため、男の顔はほとんどわからない。やがて奥のドアが開き、管理人が外に出てきた。交渉が成立し、二人で真由子の部屋に向かうようだった。エレベーターに向かって歩き始めると、男の顔をカメラが捉《とら》えた。「あっ」と思わず小尾は声を上げていた。紺野が訊《き》いてくる。

「この男、ご存じなんですね？」

「ええ。まあ詳しくは知りませんが、フリーライターです」

去年、〈ジャンボラーメン〉で会い、話しかけてきたフリーライターだった。名刺ももらったような気がするが、どこに保管してあるか憶えてもいない。

「山岸だったかな。そうだ、山岸雅之です。〈毎日スポーツ〉の元記者で、今はタウン誌の記者をやっていると言っていました」

「岩佐さんとはどういうご関係ですか？」

「さあ……」と小尾は首を捻る。「真由子というより、俺に接触してきた男です。胡散《うさん》臭い男でした」

なぜだ？　小尾は疑問に思う。なぜこの男が真由子の部屋に侵入したのだ。小尾のドーピング疑惑を晴らすため、力になりたいと言っていたことを思い出す。あれは全部出《で》鱈目《たらめ》だったのか。

もう一度、小尾はパソコンの画面に目を落とす。この男は何者なのだ。真由子の事件に関係しているとでもいうのだろうか。

七月九日の土曜日、小尾は多摩一本杉公園野球場に来ていた。時刻は正午になろうとしていた。今、グラウンドでは三鷹《みたか》工業高校の守備練習がおこなわれていた。もうすぐ試合開始だろう。

今日も陽射しが強く、気温は三十度を超えている。小尾はバックネット裏に座り、試合の開始を待っていた。土曜日だけあって客の入りも上々で、両校の応援団が早くも火花を散らしている。

対戦相手の三鷹工業は強豪校とはいえないが、毎年必ず三回戦あたりまで駒を進めてくるチームだった。練習を見る限りは守備もしっかりしており、侮れないチームというのが小尾の印象だった。

ジーンズのポケットの中で携帯電話が震えていたので、小尾は耳に装着したイヤホンマイクのボタンを押して、そのまま声を出した。

「はい、小尾ですが」

「私です。警視庁の紺野です」

真由子の部屋に無断で侵入した男について、紺野は調べているはずだった。山岸という名前のフリーライターだ。自宅で名刺を見つけ、すでに紺野に渡してある。

「例の山岸という男ですが」紺野が早速話し始める。「偽名の可能性が高いかもしれませんね。〈毎日スポーツ〉にも当たってみたんですが、山岸という名のライターに仕事を依頼していたということはないようです」

おそらく偽名ではないかと思っていたので、さほど驚きはなかった。問題はなぜ山岸なる男は俺に接近してきたのか、だ。ドーピングの知識も豊富だったし、こちらの無実を信じる口調にも嘘がないように思われた。電話の向こうで紺野が続けて言った。

「山岸という男が百合草さんが亡くなった事件に関与している可能性が高いとみて、我々は捜査を続けています。ホテルの従業員にも話を聞いたり、防犯カメラの映像とも照らし合わせているのですが、謎の男性の正体は浮かび上がっていません」

週刊誌は今でも百合草の事件を伝えている。警察は無理心中と断定したわけではないが、マスコミの情報では不倫の末の無理心中ということになってしまっていた。それが小尾には我慢ならなかった。真由子は不倫した男と無理心中を図るような女ではない。

「ところで小尾さん、岩佐さんの容態にお変わりはありませんか？」

紺野に訊かれ、小尾は答える。

「ええ、変わりはありません」

「そうですか。また何かわかりましたら、ご連絡いたしますので」

通話は切れた。進展なしってことかよ。内心そうつぶやいていると、再び携帯電話に着信があった。小尾はボタンを押して声を発する。

「俺だ。そっちの調子はどうだ？」

「早くも暑さで死にそうになってる」茜が冷静な口調で答えた。「でも一回戦よりマシ。まだ動けるから」

原則的に高校野球でベンチ内に携帯電話を持ち込むことは禁止されている。茜はベンチから出て、裏のトイレあたりから電話をかけているはずだ。

「で、校長は？　何か監督らしいことをしてるのかよ」

「さっきミーティングがあって、『今日も勝つように。負けたら学校の恥だ』って一言だけ」

あの男らしい。小尾は新川の顔を思い浮かべた。あの男にとって野球部というのは新栄館高校の名前を広める道具でしかないのだ。

「たく、仕方ねえな。今日も試合に勝ったらプールと焼肉だ。そうあいつらに伝えてくれ」

「了解」

通話を切って、小尾はグラウンドに目を向ける。審判が出てきて、両校整列の指示を与えた。三鷹工業は駆け足でベンチから飛び出してくるのだが、新栄館高校の部員たちはのそりのそりとベンチから出てくる。まるで力士の土俵入りのようだ。球場アナウンスが流れ始める。

『ただ今より、三鷹工業高校と、新栄館高校の試合を開始いたします』

礼を終え、新栄館高校の部員たちは守備位置に向かってそれぞれ散っていった。今日は新栄館高校は後攻だ。グラウンドに目を向けながら、小尾は思いを巡らせる。

百合草のことだった。事件があったホテル、〈ロイヤルパシフィック品川〉に百合草がチェックインしたのは、事件当日同ホテルでおこなわれた城崎監督の古希を祝う会に出席するためだと考えられていた。しかし百合草は実際には会場に顔を出すことなく、ホテルの室内で殺されてしまったのだ。

事件の前後、百合草の部屋に出入りした謎の男性は、城崎監督の古希を祝う会がおこなわれていることを知っていたのではないか。いや、もっと論理を飛躍させれば、会に出席した参加者の中に、謎の男性が紛れていた可能性だって否定できない。ホテル関係者が謎の男性に心当たりがない理由も、そう考えれば説明がつく。謎の男性は百合草の部屋を出たあと、何食わぬ顔で二階の会場に戻ったのではないか。そして会がお開きになったあと、大勢の参加者とともにホテルを出たのだ。二百人程度は会に参加していたはずなので、そこに紛れ込んでしまえば、ホテル関係者に見咎《みとが》められることもない。

サイレンが鳴り響き、試合が始まった。小尾はマウンド上に立つ具志堅星矢に目を向けた。三鷹工業の一番打者がバッターボックスに入ってくる。具志堅はいつもと同じくダイナミックなフォームから、その初球を投げた。

●

「グッシー、マジで神」

「覚醒《かくせい》したな、グッシー」

「いや、覚醒したっつうか、相手が雑魚《ざこ》なだけだろ」

ベンチに戻ってきて、部員たちは口ぐちに話している。康介はベンチに入ってきたグッシーとハイタッチを交わす。「ナイスピッチング」と声をかけると、グッシーは無言のままうなずいた。一回表の三鷹工業の攻撃を、グッシーは三者連続三振で斬ってとった。決め球のSFFが冴《さ》え渡った。落ち幅のあるSFFに相手打者は見事に空振りした。配球次第では、上位校と戦っても十分に通用しそうな感触を得た。

「駄目。言われた通りにして」

茜が注意していた。暑さ対策として小尾がとり入れたのは、大量の氷を持ち込むことだった。ベンチ裏には十台のクーラーボックスが置かれており、中には氷が入っている。各自がビニール袋に氷を詰めて額や首筋を冷やしたり、またはバケツの中で氷水を作って、ソックスを脱いで素足を突っ込むのだ。ユニフォームを脱ぐのは禁止なので、せめて頭と足だけは冷やそうというのが小尾の考えだろうと思われた。しかしベンチに戻ってくるたびにソックスを脱いで足を冷やすほどの時間的な余裕もないため、バケツで足を冷やしていいのは打順が回ってこないだろうと思われる選手だけだと事前に茜から指示が出ていた。

一回裏、一番から攻撃が始まるこの回の場合、足を冷やしていいのは七番以下のバッターだった。しかし六番の油井君が早くもソックスを脱いでしまっていて、茜から叱責《しっせき》されていた。

康介は氷を詰めたビニール袋を額に当てた。冷たくて気持ちがいい。それから紙コップに入った麦茶を飲む。一回戦では用意した飲み物が二回途中でなくなってしまったので、その教訓をもとに大量のドリンクを用意してある。

一番打者のハットが初球をフルスイングするのが見えた。当たればホームランといったスイングだった。二球目、甲高い音とともにハットが打ったライナー性の打球がレフト方向に飛んでいき、レフトの前で落ちた。

「走れ、ハット」

部員たちの声援が飛ぶ。通常の野球であればヒットであるが、新栄館高校ではレフト前に落ちる当たりはアウトになる可能性がある。ハットは息を切らして一塁に走り、何とかセーフとなった。康介は胸を撫《な》で下ろす。

続く二番打者、ハタハタの初球だった。バットの芯《しん》で捉えた当たりは、センターの頭上を越える長打となった。ノーアウト・ランナー一、二塁のチャンスを迎え、三番打者のグッシーが打席に入る。

かっ飛ばせ、グシケン。かっ飛ばせ、グシケン。

三塁側のスタンド席から応援団の声が聞こえてくる。ほぼ男子校なのでチアガールはいないが、野太い声で三鷹工業の応援を圧倒している。先日、学食で応援団の団長と話をしたところ、応援団の連中も気合いが入っているという。新栄館高校は格闘技系の部活に力を入れているため、普段は屋内での応援が多いらしい。応援団にとってもスタンドで野球部の応援をするのが夢だったようだ。頼んだぞ、二階堂。勝ち続けて、俺たちを神宮球場まで連れていってくれ。応援団長の声が耳元でよみがえる。

いきなり二人のランナーを背負って気負ったのか、相手ピッチャーのコントロールは定まらず、二球続けてボールとなった。その三球目、ストライクをとりにきた甘い球をグッシーは見逃さなかった。グッシーが打った球はセンターとレフトの間を抜ける長打となった。

しかし二塁ランナーのハットは無理をしない。三塁でストップする。そう、ビッグ・ベースボールに走力は必要ない。足で点をとるのではなく、長打で点をとるのだ。

康介はバットを持ち、バッターボックスに向かう。一回戦で不調だった嵯峨ちんに代わり、康介は四番打者を任されていた。嵯峨ちんの膝《ひざ》の怪我は快方に向かっているが、万全ではないようだ。試合前、打順を変更する旨を茜から伝えられていた。

三塁側のスタンド席から、映画『ロッキー』のテーマ曲が流れてくる。新栄館高校吹奏楽部の演奏だ。康介の打席のときだけ流れる曲らしく、その演奏は背中を押してくれるように力強い。

打席に入る前、二回素振りをした。そして康介は左足から打席に入る。これは願かけだ。土俵に入る際にはいつも必ず左足から入るようにしていた。その名残りだ。

相手ピッチャーが三塁ランナーのハットを気にしながら、構えるのが見えた。ノーアウト・満塁のこの場面、ピッチャーとして一番してはいけないのはワイルドピッチだ。低めに逸《そ》れたボールをキャッチャーがとり損ねれば、そのまま失点に繋《つな》がってしまうからだ。ということは真ん中、もしくは高めを狙ってくるのではないか。

「打てー、ニカ」

「ニカ、やっちまえ」

仲間の応援が聞こえた。ピッチャーがモーションに入り、康介はグリップをギュッと握る。ボールはよく見えた。タイミングを合わせ、思い切り振る。

ほら、当たった。

康介の打った打球は舞い上がり、そのままレフトスタンドに飛び込んだ。


「おっ、野球部じゃん。土曜日は勝ったらしいな」

「凄《すご》いよ、まったく。五回コールドだったんだろ」

月曜日の昼休み、康介が学食に行くと、周りからそう声をかけられた。「まあな。次も応援よろしく」と冷静な顔で応じる康介だったが、内心は嬉《うれ》しくて仕方がなかった。カレーライス大盛りと天ぷら蕎麦《そば》二人前を載せたトレイをテーブルに置くと、野球部の面々が同じテーブルに集まってくる。どの顔も活《い》き活きとしていた。まあ無理もない。新栄館高校は朝から野球部の大勝利の話題で持ち切りだった。

グッシーとハットが康介の目の前に並んで座る。グッシーが何食わぬ顔をして、テーブルの上にあった七味をハットの天ぷら蕎麦に振りかけた。七味が苦手なハットは普段なら目を剝《む》いて怒るはずなのに、今日は機嫌がいいのか、「やめろよな、グッシー」とやんわり注意をするだけだった。

土曜日の二回戦、対三鷹工業戦は十六対三で五回コールド勝ちを収めていた。康介は四打席三安打二本塁打で、チーム一の打点を叩《たた》き出した。試合後に食べた焼肉の味は忘れられない。食べ放題の安い肉をあれほど旨《うま》いと感じたことはなかった。

「頑張れよ、野球部」

「次も応援行くからな」

飯を食べているだけで、周囲から声がかかる。ハットはカレーのスプーン片手に「どういうことだよ。急に手の平返しやがって」と文句を言っているが、その顔は満更でもなさそうだった。

三回戦の相手は都立明星《めいせい》高校だった。あちらも一回戦をコールド勝ちしている攻撃力のあるチームだった。二回戦も終わり、試合の間隔が短くなっているため、明後日《あさって》の水曜日に三回戦がおこなわれる。今日も放課後は練習だ。

「ニカ、本塁打王、狙えるんじゃないか」

油井君にそう言われ、康介は顔を上げる。「俺が？　本塁打王？」

「うん、そう」油井君が答えた。「昨日調べてみたんだけど、現時点で三本のホームランを打ってるのはニカだけだ。大会本塁打王、狙えるんじゃないかな」

「無理だよ、油井君。これから当たる相手はどんどん強くなっていくんだぜ」

口では否定したが、大会本塁打王という言葉の響きが素敵なものに思えて仕方がない。

「いや、ニカはいけるよ、きっと」

グッシーがカレーを食べながら言う。そう言うグッシーこそ、土曜日のピッチングは見事だった。三点とられたものの、その失点はすべて味方のエラーによるもので、グッシーのせいではなかった。もっと守備練習をしておけばよかったのではないか。そんな風にも思ったが、守備練習に割く時間を打撃練習に当てたからこそ、今の新栄館高校野球部があるようなものなのだ。

「コールド勝ちしたからって、調子乗ってんじゃねえっての」

その声はやや離れたところから聞こえてきた。顔を向けると、そこには有藤たち柔道部軍団が座っている。有藤が周囲に聞こえるような大きな声で言った。

「力だけが取り柄なんだよ。デブは力持ちっていうからな。どうせ次で負けるに決まってるさ」

「何だと、この野郎」

ハットが立ち上がろうとしたので、康介は腕を伸ばしてハットの肩を押さえた。俺が行く。そうハットに目配せしてから、康介は立ち上がって柔道部たちが座るテーブルに向かった。

「何だよ、文句あんのかよ」有藤が目を剝いて言う。「今、暴力沙汰《ざた》起こしたらどうなるかわかってんだろうな。予選どころの騒ぎじゃなくなっちまうぜ」

「そんなつもりはないよ。なあ、有藤。同じ高校の野球部が勝ち進んでいるんだ。応援してくれないか？」

「馬鹿言え。なぜ俺たちが野球部を応援しなくちゃならねえんだよ」

「そこを何とか頼むよ」

康介は膝に手を置いて、頭を深々と下げた。有藤が息を呑《の》む気配が伝わってくる。周囲の生徒たちの視線が自分に注がれているのを感じたが、康介は頭を下げたまま言った。

「もともと俺たちは相撲部。同じ武道系のよしみで俺たちを応援してくれないか？有藤、柔道部が応援してくれたら、これほど心強いことはない」

「お、お前たちの応援なんてするわけねえだろ」

「おい、有藤」康介は小声で言った。「周りも俺たちに注目してる。俺たちはもう一年じゃない。三年なんだ。お前も柔道部を束ねる主将なら、俺の顔を立ててくれてもいいだろ」

康介は頭を上げた。すると有藤が周囲の視線を気にするように立ち上がり、少しぎこちない笑みを浮かべて言った。

「ま、まあ、あれだな。主将のお前に頭を下げられたんじゃ仕方ねえ。野球部を応援してやろうじゃねえか。でもあれだぞ、二階堂。俺たちが応援するんだ。絶対に恥ずかしい試合はするんじゃねえぞ」

「ああ。ベストを尽くすよ」

康介が右手を差し出すと、有藤は一瞬困ったような顔をしつつも右手を差し出してくる。握手をしてから、康介は自分のテーブルに戻った。ハットが小声で言ってくる。

「ニカ、何も頭下げなくてもよかっただろ。悪いのはあいつらなんだからよ」

「いいんだよ、ハット。あいつらを味方にしておいて損はない。頭を下げれば解決するなら安いもんさ」

「さっすが主将。肝がでかいぜ」

康介は残っていたカレーをかき込んだ。三回戦は明後日だ。もう迷いはなかった。目の前にいる相手に立ち向かっていくだけだ。

●

インターホンを鳴らしても返答はなかった。小尾は溜《た》め息をつく。ここまで来たのに無駄足になってしまったのか。

茨城県土浦《つちうら》市に来ていた。真由子が睡眠薬を飲んだ日、〈ロイヤルパシフィック品川〉の二階大広間では城崎監督の古希を祝う会がおこなわれていた。その関係者に謎の男――百合草の部屋を訪ねた男がひそんでいたのではないか。そう推測した小尾は、会の最中に因縁をつけてきた勝俣という年配の男に接触してみようと思い立ったのだ。ネットで調べてみると、勝俣という男はブログをやっているようで、会の様子も写真つきで伝えていた。自分も城崎監督の教え子なので、是非とも話を聞かせてほしい。偽名を使ってメールを送ると、勝俣という男は自宅の住所をいとも簡単に教えてくれた。そして今日、勝俣の自宅に足を運んだというわけだ。

土浦市郊外にある勝俣の自宅は和風の家だった。庭も広く、母屋のほかに倉庫のような建物があった。農業でもやっているのかもしれない。

もう一度インターホンを押しても、やはり反応はない。どこかで時間を潰《つぶ》し、夕方になったら出直してみようか。そう思って小尾が引き返そうとすると、母屋の裏手から声が聞こえた。

「すまんね。気づかなくて」

例の勝俣という男が歩いてきた。作業着を着ており、大きな籠《かご》を持っていた。籠の中にはトウモロコシが入っている。小尾の顔を見て、勝俣は露骨に顔をしかめた。

「君か。いったい私に何の用だ」

「その節はすみませんでした。ご迷惑をおかけしてしまいまして」

「私は忙しいんだ。用があるなら早くしてくれ」

「勝俣先輩があの城西二高出身だと知らず、無礼を働いてしまって申し訳なく思っております。城西二高といえば全国に名が知れた甲子園の常連校。特に夏の甲子園の決勝で延長十五回の激闘を制したことは半ば伝説化しています」

勝俣の表情がわずかに変わる。延長十五回の激闘を制した当時のナインの中に勝俣もいたのだ。それは事前に調べてわかっていた。

「俺も高校球児の端くれでした。だから甲子園の過酷さはわかります。延長十五回なんて、それこそ大変だったと思います。同じ城崎監督の教え子として尊敬していますし、いいお手本でしたよ。あの夏の城西二高ナインは」

「まあな」勝俣が表情を緩めて答えた。「たしかに暑い夏だった。私たちは必死だった。中には記憶が飛んでいる者もいた。でも君だって甲子園に出場したじゃないか。しかもその後はプロに入った。しかも東京オリオンズだ。家業を継いだ私とは大違いだ」

「城崎監督のお祝いの場に顔を出せるような者ではありません。できればあのときのお詫《わ》びをしたいと思い、今日は勝俣先輩に相談があって参りました」

「相談？　私に？」

「ええ。先日の会に来場していた方々の名簿を見せていただくことはできませんか？　来場していた方々全員に直筆で詫び状を書きたいと思いまして」

「全員に？　たしか二百人は超えていたと思うが」

「構いません。お願いできますか？」

しばらく考えていた勝俣だったが、やがて首を縦に振った。トウモロコシの入った籠を軒先に置き、玄関に向かいながら言った。

「すでに名簿はパソコンに入力してある。待っていてくれ」

勝俣が玄関のドアから中に入っていく。勝俣の姿が見えなくなってから、小尾は大きく息を吐く。作戦成功だ。実際に詫び状を書く気などさらさらない。名簿を手に入れたらそれで満足だった。

今日も暑かった。関東地方は夜から雨になると伝えられていたが、それを感じさせないほどの晴天だ。三回戦がおこなわれる明後日水曜日も週間予報では晴れだった。

「これだ。これが参加者の名簿だ」

そう言いながら勝俣がサンダルをはいて出てきた。その手からA4サイズの紙を受けとる。全部で五枚ほどあり、クリップで留められている。

「ありがとうございます。ご恩は決して忘れません」

「恩だなんて大袈裟《おおげさ》な。同じ城崎監督の教え子じゃないか。小尾君、いつか世間も君のしたことを忘れる日が来るだろう。今は高校野球の指導者をしていると話に聞いた。頑張ってくれ」

「はい。ありがとうございます」

頭を下げてから、小尾は勝俣家をあとにした。通りに出てから、五十メートルほど歩いてコンビニエンスストアに入る。冷たいペットボトルの緑茶を買い、店から出てバス停のベンチに座る。

蟬の鳴き声がうるさかった。小尾は勝俣からもらった名簿を眺める。ほとんどが知らない名前だった。百合草の名前もない。百合草は参加する予定になっていたが、結局会場に足を運ばなかったのだろう。やはり年配の名前が多い。

こめかみのあたりを汗が伝うのを感じる。知っている名前が二つあった。一人は東京オリオンズの現役プロ野球選手、月岡仁だ。小尾の高校の後輩でもあり、城崎監督の教え子でもある。三歳下でちょうど入れ替わりだったため、高校時代には接点がなかった。現役プロ野球選手というのはあの手の会には華を添えるものなので、百合草とともに月岡が招待されていても何ら不思議はなかった。

それともう一人、こちらの方が小尾にとっては驚きだった。新川正秋。新栄館高校の校長だ。あの校長も城崎監督の教え子だったということなのか。

二日後の水曜日、小尾は八王子《はちおうじ》市民球場にいた。すでに両校の挨拶《あいさつ》は終わり、マウンド上では具志堅星矢が投球練習をおこなっている。対戦相手は都立明星高校だった。今の新栄館高校の攻撃力をもってすれば、簡単に倒せる相手だと思うが油断は禁物だった。

一昨日、土浦市から帰ってきてから何度も月岡仁に電話をしているのだが、いつも留守番電話で繋がらなかった。プロ野球の公式戦の最中のため、月岡も忙しいのだろう。月岡は今年で三十六歳になり、もうベテランといっていい年齢だ。おそらく一軍に登録されていると思うので、チームに同行しているはずだ。

一方、もう一人の参加者、新川正秋は三塁側の新栄館高校ベンチに座っている。調べてみたところ、新川は勝俣と同じく茨城県の城西二高出身だった。年齢は今年で六十歳になり、おそらく城崎監督の教え子では第一期生に当たるのではないかと思われた。城崎監督が高校野球の監督としてのキャリアをスタートさせたのが、茨城県の城西二高だった。

古希を祝う会に参加していたからには、おそらく新川も城西二高の野球部に所属していたはずだ。解せないのは自分が野球経験者であることを何も言わず、素人のような振りをして、今もベンチに座っていることだ。同じ城崎監督の教え子であるならば、一言くらい俺に声をかけてくれてもよさそうなものだった。それとも何か秘密にしておきたい理由でもあるのだろうか。

「おお、あれが具志堅星矢か。やっぱり風格が漂っているな」

「当たり前じゃないですか。順調に行けば高校横綱だって狙えた素材ですよ、彼は」

「まったくそれが野球とは……。もったいないことをしたもんだ」

小尾が座っているのはバックネット裏だ。一塁側、三塁側のスタンドは両校の応援で客席はほぼ埋まっているが、平日ということもあってかバックネット裏には空席もある。小尾の斜め前あたりに一際体格のいい男の一団が座っており、大きな声で話しているので会話が耳に入ってきた。小尾は立ち上がり、男たちの背後の空席に移動した。

「キャッチャーを見てください。あれが二階堂康介。一年の都大会の新人戦で、具志堅に敗れた男です」

「ほう、彼が二階堂か。なかなかの体格をしているな」

「具志堅の陰に隠れていますが、相撲のセンスはピカイチです」

「あの一塁手は誰だ？　あれほどの巨体なら角界でもすぐに通用するぞ」

「さすが親方。目のつけどころがいい。あれは嵯峨省平。精神的に未熟な部分はあるが、大器だと思っている。彼はうちでいただきですよ」

「いや、嵯峨君に関しては大学で鍛えた方がいいんじゃないですかね。是非うちで面倒みたいものだ」

どうやら男たちは相撲の関係者らしい。部屋や大学の関係者が視察に来たというところだろう。奴らはもともと相撲部で、全国的にも名前が知られていることは承知していたが、ここまで注目を集めているとは小尾も知らなかった。

「おお、速いな。何キロくらい出ているんだ？」

「さあ。プロの試合なら電光掲示板に速度が表示されるんですけど」

具志堅星矢が自慢のストレートで先頭打者から空振り三振を奪ったところだった。今日も球に勢いがある。このストレート、それから決め球のSFFを打てる打者はそうはいないだろう。

「一四五、六キロ。といったところですかね」

小尾がつぶやくように言うと、相撲関係者たちが揃って振り向いた。そのうちの一人が声をかけてくる。

「見ない顔だが、あんたも相撲関係のスカウトなのか？」

「俺は違います。通りすがりの者です。ちょっと会話が耳に入ったんですが、やっぱり具志堅君は相撲が相当強いんですか？」

「当たり前じゃないか。彼は相撲をやるために生まれてきたような人間なんだ。具志堅だけじゃないぞ。ほかにも逸材が揃ってる。彼らに野球をやらせるなど私に言わせれば宝の持ち腐れ。野球部の監督に抗議したいところだよ。今すぐ野球を辞めさせ、相撲をやらせるように、とな」

小尾は肩をすくめる。謹慎中の身ではあるが、一応野球部の監督はこの俺だ。小尾はそそくさとその場を離れ、元の席に戻った。

ズボンのポケットの中で携帯電話が震えていた。携帯電話を出して画面を見ると、見知らぬ番号が表示されている。イヤホンマイクのボタンを押した。

「……もしもし。警視庁……の紺野です。小尾さん、聞こえますか？」

周囲の歓声がうるさくて、声が聞こえづらい。小尾は立ち上がり、階段を上りながら応じる。

「ええ、何とか聞こえます。何かありましたか？」

「小尾さん、実はですね……」

続けられた言葉を聞き、小尾は言葉を失った。まさか、そんなことって……。

「小尾さん、大丈夫ですか？　できればお会いして話を聞きたいと思いまして」

「だ、大丈夫です。すぐに伺いますので」

三塁側スタンドが歓声に包まれたので、小尾は振り返る。具志堅星矢が二番打者からも空振り三振を奪ったところだった。額の汗をぬぐい、小尾は走り出した。

●

「おい、ニカ。見ろよ、バックネット裏」

一回表の都立明星高校の攻撃が終わり、ベンチに戻るとハットに声をかけられた。ベンチから出てバックネット裏の席を見ると、そこには一際図体《ずうたい》のでかい男たちが座っている。ハットがやや興奮したように言う。

「あれって、相撲のスカウトじゃねえか。あの真ん中に座ってる人、境風《さかいかぜ》親方じゃね？　元大関飛翔山《ひしょうやま》の。俺、飛翔山の大ファンだったんだよな」

「本当だ。飛翔山だよ。その隣に座ってるのは玉乃浦親方じゃん」

「うわ、本当だ。玉乃浦親方だよ」

部員たちがぞろぞろと集まってくる。さすがに相撲部員だけあって誰もが相撲に詳しい。興奮したように口ぐちに話している。

「うお、こっち見てるぜ、おい」

「手を振った方がいいんじゃないか」

「馬鹿、やめろって。どうせグッシー目当てだろ」

「お前たち、試合中だろ」康介は手を叩いてみんなに言う。「ほら、攻撃が始まるぞ。ハット、すぐにバッターボックスに行くんだ。ほかのみんなも試合に集中しようぜ」

ハットがバットを持って、バッターボックスに向かって歩いていく。二番打者のハタもベンチの前で素振りを開始した。ベンチに戻ると嵯峨ちんがゼリー状の栄養補給食品をごくごくと飲み干している。すでに三個目だ。

「嵯峨ちん、腹が減ったのか？」

「そうだよ、ニカ。ちょっと前の試合が長引いたろ。だからお腹が空《す》いちゃって」

試合開始は午前十一時と予定されていたが、第一試合が長引いたせいで、今はもう正午を回っている。朝、家でたらふく飯を食べてきた康介だったが、たしかに嵯峨ちんの気持ちもわからなくはない。何となく空腹を覚え、康介は嵯峨ちんに言う。

「嵯峨ちん、一個くれるか？」

「うん、いいよ」

嵯峨ちんがビニール袋からゼリー状の栄養補給食品を出し、それを康介に渡してくれた。キャップを開け、それを一息に飲み干す。冷たくて美味しかった。

「ニカ、今日の試合も勝ったら焼肉かな」

「今日もそうだろ。まあ勝ったらの話だけどな」

「ニカ、焼肉の食べ放題もいいけどさ、最近ジャンボラーメンを無性に食べたくて仕方がないんだよ。昨日なんて夢に出てきたもん」

新栄館高校野球部として初めて戦ったのが〈ジャンボラーメン〉の大将が率いる商店街チームだった。結果は惨敗で、その代償として康介たちは〈ジャンボラーメン〉に無期限出入り禁止となっていた。

「夢の中でさ、食べても食べてもジャンボラーメンが減らないんだよ。僕、嬉しいやら悲しいやら、どっちかわからなくなっちゃって、無心でラーメンを食べ続けていたんだよ」

「嵯峨ちん、それ以上は言わないでくれ。俺までジャンボラーメンを食べたくなってきた」

「変装していけばバレないんじゃないかな。ニカ、僕に付き合ってよ。変装して〈ジャンボラーメン〉に行こうよ」

「バレるって、その体型じゃ。嵯峨ちん、悪い。もう一個くれるか？」

「うん、いいよ」

二つ目のゼリー状の栄養補給食品を飲みながら、康介はバッターボックスに目を向けた。カウントはツーストライク・ツーボールだった。警戒しているのか、甘いコースには投げてくれないようだ。

今日もベンチの真ん中には校長の新川が座っている。スーツ姿で、頭に帽子を被《かぶ》っていた。ベンチの端に茜がちょこんと座っており、その表情が気になった。どこか浮かない顔をしているような気がしてならない。

「マネージャー、どうかしたか？」

「お父さんがいないの」

康介は身を乗り出して、バックネット裏を見る。いつも大抵同じ場所に座っているはずの小尾だったが、今日は姿が見えなかった。

「ふーん。トイレにでも行ってるんじゃないのか」

ハットが三振に倒れるのが見え、二番打者のハタハタがバッターボックスに向かっていく。今日も康介は四番だった。三番打者グッシーの次だ。自分のバットを握り締め、康介はベンチから出た。


「ゲームセット」

審判が高らかに言う。今日も新栄館高校の圧勝で、十一対〇の五回コールド勝ちだった。三回までは打線が繋がらなくて苦労したのだが、四回に打線が爆発した。康介のツーラン・ホームランを含む、一挙八得点の猛攻で試合を決定づけた。まさに超攻撃野球、ビッグ・ベースボールだ。

整列して礼をする。握手を交わして互いの健闘を称《たた》える。都立明星の選手たちも「次も打ちまくれよ」とか「パワーが半端ないね」とか笑みを浮かべて言ってきた。これまで異端というか、ある種ゲテモノといった感じで見られてきたのだが、ようやく野球部としてその強さを認められたような気がして、康介は嬉しかった。

ベンチに戻ると、いきなり取材陣に囲まれた。腕章を巻いた記者たちが康介をとり囲む。

「二階堂君、二試合連続のコールド勝ち、おめでとう」

「大会通算四本目のホームランだ。感想を一言お願いできるかな？」

「あ、はい、すみません」

マイクを向けられ、言葉に詰まる。隣を見るとグッシーも記者たちに囲まれていた。

康介は額の汗を手の甲でぬぐってから答える。

「自分でも信じられません。ホームランを狙って打っているわけではないので」

「でも本格的に野球を始めて一年もたっていないらしいね。長打の秘訣《ひけつ》はなんだろう？」

「僕たちはパワーしか取り柄がないので、そこを徹底的に強化した結果だと思います」

「マシュマロ・ナイン。我々報道の間でも話題になり始めているよ。次の四回戦に向けて意気込みを一言」

「全力で頑張ります」

インタビューが終わり、康介はベンチに入ろうとした。校長の新川が満足そうな笑みを浮かべて座っている。康介は校長のもとに向かって言った。

「校長先生、お話があるんですが」

「今は校長ではない。監督と呼びなさい」

「監督、小尾先生を戻してもらえませんか？」

新川校長が監督としての役割を果たしていないのは明白だった。今日の試合もそうだ。

アドバイスらしいことは何一つ言わず、ベンチに座っているだけだった。

「それはできんな」

校長は即座に否定した。それでも康介は引き下がらなかった。

「なぜですか？　さっきインタビューを受けましたけど、記者の人たちは誰も小尾監督の——いや、小尾監督の奥さんのスキャンダルのことに触れませんでした。監督を戻したところでイメージダウンなんてしないと思います」

「あの男のどこがいいんだ、二階堂君」校長は冷たい口調で言い放つ。「あの男の元妻の事件だけが問題じゃない。彼がドーピングでプロを辞めたことは君だって知らないわけではなかろう。叩けば埃《ほこり》が出てくる男なんだ、あの男は」

だったら、なぜ……。康介は疑問を飲み込む。最初に小尾を監督にしたのは校長だ。最初から小尾の醜聞を知ったうえで監督を任せたのではないのか。

そこまで考えたところで康介は思いつく。最初から校長はこれを狙っていたのではないか。小尾がチームの戦力を整えるのを待ち、首をすげ替えるようにして自分が監督の座につく。美味しいところだけを独り占めしようという魂胆なのか。

康介は後片づけを始めた。部員に余剰のない新栄館高校野球部は、試合が終わってから全員で片づけをするのが習わしになっていた。自分の荷物だけではなく、バケツやクーラーボックスもバスに運ばなければならないのだ。

バケツに入った水を水道に流していると、肘《ひじ》をつつかれるのを感じた。隣を見るとグッシーが立っている。

「あんな校長、放っておけよ。俺たちで勝ち進むしかないんだよ」

「ああ、そうだな」

グッシーの言う通りだ。自分の力を信じるしかないのかもしれない。空になったバケツを地面に置き、康介は顔を洗った。

●

東京オリオンズの月岡仁の遺体が発見されたのは、代々木《よよぎ》にある小さな公園の一角だった。今朝、ジョギング中の男性がベンチで横になっている男の遺体を発見し、一一〇番通報した。すぐに警察が駆けつけ、所持品などから遺体の主が月岡仁であることが判明した。事件の経緯《いきさつ》を小尾は代々木警察署のロビーで警視庁の紺野から聞いた。

「で、月岡は自殺で間違いないんですか？」

小尾が訊くと、紺野がうなずきながら答える。

「ええ。自殺の線が有力です。遺体のそばにペットボトルの水が置いてあって、その水の中から毒物が検出されました」

あの月岡が自殺をするなど信じられなかった。最後に会ったのは去年のことだ。六本木のバーで二人で飲んだ。あれから一年もたっていない。

「でもなぜだ？　なぜ紺野さんは俺に……」

「月岡さんの携帯に小尾さんからの着信が残されていたからです」

「ああ、それは……」

小尾は説明した。百合草が殺害された事件当日、同じホテルで城崎監督の古希を祝う会が催されており、月岡もその参加者だったこと。事情を聞きたいと思い、二日前から何度も携帯電話に連絡をしていたが、話すことはできなかったこと。小尾の話を聞き終え、紺野は口を開いた。

「月岡さんがあのホテルにいたことは私たちも知っていました。球団を通じて事情を聞きたいとお願いしていた矢先の出来事だったんです。昨夜、ナイターの試合後に自家用車で月岡さんが球場から去るのをチーム関係者が目撃しています。その後の足どりは不明ですね」

「月岡は代々木に住んでいたのか？」

「ええ。公園の近くにあるマンションに住んでいました。実は月岡さんの上着のポケットから遺書らしきものが発見されています。『百合草さんのことはすべて私の責任です。申し訳ありません』そう書かれていました」

「つまり、百合草を殺したのは……」

「現時点ではわかりませんが、その線で捜査を進めていく方針です。月岡さんのマンションからこんなものが発見されました」

紺野はそう言って一枚の写真を出し、小尾に渡してきた。写真を見ると、そこには白いプラスチック製のボトルが写っている。サプリメントの入ったボトルのようだが、貼られたシールに書かれた文字がすべて英語であることから、それが海外の輸入品であることがわかる。もしや――。

「そうです。調べてみたところ、違法薬物、つまりドーピングに抵触する薬物であることが判明しました。月岡さんも常習者であった可能性が高いですね」

死亡推定時刻は深夜零時から二時までの間らしい。あまり人通りのない公園だったようで、朝になるまで発見されなかったという。それにしても――。小尾は内心思う。まさか月岡までがドーピングに手を染めていたとは、まったく想像もしていなかった。

百合草と月岡が親しくしていた記憶はなかった。しかし投手と捕手、さらに言うなら百合草と月岡も同じ高校の出身者なので、二人が親しくしていても何ら不思議はない。

「マスコミが喜びそうなネタですね」紺野が苦笑しながら言う。「東京オリオンズで二人目のドーピングですから。しかも遺書を残して自殺したとなると、マスコミも黙っちゃいないでしょう」

携帯電話の着信音が鳴り響いた。紺野が背を向けて、携帯電話を耳に当てる。しばらく話したあと、紺野が振り向いて言った。

「決まりです。百合草さんが亡くなったホテルの部屋から検出された指紋が、月岡さんのものと一致しました。あの日、百合草さんの部屋を訪ねた謎の男の正体は、月岡さんとみて間違いないでしょう」

やはり百合草を殺害したのは、月岡だったのか。小尾の胸中を察するように、紺野が冷静な口調で言った。

「月岡さんが百合草さんの死、さらに岩佐さんの睡眠薬服用にどのように関与していたか、それは不明です。しかし何らかの関与をしていたと考えていいでしょう。真実を知るのは岩佐真由子さん、ただ一人です。また何かわかりましたら連絡しますので」

そう言って紺野がエレベーターに向かって歩いていく。エレベーターの前で立ち止まり、紺野が戻ってきて小尾に言った。

「小尾さん、ご存じでしたか？　月岡さんには交際していた女性がいたそうです。都内在住の一般女性ですが、そりゃあ綺麗な女性でしたよ」

結婚を考えている女性がいることは、去年六本木で飲んだときにも話していた。

「彼女が何か知っているかもしれない。そう思っているんですが、ショックが強かったようで今は事情を聞ける状態ではありません。彼女が何かを知っていればいいんですが」

紺野がそう言い残し、立ち去っていく。少し照れたように彼女のことを話す月岡の顔が脳裏に浮かんだ。あの月岡が死んだということに、まだ現実感が湧かなかった。

「ただいま」

自宅に戻ったのは午後五時のことだった。ちょうど洗面台で茜が髪を乾かしていた。シャワーを浴びたばかりなのだろう。試合のことなどすっかり頭から抜け落ちていて、小尾は茜に訊く。

「勝ったのか？」

「勝ったわよ。メール見てないの？」

「すまん、ちょっとな」

慌ててメールを確認すると、午後二時過ぎに茜からのメールを受信していた。十一対〇で五回コールド勝ちのようだった。これで二試合連続でのコールド勝ちとなった。これもすべて超攻撃野球の賜物だ。

「焼肉は行ってきたのか？」

「うん、行った。それよりお父さん」茜が洗面室から出てきて、リビングのテーブルの前に座って言った。「次からは厳しくなると思う」

「次の相手は？」

「創生《そうせい》高校。シード校よ」

参加する百三十二校のうち、シード校は十校だ。小尾は冷蔵庫に貼られたトーナメント表を見る。創生高校は第八シードだ。四回戦まで勝ち進めば、今後はシード校と当たることも増えていくだろう。

「うちには勢いがあるからな。そう簡単に負けることはないだろう。破壊力だけなら光央学院にだって負けちゃいないはずだ」

「甘いわよ。相手だって馬鹿じゃないのよ。研究してくるに決まってるわ」

茜がテーブルの上のスコアブックを開き、それを指さして言った。

「今日だってそう。まともに勝負してもらえなかったんだから。具志堅君も二階堂君もチャンスで敬遠されたのよ」

だろうな。小尾は内心思う。自分がマウンドに立っていたとしても、二階堂や具志堅とは勝負したくはない。それだけあの二人の打撃力には目を見張るものがある。特に二階堂は打者としての才能を開花させつつあるように感じられた。

「わかった。次からはスタンドから指示を送ることにしよう。実はな……」

小尾は月岡が自殺したことを茜に告げた。茜は無表情のまま小尾の話に耳を傾けていた。小尾の説明が終わると、茜が言った。

「じゃあお母さんのパソコンを盗んだ人は無関係なの？」

「そういうことになるな。でもあれはあれで犯罪だ。そのうち犯人も見つかるんじゃないか」

そう言いつつも、本当にあの山岸というフリーライターは事件とは無関係なのだろうかという疑問を抱いた。真由子が睡眠薬を飲んで病院に搬送された直後、自宅マンションに侵入してパソコンを盗むなど、事件とまったくの無関係ではないような気がする。

「あとはお母さんが快復すれば、すべては解決ね」

昨日病院を訪ねて医師に尋ねたところ、真由子は徐々に快復に向かっており、目を覚ますのも時間の問題とのことだった。今は人工呼吸器を使っているが、一日に何度か自発呼吸もみられるとの話だった。今は真由子が目を覚ますのを待つしかない。

「次は四回戦か。ここまで来るとは思ってもいなかったな」

小尾はそう言い、茜が開いているスコアブックに目を落とす。これまでの新栄館高校の戦績が書かれている。

一回戦　新栄館高校　(十二対十一)　練馬北高校

二回戦　新栄館高校　(十六対三)　三鷹工業高校　五回コールド

三回戦　新栄館高校　(十一対〇)　都立明星高校　五回コールド

こうしてスコアだけ見ても、いかに新栄館が得点力を有しているかがわかる。部員たちのことをデブだのノロマだの部活中に何度も罵《のの》ってきたのだが、それは改めざるを得ないようだ。彼らは太ってはいるが、一流のアスリートなのだ。幼い頃から日夜稽古《けいこ》に励み、都内でも一、二を争う相撲の名門校に入ってきた、いわば相撲エリートだ。相撲という格闘技はパワーだけではなく、瞬発力や一瞬のスピードなども要求されるし、相手の動きを読む洞察力も必要だ。思えば優秀なバッターに必要な資質をすべて備えているといってもいい。

しかし茜の言う通り、これからの試合は厳しくなっていくことだろう。相手もこちらの戦術を研究してくるはずだし、控え選手のいない新栄館には過密な日程も響いてくる。疲労も蓄積されているはずだ。

小尾は冷蔵庫から缶ビールを出し、それを飲む。月岡のことが頭に浮かんだ。もう月岡と酒を酌み交わすこともできないのだ。月岡、俺とお前の仲じゃないか。一言くらい俺に相談してもよかったんじゃないか。勝手に死んじまいやがって。

心の中で月岡にそう語りかけ、小尾はビールを一息に飲み干した。

●

新栄館高校は初回からピンチを迎えていた。康介は立ち上がり、「タイム」と審判に告げてからマウンドに向かう。「どうする？」とグッシーに訊くと、「さあな」という答えが返ってくる。

四回戦の相手はシード校の創生高校だった。一回表、創生高校は奇襲を仕掛けてきた。先頭打者、二番打者と続けてバントをしてきたのだ。意表を突く攻撃で、いとも簡単にノーアウト・ランナー一、二塁のピンチを迎えてしまった。

内野陣がマウンド上に集まってくる。康介はサードの花岡兄に言った。

「花岡、次のバッターもバントをしてくるかもしれない。ダッシュしてボールをとれ。一塁に送球して、一つずつアウトをとっていこう」

「はい、先輩」

「よし、みんな。締まっていこう」

康介はグッシーにボールを手渡してから、ポジションに戻った。キャッチャーメットをつけて、ミットを構える。三番打者がバッターボックスに入ってくるのが見えた。

試合の前日の夜はミーティングをすることになっていた。といっても校長であり、監督でもある新川は同席することなく、部員だけで集まって話し合うのだ。マネージャーの茜が対戦相手の分析を披露し、この打者は内角を嫌うだとか、この投手のカーブはボールになり易いとか、いろいろとレクチャーをしてくれる。茜の分析は緻密《ちみつ》なもので、これまでも役に立ってきた。

康介自身、野球の面白さみたいなものを感じ始めていた。特に配球は打者との肚《はら》の探り合いのようなものだ。グッシーはストレート・SFFと球種は二種類しかないが、高め低め、内角外角、もしくはあえてボールになる球を投げるなど、組み合わせ次第で配球を組み立てることができた。

グッシーとの間でサインも決まっている。康介がグーを出したらストレートで、チョキを出したらSFF。そしてパーを出したらボール球を投げることになっていた。コースは康介がグローブを構える位置で決まるのだった。

昨夜《ゆうべ》のミーティングを思い出す。この三番打者は典型的な長距離バッターで、ホームランこそ打っていないものの、打率はたしか四割弱。かなりのアベレージだ。

まずは様子を見ることにした。ストレートのサインを出し、グローブを外角に構える。グッシーがボールを投げた途端、バッターはバントの構えをとった。またかよ。バントは成功し、ボールが三塁側に転がる。サードの花岡兄が走ってくるが、康介の方がボールに追いつくのは早かった。一塁に投げようとしたが、セーフのタイミングであることは明らかだったので、康介はボールを投げることができない。

これでノーアウト・満塁のピンチを迎えることになってしまった。次は四番打者だ。もしかしてスクイズということも考えられるのか。スクイズに対応した守備練習などしたことがない。

マウンド上のグッシーを見る。グッシーも『参ったな』という表情を浮かべていた。もしもだ。このままずっとバントをされ続けたらどうなってしまうのか。結果は目に見えている。ひたすら点を入れられてしまうのではないだろうか。

「タイム」

その声はベンチから聞こえてきた。マネージャーの岩佐茜がこの炎天下にも拘《かか》わらず、涼しい顔でマウンドに向かって歩いてくる。

●

二番打者がバントの構えをとったときから、小尾は創生高校の狙いが読めた。おそらくバント攻勢で来るのではないか。新栄館高校の守備力の低さ、それから走力の遅さを見越したうえで、足を活かした攻撃を仕掛けてくるのではないか。すぐに小尾は携帯電話で茜の番号を呼び出し、通話ボタンを押した。ベンチに目を向けると、茜が立ち上がってベンチ裏に消えていくのが見えた。やがて茜は電話に出た。

「相手の狙い、わかってるな？」

茜はすぐに答える。

「うん。バントね」

ビッグ・ベースボールに対抗するため、スモール・ベースボールに徹しようという方法論だ。悪くない策だと相手の手法を認めざるを得なかった。打撃の練習に時間を費すあまり、守備練習などほとんどしてこなかったからだ。

「相手の監督、お父さんの先輩よ」

茜に言われ、小尾は訊く。「どういうことだ？」

「城崎監督の教え子だって。年はあっちの方がだいぶ上みたいだけどね」

小尾は創生高校のベンチに目を向けた。ベンチから身を乗り出すようにして、サングラスをかけた初老の男が立っている。城崎監督の教え子だけのことはある。こちらも負けてはいられない。

「茜、今から言うことを二階堂たちに伝えろ。まずはサードの花岡兄の守備位置を……」

小尾が伝えた指示を聞き、電話の向こうで茜が息を吞む気配が伝わってくる。

「そんなこと、していいの？」

「いいに決まってんだろ。お前、野球に詳しいくせにそんなルールも知らないのかよ」

「でも……」

「迷ってる暇はない。ほら、見ろ。またバントだ」

創生高校の三番打者があっさりとバントを決めて、あっという間にノーアウト・満塁のチャンスを相手に与えてしまう。茜が「タイム」という声を出したのが聞こえた。ベンチから出た茜がマウンドに向かって歩いていくのが見えた。マウンドに二階堂康介も走ってくる。具志堅と二階堂、それから茜の三人で話している。

二階堂康介が手招きして内野陣を呼び寄せる。しばらく全員で何やら話してから、それぞれが指示された守備位置にゆったりとした足どりで——彼らにとっては小走りのつもりなのだが、歩いていく。

スタンドからどよめきが起きた。サードの守備位置のせいだった。極端に前に出て、打者との距離は五メートルもないだろう。セカンドの服部翔大は二塁寄りに、ショートの花岡弟は三塁寄りのポジションをとっている。内野は抜かれる可能性が高いが、バントを阻止するにはこの奇策しかない。

　創生高校のベンチからサングラスの監督が飛び出してきて、審判に何やら抗議をしていた。二分ほど抗議していたようだが、結局それは実らずに創生高校の監督はベンチに引き揚げていく。

　公認野球規則の『守備位置』の項には『試合開始のとき、または試合中ボールインプレーになるときは、キャッチャーを除くすべての野手はフェア地域にいなければならない』と規定されている。つまりフェア地域内であれば、野手はどこを守ってもいいのである。厳密に決まっているのは投手と捕手だけで、投手はプレートを踏みながら投球しなければボークとなるし、捕手は投球されるまでホームベース後ろのボックス内から出てはならない。

　さて、どう出る？

　小尾は相手のベンチに目を向けた。創生高校の監督がしきりにサインを送っている。そのサインを確認してから、四番打者がバッターボックスに入る。

　やはりな。四番打者はバントの構えを見せた。それでも具志堅は構わず速球を投げ込んだ。一塁方向に転がすつもりのようだったが、バントしたボールは逸れてピッチャー側に転がった。三塁走者はスタートを切っている。

　花岡兄が低い姿勢のまま、相撲のすり足のように転がったボールに向かい、それを捕る。すぐにキャッチャーの二階堂にボールをトスした。三塁走者が頭からスライディングをするのが見えた。

砂埃が上がる。　思わず小尾は身を乗り出していた。審判が高らかに告げる。「アウト！」

まさに立ち合いのようだった。スライディングしてきた三塁走者に対し、二階堂は体を張って阻止していた。しかも二階堂はスライディングの勢いなどものともせず、一ミリたりとも動いていないように見えた。まるで山のようだ。動かざること山の如し、だ。

「ゴー、ゴー、マシュマロ・ナイン！　ゴー、ゴー、マシュマロ・ナイン！」

新栄館高校の応援席から、生徒たちが大合唱する声が聞こえてくる。マシュマロ・ナインか。可愛らしくて、あまり強そうじゃない名前だな。

小尾はそんなことを思いながら、足を組んでにやりと笑った。

「よし、お前たち。遠慮しないで好きなものを食っていいぞ」

小尾の言葉に九人の部員たちは歓喜の声を上げた。メニューも見ずに嵯峨省平は注文する。

「僕、ジャンボラーメンとチャーハン大盛りとギョーザ二人前ください」

「おいおい、嵯峨。別にジャンボラーメン食べなくてもいいんだぞ。俺が奢《おご》ってやるんだから」

「監督、やっぱりこの店に来たらジャンボラーメン食べないと」嵯峨は目を潤ませて言った。「僕、夢にまで見たんだよ。この店に出入り禁止になったことが、今までの人生で一番悲しい出来事だったかもしれないもん」

「大袈裟な奴だな、まったく」

小尾は生ビールを口にした。〈ジャンボラーメン〉の大将のご厚意により、出入り禁止が解除となった。しかも大将は試合を球場で見ていたらしく、今日の支払いは半額でいいと請け負ってくれたのだ。

「俺もジャンボラーメン、それからギョーザ二人前」

「あっ、俺も同じやつください」

「俺はジャンボラーメンと春巻きを二人前」

「グッシー、渋いね。春巻きも捨て難いんだよな」

「だったらギョーザと春巻き、両方食べればいいんだよ」

「さすが油井君、その手があったか」

試合は大勝利だった。小尾のバントシフトに創生高校は戸惑ったようで、それからバント攻勢は鳴りをひそめた。それでもシード校の実力は並ではなく、一進一退の攻防が繰り広げられた。

チャンスが訪れたのは、一対一の同点で迎えた六回裏だった。九番守川誠人のヒットから始まり、一番服部翔大、二番秦正明と連続ヒットで満塁のチャンスを作った。続く三番具志堅星矢は空振り三振に倒れたが、続く四番の二階堂康介が満塁ホームランを放って五対一と四点差に引き離したのだ。そのうえ新栄館高校の勢いは止まることなく、さらなる連打で八対一まで点差を伸ばしたのだった。

続く七回表、ピッチャー具志堅星矢は三振二つと内野ゴロに打ちとり、ゲームセットとなった。地方大会の場合、五回で十点差、七回で七点差が開いていると、コールドゲームが成立する。

「お前たち、もし疲れているんだったら、明日《あした》は練習を休みにしてもいいぞ」

「大丈夫だって、監督。俺たちタフなんだから」

服部翔大がコーラを飲みながら言う。たしかにこいつらはタフだ。それは認めざるを得ない。相撲の稽古がどれほど厳しいものなのか知らないが、髪を乱し、汗と土にまみれて稽古をしている力士の姿をニュースで見たことがある。かなり鍛えられているのだろう。

「おっ、誰か、テレビの音量、上げてくれないか?」

二階堂がそう言ったので、テレビの近くに座っていた二年の花岡弟がリモコンでテレビの音量を上げた。

『今日、ドーピング疑惑で世間を騒がせているプロ野球チーム、東京オリオンズの球団社長が記者会見をおこないました』

頭の薄い五十歳くらいの男が頭を下げているのが見えた。その隣にいるのはゼネラルマネージャーだ。どちらも現役時代に会ったことがあるが、口を利いたのは解雇を言い渡されたときだけだった。球団社長が沈痛な面持ちで言う。このたびは私どもの選手がご迷惑をおかけして、誠に申し訳ありません。

画面がスタジオに切り替わり、再びキャスターが口を開く。

『この問題を受け、球団社長とゼネラルマネージャーの両氏は辞任の意向を固めているようです。百合草智明選手の死に端を発した今回の騒動ですが、球界に与える影響は大きく、ドーピング検査の強化などを訴える声も高まっています』

次に流れたVTRに登場したのは、スポーツにおけるドーピングに詳しい、どこかの大学教授だった。その言葉を聞き流していると、服部翔大が訊いてくる。

「監督、いつになったらベンチに戻ってくるんだよ」

「さあな」と小尾は答える。「ほとぼりが冷めるまで、俺はベンチに入ることができないだろう。まあ茜がいることだし、今日みたいにお前たちに指示を送ることは可能だ。安心しろ」

頭の隅に引っかかっているのは、新川校長のことだった。彼が城崎監督の古希を祝う会に参加していたのは参加者名簿から明らかになっている。新川という男の真意がまったく読めなかった。なぜ野球部を設立したのか、その目的もさっぱりわからない。

「できたぞ。どんどん運んでくれ。ギョーザと春巻きは何人前だか知らないが、適当に盛っておいたから、じゃんじゃん食べてくれ」

部員たちが立ち上がり、率先して料理を運んでいく。それから黙々と食べ始めた。中には〈ジャンボラーメン〉に再び入店できたことに感激したのか、やたらとスマートフォンで写真を撮っている奴もいた。

「監督、今日は完勝だったね」

大将がカウンターから出て、小尾の隣に腰を下ろしながら言った。

「最初はどうなることかと思ったけど、バントシフトが成功だったな。俺、あんなところでサードが守ってるの、見たことないよ」

「先に仕掛けてきたのは創生高校ですよ。目には目を、歯には歯を、奇策には奇策を、ですよ」

「それにしてもこいつらが準々決勝まで行っちまうなんて、いまだに信じられないよ。昨日な、商店街の会合があったもんで顔を出してみたら、みんなこの話題で持ち切りよ。和菓子屋の若旦那《わかだんな》はマシュマロ・ナイン饅頭《まんじゅう》を売り出すって乗り気だし、嵯峨精肉店では毎日半額セールを始めたようだ。うちもこの際だから便乗して、マシュマロ・ナイン定食でも始めようかな」

本気とも冗談ともつかぬ顔つきで大将が言う。マシュマロ・ナインこと新栄館高校野球部が話題になっているのは本当らしい。

先週、降雨のために順延になった試合があった影響で、試合の日程はますます過密になっている。三日後の水曜日が準々決勝で、勝てば土曜日が準決勝となる。

「すみません、大将。ギョーザを五人前追加してもいい？」

服部翔大の注文を聞き、「まったく遠慮というものを知らない小僧だ」と大将が笑いながら立ち上がり、再びカウンターの中に入っていった。

カウンターの上に置いた携帯電話が鳴り始めた。茜からだった。茜は今、真由子の入院している品川区内の病院に行っているはずだ。通話ボタンを押してから、携帯電話を耳に当てた。小尾はやや上機嫌で言った。

「おう、茜。お前もまさかジャンボラーメンを食べたくなったのか」

すると電話の向こうで茜がやや早口で言った。

「お父さん、すぐに病院に来て。お母さんが目を覚ましたの」

肩のあたりに重みを感じ、目を開けると茜の頭が小尾の肩に寄りかかっていた。いつの間にか眠ってしまったようだ。時計を見ると、朝の七時だった。

昨夜、一瞬だけ目を覚ました真由子だったが、すぐにまた眠りに落ちたらしい。しかし脳波の状態も安定しており、自発呼吸もできているので、またすぐに目を覚ますだろうという担当医師の見解を聞き、待っていることにしたのだった。面会室という部屋に茜と二人、呼び出しが来るのを待っていた。

茜はすやすやと眠っている。真由子が目を覚ましたとき、茜はちょうど一人で真由子の病室にいたらしい。すぐに茜はナースコールで看護師を呼んだが、看護師が駆けつける前に再び目を閉じてしまったという。

今日は七月十八日の月曜日だ。学校に遅刻する旨を伝えようと思ったが、壁にかけられたカレンダーで今日は祝日であることを知る。部活は二階堂が中心になってやってくれるだろう。明後日はいよいよ準々決勝だ。

「小尾さん、よろしいですか？」

ドアをノックする音が聞こえた。「どうぞ」と声をかけるとドアが開き、医師が顔を覗《のぞ》かせた。同時に肩に感じていた重みも消えた。茜が目を覚ましたのだ。

「岩佐さんが目を覚まされました」

「本当ですか？」

「ええ、病室にお越しください」

慌てて立ち上がり、面会室から出た。朝食の準備が始まっているのか、給食の配膳《はいぜん》室のような匂いが漂っている。医師が歩きながら説明した。

「状態は悪くありません。ただしあまり長くお話をされるのは難しいでしょう。何しろ二十日間以上も眠っておられたわけですし、本人も戸惑っていることだと思います。まずは十分間だけ、お時間を差し上げるので、ご自由にお話ししてくださって結構です。また話をする機会を作ります」

その後は本人の状態を見ながら、また話をする機会を作ります」

医師が病室に入っていく。小尾はやや緊張しながら、病室に足を踏み入れた。ベッドの上に真由子が横になっていた。首を動かし、真由子がこちらを見るのがわかった。

小尾はベッドの隣に立つ。医師は病室の入り口付近に立っていた。茜の姿を見て、真由子が笑みを浮かべて言う。

「茜、日に焼けた？」

茜がこっくりとうなずいた。真由子が真顔に戻り、小尾を見上げて言う。

「ごめんなさい。何が何だかわからないの。まだ頭がぼうっとしてる感じ」

「仕方ないさ」小尾は明るい口調で言った。「だって二十日以上も眠ってたんだぜ。そのうちいつもの調子をとり戻すんじゃないか」

「あっ、そういえば百合草さん、どうなったの？」

「なぜだ？　なぜ百合草のことが気になるんだよ」

「だってあの日、ホテルの部屋に入ったら百合草さんが倒れているのが見えたのよ。頭から血を流しているようだった。すぐに救急車を呼ぼうと思ったんだけど、その矢先……」

真由子はそこまで話して目頭を押さえた。それから上体を起こそうとしたので、小尾は真由子の背中を支え、彼女を起こしてやる。真由子が再び口を開く。

「その矢先、急に後ろから誰かに押さえつけられて……。それから鼻のあたりに刺激臭がして、意識が朦朧《もうろう》となった。苦い薬のようなものを飲まされて、必死に吐き出そうとしたんだけど……。そこから先の記憶はないわ」

先にクロロホルムか何かで抵抗力を奪ったうえで、睡眠薬を飲まされたということか。

「百合草は死んだ」

小尾がそう言うと、彼女の顔色が変わるのが見えた。口を手で押さえ、震えるような声で言う。

「死んだって……、いったい……」

「二人で無理心中を図った。世間にはそういう風に伝わっている」

「無理心中だなんて、そんな……。私は何もしてないわ」

真由子が動揺している様子が伝わってくる。医師が前に出て、小尾に向かって声をかけてきた。「小尾さん、このくらいにしておきましょうか。岩佐さんを混乱させてはなりません」

しかし小尾は医師の言葉を無視した。どうしてもはっきりさせておきたいことがあったからだ。目覚めたばかりで酷だと思ったが、小尾は真由子に訊く。

「真由子、教えてくれ。なぜだ？　なぜお前は人目をはばかるようにして百合草の部屋を訪ねたりしたんだよ」

真由子が顔を上げた。その顔つきは真剣なものだった。

「決まってるじゃない。取材よ」

「取材って、百合草への取材ってことか？」

「そう」真由子がうなずいた。「私は知ってたの。東京オリオンズの百合草智明がドーピングに手を染めていたことをね。だからその取材でホテルの部屋に呼び出された。彼の独占手記を出すつもりだったのよ」

●

「ていうか、本当に準々決勝まで来てしまうとはな」

康介がそう言うと、隣に座っているグッシーが答えた。

「まあな。でも俺はいいところまで行くとは思っていたけどな。だって俺たち、こう見えてもアスリートだろ。足は遅いかもしれないけど、それ以外の身体能力は高いはずなんだ」

今日は祝日だったが、午前八時から二時間ほど軽めの練習をした。そのままグッシーと二人でバッティングセンターに行き、汗を流した。ちょうど昼食の時間になったので、駅前の回転寿司《ずし》店に足を踏み入れた。祝日ということもあってか、店内は家族連れで賑《にぎ》わっている。

「でもまあ」グッシーがマグロの皿をとりながら言った。「すべては小尾理論のお陰だよ。全体的な総合力をアップさせるより、打撃だけに特化して練習してきた成果だ。相撲と同じだよ。素人がたった半年の稽古で試合に臨むなら、多くの技を教えるより、一つの技を完璧《かんぺき》にマスターした方がいいだろ」

グッシーは手元に置いたマグロを食べようとしない。獲物を狙う目で回転している寿司の皿に目を向けている。やがてもう一枚、マグロの皿が流れてきたので、グッシーはそれをとった。最初にとった二貫のマグロの上に、さらにとった二貫のマグロを載せる。醤油《しょうゆ》を直接垂らしてから、グッシーは口を大きく開けて四貫のマグロを頬ばる。部員の間では『嵯峨食い』と呼ばれている食べ方で、考案者はもちろん嵯峨ちんだ。

「次の相手、桜花《おうか》高校だっけ？」

グッシーに訊かれ、康介はサーモンの皿に手を伸ばしながら答えた。

「桜花実践高校。俺たちと同じノーシードで勝ち上がってきたチームだ。勢いはありそうだな」

気になったので調べてみたが、桜花実践はこれまで接戦を勝ち抜いてきたチームだった。一試合平均で五点はとられていることから、それほど投手力のないチームだと思われた。しかし油断は禁物だ。前の試合では延長戦の末、シード校の帝大《ていだい》三高を破っているチームなのだ。

「でも勢いだけなら俺たちも負けちゃいないだろ」

グッシーが言う。アナゴを嵯峨食いで食べていた。康介は流れてきたサーモンの皿を手にとり、同じく嵯峨食いでサーモン四貫を食べてからグッシーに訊く。

「ところでグッシー、どの部屋に入るか、決めたのか？」

「二つ、三つには絞っているけどな。まだどの部屋に入るかは決めてない」

予選で敗退が決まると同時にグッシーは退学し、相撲部屋に入門するつもりらしい。その決意は鈍っていないようだ。グッシーがいなくなってしまった高校生活というのはイメージが湧かなかった。

「グッシーはさ、相撲界に入ったら、何か目標とかあるのか？」

「決まってるだろ、ニカ。横綱になるんだよ。できれば二十二歳くらいまでにな」

グッシーがさらりと言う。しかしグッシーが口にすると、それが実現してしまいそうで不思議だった。今、グッシーは十七歳。二十二歳まで四年強しかない。

史上最年少で横綱に昇進したのは北の湖《きたのうみ》で、二十一歳二ヵ月のことだったという。次いで大鵬《たいほう》が二十一歳三ヵ月、さらに貴乃花《たかのはな》、白鵬などが二十二歳で並んでいる。グッシーは彼らの記録に迫ろうという算段なのだ。

「と、威勢のいいことを言ってるけどさ」グッシーが笑みを浮かべて言う。「そんなにうまく行くとは思ってないよ。だってプロには強い奴らがごろごろしているからな。そういう奴らとガチで闘いたい。それだけなんだよ、実は」

実はグッシーには高校における相撲の実績が少ない。一年生のときに都大会の新人戦で優勝したことと、二年の夏に高校総体で個人戦ベスト8に輝いたことくらいだ。もっとも高校総体で二年生ながらベスト8になったのは快挙だし、準々決勝でグッシーを破って勝ち上がった金沢の三年生は優勝して高校横綱となっていた。来年は新栄館高校の具志堅で決まりだろう。そんな声が大会中から囁《ささや》かれていたという。しかしグッシーは今年、高校横綱のタイトルを棒に振り、ユニフォームを着てマウンドに立っているのだ。

「ニカ、そろそろ行くか？」

「そうだな。うどんでも食べにいくとするか、グッシー」

「おう、いいねえ」

それぞれ三十皿近く食べており、皿が山のように盛られている。寿司は大好きなのだが、やはり腹一杯食べられないのが難点だ。一皿百二十円なので、三千六百円の出費だ。高校生にとっては寿司は贅沢《ぜいたく》な食べ物なのだ。

「あの、ちょっといいですか？」

立ち上がろうとすると、いきなり鉢巻きを巻いた男の店員に話しかけられた。四十歳くらいの店員だった。店員は小声で訊いてくる。

「もしかして君たち、新栄館高校の具志堅君と二階堂君じゃない？」

「ええ、そうですけど」

康介がそう答えると、男の店員は笑みを浮かべて言った。

「やっぱり。そうじゃないかと思ったんだよ。いやね、日曜日に君たちの試合を見たばかりなんだよ。いやあ、凄い試合だった。二人とも大活躍だったねえ」

「ありがとうございます」とグッシーと二人で頭を下げた。すると店員はポケットから紙片を出し、それをカウンターの上に置きながら言った。

「これ、うちの五千円分のクーポン券。よかったら使ってよ」

「今日から使ってもいいんですか？」

「うん、いいよ。準々決勝も頑張ってくれよ。必ず応援に行くから」

店員がレジの方に立ち去るのを見届けてから、康介はグッシーと顔を見合わせた。これがマシュマロ・ナイン効果というやつか。康介は湯呑みのお茶を一口飲んでから、流れてくる中トロの皿に手を伸ばした。

●

「最初から詳しく話してくれないか？　なぜお前が百合草のドーピング疑惑に気がついたのか。そのあたりから詳しく話を聞きたいんだ」

「私だって最初から百合草さんを怪しんでいたわけじゃないのよ。去年、私はずっとオリオンズの取材をしてたの。そのときに選手のデータを見ていて、気がついたことがあったのよ」

午後になっていた。午前中、真由子には検査があるということで面会をいったん打ち切られ、午後になって再び面会を許されたのだ。茜は午後の部活に合流するため、東多摩市に戻っている。

「百合草さんの成績を見ていて、違和感を覚えたの。だって普通、三十代後半になれば肉体的にも下降してきて、成績だって落ちてくるじゃない。でも百合草さんは違った。

ここ数年、二十代と同じくらいの成績を出していた。しかも練習を密着取材していても、それほど練習しているようにも見えなかった」

去年の夏のことだったらしい。肉体維持の秘訣は何ですか。そんな感じで練習後の百合草に質問したが、そのときははぐらかされたという。それ以来、取材していても百合草が真由子を避けているように感じることがあったようだ。

「そして去年の秋のことだった。突然、百合草さんから連絡があったの。そこで打ち明けられたわ。百合草さんが長年の間、アナボリック・ステロイドを使用していることをね」

きっかけは失敗に終わったメジャーリーグへの挑戦から帰国した直後のことだったらしい。久し振りに日本球界に復帰したはよかったが、そのマウンドの違いに戸惑った。一般的には日本の球場の方がアメリカと較べて、マウンドが柔らかいとされている。

「なかなか調子が戻らず、帰国して三年ほどは低迷する時期が続いた。だけど球団側か球団側からは勝ち星が期待されていたし、それだけの年俸ももらっていた。彼は焦ったのね。それにして二十代の頃のような勢いをとり戻すために、百合草さんは禁断の果実に手を出したってわけよ」

「で、百合草がお前を呼び出した理由は何だったんだ?」

小尾がそう訊くと、真由子が答えた。朝よりも顔色がいいし、言葉遣いもはっきりとしていた。医師の説明によると、下半身に多少の障害が残るようだが、リハビリ次第では元の状態に戻る可能性も高いという。

「一昨年《おととし》くらいから、百合草さんは体に異変を感じるようになったみたいなの。初めは髪が抜け始めたことだった。それから突然動悸《どうき》がしたり、眩暈《めまい》に襲われることもあったらしいわ。ドーピングの副作用ね。俺はどうなってしまうのか。そんな不安を感じても、誰にも相談できるわけがない。そこで思い出したのが私だったわけ。スポーツジャーナリストなら顔も広いし、極秘で通える病院を紹介してくれるのではないか。そう思ったみたい」

真由子はあらゆる伝手《つて》を使い、百合草の要望に沿える病院を探し出した。四国にある病院で、最初の一回目は真由子も百合草に同行した。急な四国行きが決まり、真由子は慌てて茜を小尾のアパートに向かわせることにした。そう、茜が急に小尾の部屋を訪ねてきた日のことだ。

「百合草さんは三日間、その病院に入院して検査を受けたわ。体のあちこちに異状があったんだけど、特に酷《ひど》かったのは毛細血管の圧迫ね。筋肉がつき過ぎてしまった影響で、毛細血管が圧迫されてしまうのよ。ドーピングをやめ、食餌《しょくじ》療法などで根気強く治していくしかない。医者からそう言われたみたい」

即引退。そういう選択肢もあったようだが、百合草は現役生活を続けることに未練があった。それは二百勝投手への未練であったらしい。

百合草は当時、日本国内で百九十四勝していた。あと六勝で二百勝投手になれるのだ。

メジャーでの五勝を足せば、あと一勝で権利を得るのだが、できれば国内通算だけで二百勝を目指したいのが百合草の意向だったという。二百勝投手になれば、いずれ名球会に入れることは確実だ。小尾のような二流の選手にはピンと来ないが、名球会に入るか否かでは、雲泥の差らしい。

しかし百合草の判断は甘かった。オフの間、四国の病院に通っていたために満足な練習もできず、今年の開幕から二軍での生活を余儀なくされた。そして先月、百合草は真由子をホテルの一室に呼び出した。城崎監督の古希を祝う会があった、その当日だ。

「事前の電話で引退する意向を聞いていたわ。同時に記者会見をして、ドーピングをしていたことを告白するつもりだとも言っていた。私は彼の記事を書く許可を得ていたし、彼に同情しているのも事実だった。心が弱い人間ほど、禁止薬物に手を出してしまうものなのよ」

「百合草は誰から薬物を手に入れたと言っていた？　やはり月岡だったのか？」

「ううん、それは聞いてない。でも月岡さんだったんでしょ。自殺までしたんだから」

月岡が自殺し、自宅から禁止薬物が発見されたことはすでに真由子にも伝えてある。真由子を襲った犯人が月岡である可能性が高いこともだ。だが意外なことに、月岡の体内から禁止薬物の成分は検出されなかったという。五日前、警視庁の紺野から連絡があった。おそらく月岡は百合草のためにステロイドを調達していたのではないか。それが紺野たちの推測らしい。

事件は一件落着だ。釈然としないもの——たとえば校長の新川が城崎監督の古希を祝う会に参加していた理由など、まだ腑《ふ》に落ちない点があるのも事実だったが、月岡が導《グ》師《ル》となり、百合草に薬物を勧めたというのが有力な線だろう。そして百合草が後遺症に悩まされ、告発を考えた矢先、月岡が先んじて動いて百合草の口を封じた。その場に居合わせた真由子も巻き込まれてしまったのだ。

「そういえば」真由子が少し明るい顔で言った。「あれってどうなったの。あなたの高校のおデブさんたちの野球部。まだ続いているの？」

「聞いて驚くなよ。西東京大会でまだ勝ち残ってるんだぜ」

「嘘」

「嘘なんて言うかよ。明後日に準々決勝だ。マシュマロ・ナインなんて言われて、ちょっとした話題になってんだ。本当苦労したんだからな。気を抜くとすぐに食べちまうんだ。しかも試合中にだぞ。この前だってな……」

小尾が九人のエピソードを話し始めると、真由子は口元に笑みを浮かべて話に聞き入っていた。

「……それでな、俺のアパートの近くに〈ジャンボラーメン〉という店があるんだが………」

久し振りに真由子の笑顔を見たような気がして、小尾は調子に乗って話し続けた。

「それにしても凄い数の客が入ってんな」

守備練習を終え、三塁側のベンチに引き揚げながら、隣を歩くハットが観客席に目を向けて言う。「本当だな」と康介も同調する。準々決勝から、いよいよ戦いの舞台が神宮球場に移ったのだ。

●

「テレビ中継もされるみたいだぜ。さすが野球。相撲とは違うぜ」

「興奮するなよ、ハット」グッシーが宥《なだ》めるように言う。「別にお前を見に来てるわけじゃないから安心しろ。俺のピッチングを楽しみにしてるんだからな」

「何だと、グッシー。調子に乗るのもいい加減にしろよ」

新栄館高校の守備練習が終わり、桜花実践高校の守備練習が始まっていた。薄いピンク色のユニフォームを着た選手たちが、キビキビとした動きで練習していた。準々決勝まで勝ち抜いてきた自信からか、リラックスした表情だった。

応援席も試合前から盛り上がっていた。新栄館高校ではバス十五台を貸し切り、ほぼ全校生徒が応援に訪れているということだった。さきほどバックネット裏を覗いてみたら、今日も相撲関係者らしき体格のいい集団が目を光らせていた。

「よし、今日も勝つんだぞ」

ベンチに戻ると、校長の新川がそう声を上げた。具体的なことをまったく口にせず、「勝て」とか「負けるな」とか言うだけの監督だった。実際の指示はすべて茜から出ている。もっとも、新栄館高校は打撃に頼ったチームでバントや盗塁といったサインプレイとは無縁なので、指示を出すほどのチームでないのも事実だった。

だからこそ小尾理論は自分たち相撲部に嵌《は》まった戦術なのかもしれない。康介はそう思い始めていた。基本的に相撲は個人競技で、一対一の闘いで個人の実力が試される。野球はチームプレイではあるが、ことバッティングに関していえば、それはあくまでも個人プレイだ。打者と投手、一対一の駆け引きなので、そういう意味でも相撲と似ていた。

「俺たち、ちょっとした有名人だな」

「本当だよね。さっき僕、記者に写真撮られたもん」

「まさにマシュマロ・ナイン旋風ってやつだな」

部員たちが口ぐちに言っていた。今朝の朝刊のスポーツ欄でも、新栄館高校のことが大きくとり上げられていた。今日、神宮球場で予定されている準々決勝の四試合では、昨年優勝の光央学院を始めとして、多くの実力校が肩を並べる中、新栄館高校が『今日の注目校』として記事になっていたのだ。

『今日おこなわれる西東京予選の四試合のうち、注目したいチームがある。それは東多摩市の私立新栄館高校だ。創部してわずか十ヵ月と歴史は浅いものの、ここまで破竹の勢いで勝ち上がってきた高校だ。売りは爆発的な威力を誇る打線で、全員が昨年まで相撲部に所属していたという異色のチームだ。特に投手で三番打者である具志堅星矢、今大会ホームラン王候補の二階堂康介（ともに三年生）は注目の存在だ。ベスト4の座を賭《か》け、今日もマシュマロ・ナインの打線が爆発するか？』

康介はその記事を三回繰り返して読んだあと、切りとって自分の部屋の壁に飾った。ほかの部員も記事を読んだらしく、ハタハタは同じ新聞を十部買ったようだった。

「みんな、準備はいいか？」

桜花実践の守備練習が終わったので、康介はそう声をかけた。「おう」とか「よいしょ」とか言いながら、部員たちはのそりと立ち上がる。嵯峨ちんは食べかけのアンパンを口に押し込んでいたし、ハットは手鏡で眉毛《まゆげ》のチェックに余念がなかった。決してこれから野球の試合に臨むといった雰囲気ではないが、これが新栄館高校だった。

グローブを持って、ベンチから出る。今日は後攻だ。整列をして挨拶をしてから、守備位置につく。マウンドに立ったグッシーが投球練習の一球目を投げてきた。ずしりと重いストレートだった。今日もグッシーは調子がよさそうだ。

「プレイボール」

審判の声と同時に、球場内にサイレンが鳴り響く。サイレンが鳴り止み、その余韻の中、グッシーが豪快なフォームでボールを投げてくる。外角に要求したが、グッシーのボールはやや真ん中寄りに入ってきた。しかし初球だし、この速度だ。見逃しだと思った康介の予想に反し、桜花実践の一番打者は強振した。

鋭い音が鳴り、ボールが舞い上がった。そのままボールはレフト側のスタンド席に吸い込まれた。先頭打者ホームランだった。マウンドに目を向けると、グッシーが『参ったね』といった表情で肩をすくめていた。

●

七月二十日水曜日、神宮球場での第三試合。対桜花実践高校。その試合を小尾はバックネット裏の座席で見守っていた。

八回表を終え、スコアは八対七で新栄館高校が一点を追いかけるゲーム展開となっていた。正直、あまりいい展開とは言えなかった。

初回の先頭打者ホームランを見てもわかる通り、桜花実践はどちらかというと新栄館高校と同じく打撃重視のチームだった。選手一人一人の破壊力なら新栄館高校の方がはるかに上回っているものの、そこに守備力や走力などを加えると桜花実践の方が上だった。

厄介なのはランナーが出た際、桜花実践は必ずヒットエンドランを仕掛けてきたことだ。バントなら創生高校戦でおこなったバントシフトで対応できるのだが、ヒットエンドランは守備力の低い新栄館高校にとって厳しい戦略だった。ランナーを溜められ、何度もピンチを迎えていた。具志堅の剛腕で何度もピンチを脱出していたが、それでも八点をとられてしまっていた。

「どうする？　お父さん」

耳に装着したイヤホンマイクから茜の声が聞こえてくる。ベンチの外から電話をかけているのだろう。八回裏の攻撃は七番打者の花岡兄から始まる。今日はこれまで花岡兄は三打席一安打だ。相手の投手はそれほど速くはないストレートとスライダーを武器にしていた。コントロールがいいピッチャーだった。

茜のデータによると、今日投げている桜花実践のピッチャーは防御率は高くはない。球も遅いし、変化球の種類も少なかった。ただ、球が遅いことに新栄館高校の選手たちが戸惑っていた。思えば練習でも最新式のピッチングマシンを使って速球を打ちまくっていたし、たまに小尾がマウンドで投げてやることがあったが、小尾は現役を引退した今でも一三〇キロ台後半の速球を投げることができる。つまり速球を打つことには慣れていても、遅い球になるとタイミングが合わないのだ。

しかし光明がないわけでもない。六回あたりから遅い球に慣れ始めた選手たちは、ヒットを打てるようにもなっていた。七回には嵯峨のツーランも飛び出し、追い上げムードに入っていた。

「ガンガン打っていけ。そう伝えろ。相手のピッチャーも七回あたりから疲れが出てきたぞ」

小尾がそう指示を送ったとき、球場内のアナウンスが聞こえてきた。『桜花実践高校のピッチャーの交代をお知らせします。一番、ピッチャー……』

このタイミングで投手交代とは……。小尾は唇を噛《か》む。イヤホンマイクから茜の声が聞こえてきた。

「ピッチャー交代ね。今大会、初めて出場する選手よ」

一塁側のベンチから一人の選手が駆け足でマウンドに上がった。今まで投げていたピッチャーから球を受けとり、すぐに投球練習を開始した。先発したピッチャーとは違い、速球派のようだ。

七番打者の花岡兄がバッターボックスに入る。初球はストレートで空振り。二球目はボール。三球目はストレートを見逃し。そして四球目はキレのあるスライダーで空振り三振だった。速球にまったくついていけないようだ。

「いいピッチャーね」

茜の声に小尾は答える。

「そうだな。こんなピッチャーが控えにいるとはな」

「温存かしら。本当のエースはこっちのピッチャーかもしれないわね」

その線もあるな。小尾は茜の意見に納得した。準々決勝までエースを温存しておけば、準決勝、決勝と有利に戦いを進めることができるだろう。要するに相手の監督はこの場面を正念場と考え、温存してきたエースを投入してきたということか。

ここに来て、小尾は新栄館ベンチの手薄さを痛感していた。選手交代などでチームに勢いをつけたり、代打や代走でプレッシャーを与えたりなど、そういうマネジメントがまったくできないのだ。選手層の薄さがネックとなっている。

続く八番打者の花岡弟は初球を打ち損じ、レフトへのファールフライでアウトとなった。九番打者の守川誠人がバッターボックスに入る。

初球は空振りだった。小尾はそれを見て、試合が桜花実践側に傾き始めるのを感じていた。

●

九回表の桜花実践高校の攻撃を、グッシーの好投で何とか無失点で切り抜けていた。一点差のまま、九回裏の最後の攻撃となった。ここで点をとらなければ試合終了だ。

康介はバットのグリップを握り、その感触を確かめた。先頭打者のハットが打席に入るのが見えた。三者凡退でない限り、自分まで打席が回ってくる。ここは仲間の力を信じるしかない。

しかし康介の期待も虚《むな》しく、先頭打者のハットはセカンドゴロに倒れてワンアウトとなった。珍しくハットが悔しさを露《あら》わにして、ベンチに戻ってきた。次のバッターはハタハタだ。

八回に交代した相手のピッチャーはかなりの実力者のようだった。さきほどマネージャーの茜から聞いたところ、今大会初めて出場する選手らしい。先発した投手よりも球が速く、皆タイミングがまったく摑《つか》めていないようだ。

ハタハタに対する初球だった。アウトコースに入ったストレートをハタハタは何とかバットに当てた。力のないフライが上がり、それがセンター前にぽとりと落ちる。長打を警戒しているのか、桜花実践の外野陣はどのバッターのときでも、後方に守備位置を置いていた。そのお陰もあり、センターがボールを捕球するのが遅れた。

ハタハタはセーフだった。続いてグッシーが打席に立つと、スタンドから割れんばかりの歓声が聞こえてくる。新栄館高校の不動のエースとして、またチーム屈指のスラッガーとして、グッシーの名は知れ渡っている。

新栄館高校吹奏楽部が演奏するのは『島唄』だ。野球というスポーツにそぐわない、その悠長な調べに乗って、グッシーがバットを構えた。やはり相手投手も警戒したのか、初球は大きく外れてボールだった。

ボールが先行したが、二本のファールでフルカウントとなった。二本のファールはどちらも球を芯で捉えていて、コースさえよければヒット確実の当たりだった。

グッシー、頼むぞ。康介はバットのグリップを握り締め、心の中で唱えた。相手投手が投げた球は際どい外角低めに入ったが、グッシーはボールと判断したのか、バットを置いて一塁ベース側に進もうとした。しかし審判は「ストライク、バッターアウト」と非情の宣告をする。

グッシーが立ち止まる。その場でしばらく立ち止まっていたグッシーだったが、何かをぐっと飲み込むような表情をしてから、バットを拾ってこちらに向かって歩いてくる。すれ違いざまにグッシーが言う。

「野球に物言いはねえからな」

「まあな。小尾監督がいれば、お前の代わりに物言いしてくれたはずだけどな」

「あの校長先生じゃ仕方ねえよ。頼むぜ、主将」

康介の肩を叩いてから、グッシーは無念そうにベンチへと引き揚げていく。康介が打席に向かって歩き始めると、三塁側のスタンド席から映画『ロッキー』のテーマ曲が流れてくる。

ふう。大きく深呼吸をする。一点差、ツーアウト・ランナー一塁だ。自分の打撃は相手チームでも話題になっているようで、三回戦あたりからチャンスで敬遠されることもあった。今日はどうだろうか。今日の試合はこれまで三打席一安打だ。二打席目でヒットを打ったが、得点には結びつかなかった。

それに後ろには五番打者の嵯峨ちんが控えている。嵯峨ちんは膝の怪我も癒《い》えてきているようで、七回には特大のツーラン・ホームランをバックスクリーンに叩き込んでいた。

初球は様子を見る。インコースにストレートが入り、ワンストライクとなった。敬遠はなさそうだ。康介はバットを握り、構えた。

二球目はボールだった。三球目は外角のスライダーを空振りしてしまい、早くも追い込まれてしまった。もし自分が三振してしまえば、その時点で新栄館高校野球部の夏は終わってしまう。グッシーは新栄館高校を退学し、残された五人の三年生はそれぞれ進学などに向けた準備を始めなければならないだろう。

「打てー、二階堂。打たねえとぶっ殺すぞ」

一際大きい声が三塁側スタンド席から聞こえてきた。柔道部の有藤の声だった。声がでかいんだよ、有藤。内心そうつぶやいてから、康介はタイミングをとるためにいったんバッターボックスを出た。

負けたら終わり。絶体絶命のピンチだ。

気がつくと、康介は手に持っていたバットを置いていた。そのまま足を開き、両手を膝の上に置く。腰を落としてから、左足に体重を乗せて、そのまま右足を高く上げる。そして力強く、地面に踏み下ろす。

その動作を交互に続けた。相撲の四股《しこ》だ。なぜ四股を踏もうと思ったのか、康介もわからない。自然と出ていた動作だった。これまで相撲の稽古で何千、何万回と繰り返してきた動作だ。

集中せよ。ズシンズシンと地面を踏み締めるたびに、精神が研ぎ澄まされていくのを感じる。康介の四股を見て、球場の観客たちも大きくどよめいていたのだが、それさえも康介の耳には入ってこない。

バットを拾い、グリップを握り締めながら、康介は打席に入る。相手投手がモーションに入るのを見て、康介はバットを構えた。

ボールが来る。渾身《こんしん》の力で、バットを振る。快音が聞こえ、打った打球が舞い上がった。

●

よし、よし、よし。

小尾はガッツポーズをしながら、二階堂の放った逆転サヨナラホームランに歓喜した。悠々とした足どりでダイヤモンドを一周した二階堂が、ホームベースの上でチームメイトの手荒い祝福を受けていた。その光景はデブたちが楽しそうに押しくら饅頭をしているようでもあり、やや滑稽《こっけい》だ。

しかしスタンド席は大いに盛り上がっている。選手たちが整列すると校歌が流れ始め、三塁側の応援席では大合唱が始まった。これまで野球部がなく、こうして全校一丸となって応援するのは初めてらしい。

「強いですね、新栄館高校」

背後から声をかけられた。振り返った小尾は驚いて言う。「あ、あんた……。いつの間に……」

「七回途中からです。試合に熱中していたようなので、声をかけるのもはばかられましてね」

山岸というフリーライターだ。いや、正確に言えば山岸と名乗っていた謎の人物だ。山岸はサングラスをかけており、ワイシャツの袖《そで》を肘のあたりまでまくっていた。山岸はベンチを跨《また》いで、小尾の隣に腰を下ろしながら言う。

「奥さんの調子はいかがですか？」

「お前、よくも……」

思わず手が出そうになったが、ここが球場であることに気づいて小尾は膝の上で拳《こぶし》を握り締める。

「お前、真由子の部屋からパソコンを盗んだだろ。防犯カメラの映像が残っているんだ。いったいどういうつもりだ？　このまま警察に突き出してやってもいいんだぞ」

「こっちにも事情ってやつがあるんですよ。でも事件が無事に解決してよかったじゃないですか。百合草智明、並びに月岡仁の両名がドーピングに関わっていたということです。巻き込まれた奥さんは不幸としか言いようがありませんけどね。パソコンはそのうちお返しいたしますよ」

校歌斉唱が終わり、新栄館ナインが三塁側のベンチに戻ってきた。応援席から熱烈な歓声を受け、誰もが恥ずかしそうに帽子をとって声援に応《こた》えていた。隣で山岸が続けて言った。

「気の毒なのは小尾さんですよね。当の本人は二人とも亡くなってしまったわけです。小尾さんへのドーピング疑惑が晴れるわけでもない」

それはそうだ。だが今さらプロ野球界に復帰するつもりはないし、週刊誌などが取材を進めれば、小尾に対するドーピング疑惑に疑問を覚える記者だって出てくるだろう。そのあたりに期待するしかないと、小尾は半ば諦《あきら》めていた。

「ところであんた、何者だ？　このネタを記事にしようっていう魂胆なのか？」

小尾が訊いても、山岸ははぐらかすように言った。

「それにしても見事な逆転劇でしたね。八回に相手のピッチャーが交代したとき、もう駄目かと思いましたよ。もしかして途中から出てきたピッチャーが本当のエースなんですかね」

「多分な」

「やっぱりね。だと思いましたよ。でも準々決勝までエースを温存しておくなんて、向こうの監督も大胆な作戦を考えたもんだ。こういうこと、よくあるんですか？」

「別に珍しいことじゃない」

そう答えながら、小尾は引っかかるものを感じていた。何か誘導されているような感じだった。隣を見ると、山岸がこちらの内心を窺《うかが》うような視線を向けている。山岸が口を開いた。

「二十年ほど前、千葉の甲子園常連校で、エースとして期待されていたピッチャーがいました。そのピッチャーはエースとして地方大会を勝ち抜いたあと、甲子園の二回戦で肩を痛めて降板しました。代わって登場した控え投手が活躍し、見事そのチームは優勝したようですね」

それは俺の話だ。まさか——。小尾は頭を振った。そんなことがあってたまるものか。

「あんた、何を言い出すんだ。そんなことは……」

小尾の言葉を遮るように山岸が口を開いて話題を変える。

「まだ事件は解決していない。私はそう思っています。たとえば月岡が導師だったとして、彼はどうやって小尾さんと百合草さんの尿を入れ替えたのでしょうか」

その疑問はまだ解決されていない。当日はドーピング検査係官の立ち会いのもと、厳正な検査がおこなわれていた。検査のことを思い出してみても、尿を入れ替えるような芸当ができるとは思えなかった。

「それにステロイドの入手先も不明です。月岡さんの自宅からステロイドが発見されたようですが、報道を見る限り、彼が購入した形跡は残っていないみたいですから」

先日、警視庁の紺野から連絡があったが、たしかに月岡自身がステロイドをネットなどで購入していた記録は残っていないようだ。輸入代行業者に依頼していたのではないか。それが紺野の推測らしい。

「小尾さん、次にお会いできる日が楽しみです」

そう言い残し、山岸は階段を上っていく。すでに両校のナインはグラウンドから姿を消し、今はグラウンド整備がおこなわれていた。

「待てよ、おい」

慌てて山岸を追おうとしたが、球場から出ようとする人の波の中に山岸の姿は紛れ込んでしまう。いったいあの男は何者なのだ。小尾はしばらくその場で呆然《ぼうぜん》と立ち尽くしていた。

●

「いやあ、お前たちは本物だよ。特に二階堂、お前は凄い。まさかサヨナラホームランを打っちまうとはな」

「いやあ、それほどでも」

康介は答える。恒例となったプールでのクールダウンのあと、そのまま〈ジャンボラーメン〉に直行した。部員全員でジャンボラーメンを注文しても嫌な顔をまったくせず、大将は上機嫌で大量の麺《めん》を茹《ゆ》でている。大将が続けて言った。

「いよいよ準決勝か。相手は強豪、稲村《いなむら》実業だ。相手にとって不足はないな」

「そうっすね」

稲村実業高校。光央学院に次ぐ優勝候補と目されている第二シードのチームだ。甲子園で優勝したこともある古豪で、西東京を代表するチームの一つだった。

「知ってるか、ニカ」隣に座るハットが言った。「巷《ちまた》ではマシュマロ・ナイン・ガールズというのが現れているらしいぜ。略してM9Gっていうみたいだ」

「M9G？　何だよ、それ」

「マシュマロ・ナインをこよなく愛するガールたち。要するに俺たちの追っかけだよ。いやあ、俺たちの時代が来たな。一生に一度のモテ期が来たのかもしれないぞ」

「そういえばグッシー、帰り際に女の子に囲まれたよね」

嵯峨ちんがそう言うと、漫画週刊誌を読んでいたグッシーが顔を上げた。

「まあな。ファンレターをもらったよ。面倒臭くて読んでないけど」

「いいなあ、グッシー。やっぱりグッシーは人気者だな」

グッシーは冷静を装っているが、それでも満更でもなさそうな顔つきだった。ハットが半分羨《うらや》ましそうで、半分妬《ねた》ましげな視線をグッシーに向けていた。

「できたぞ。運んでくれ。今からギョーザも焼くからな」

大将の声に皆が立ち上がり、それぞれの器を運んできた。康介も胡椒《こしょう》を振ってからラーメンを食べ始める。やはり旨い。試合のあとは何を食っても旨いが、やはりジャンボラーメンは格別だ。

半分ほど麺を食べたところで、ギョーザが大皿に盛られて運ばれてきた。五十個ほどあったギョーザはすぐになくなってしまう。三年生の六人はギョーザをラーメンの器の中に入れ、麺と一緒に食べていた。『服部食い』という食べ方で、三年生の間では基本中の基本だ。こうすることによってニンニクの味と香りが麺やスープにも溶け込み、何より醤油をつける手間が省けるのだ。考案者はもちろんハットだ。

十五分ほどで全員が完食した。まだチャーハン一人前くらいは食べられるような気もするのだが、家に帰ってから夕飯を食べなければならないので、このくらいでいいだろう。一人暮らしのグッシーだけは家に帰っても食事がないので、チャーハン二人前を持ち帰りで大将に注文していた。

「でも正直、ここまで来るとは思ってもいなかったね」

油井君の言葉に一同がうなずく。油井君が続けて言った。

「だって準決勝だよ。開会式であんなにいたチームが、今じゃ四チームしか残っていないんだ。本当びっくりだよ」

たしかにその通りだ。あと二つ勝てば甲子園に行けるのだ。去年の今頃は相撲をしていて、まさか野球をやる羽目になるとは想像もしていなかったし、去年の秋に野球を始めたときだって、どうせ校長の気紛《きまぐ》れなのだし、すぐに終わるだろうと思っていた。

康介はみんなの顔を見回した。毎日外で練習をしているため、誰もが真っ黒に焼けている。相撲部時代にはない、精悍《せいかん》な感じがした。今では校内を歩いていても誰も康介たちのことを蔑《さげす》んだりすることはなく、むしろ応援してくれている。

「いやあ、今日も旨かったな。ニカ、監督はどうした?」

ハットが腹をさすりながら訊いてきたので、康介は答えた。

「何か用事があるってさ」

バスに乗る前、康介に一万円札を渡すと、小尾は足早に立ち去っていった。どうせジャンボラーメンは完食したので無料だし、ギョーザ代とグッシーのチャーハン代を差し引いてもお釣りが戻ってくるだろう。

小尾の前の奥さんは意識をとり戻したと聞いている。連日、マスコミが報道しているが、東京オリオンズの百合草選手と月岡選手が長年ドーピングに手を染めていて、スポーツジャーナリストである小尾の前の奥さんがそれに気づいたらしい。後遺症に悩み、さらに罪悪感にも駆られた百合草がすべてを告白しようとしたところ、月岡がそれを阻止するために、無理心中に見せかけて二人の口を封じようとした。二人の口を封じたはよかったが、罪悪感に駆られた月岡はみずから命を絶った。それがマスコミが報道している事件の全貌《ぜんぼう》だ。

別に小尾の前の奥さんは不倫をしていたわけではないので、小尾が監督をしてはいけない理由はない。そろそろ小尾が監督に復帰してもいい頃合いだと思うが、校長の様子を見ている限り、その兆候は窺えなかった。

最初は嫌々ながら引き受けてくれたのだと思うが、小尾が監督をしていなかったら、このチームはここまで来られなかったはずだ。

「ニカ、行くぞ」

グッシーの声で我に返り、康介は立ち上がった。小尾から受けとった一万円札を大将に渡しながら、康介は思う。

このチームに足りない、最後の欠片《かけら》。それは間違いなく小尾監督だ。

●

「へえ、あれが愛川準《あいかわじゅん》か」

「怪物君と呼ばれ、話題になっているようですよ」

「サイズ的には二階堂君と互角といったあたりかな」

準決勝第二試合は試合開始まであと十五分を切っていた。小尾はいつものようにバックネット裏に陣取っていた。近くには相撲関係者とおぼしき大柄の男たちが座っている。対戦相手の四番、愛川準に注目しているらしい。二年生ではあるが、超高校級と期待されているバッターのようだった。

「しかし新栄館高校がここまで勝ち上がってくるとは正直思ってもいなかったな」

「そうですよね、親方。ですが彼らはもともと相撲部員。相撲という格闘技の底力を見せたという意味でも、評価してもいいかもしれません。話題になっているようですし」

「かもしれんな。おっ、出てきたぞ」

新栄館高校の守備練習が始まり、ベンチから部員たちが出てくる。ゆったりとした足どりでポジションに向かう様は、すでにお馴染《なじ》みの光景となりつつあった。できるだけ走らない。それがテブの習性だ。

今日も小尾の右耳にはイヤホンマイクが差し込まれている。準備は万端だ。対戦相手の稲村実業は甲子園優勝経験もある古豪で、ファンも多い野球部だった。相手にとって不足はない。

準々決勝から中二日で迎える試合だった。この二日間の練習で、小尾は部員たちにサインを教えた。サインといっても簡単なものだったが、打撃だけで勝ち抜けるほど甘くはない相手だと思ったからだ。ビッグ・ベースボールの持ち味は活かしたまま、ときには相手を揺さぶることも必要だ。

耳元で着信音が聞こえたので、小尾はイヤホンマイクのボタンを押した。てっきり茜だと思ったのだが、聞こえてきたのは男の声だった。

「警視庁の紺野です。小尾さん、今はお時間は大丈夫ですか？」

「ああ。何かあったのか？」

まだ試合開始前ということもあり、応援の声もさほど大きくないので相手の声を聞きとることはできた。電話の向こうで紺野が言う。

「月岡さんの事件についてです。月岡さんの恋人のことでお話がありまして」

月岡の事件は自殺として処理されるという話だった。百合草にステロイドを提供していたのが月岡で、その発覚を恐れて、百合草の口を塞《ふさ》いだというのが警察の見解だ。週刊誌やワイドショーでも一連の事件は大きく報道されていて、ドーピングという言葉がよく聞かれるようになった。日本野球機構でも全選手に対するドーピング検査導入を検討し始めたという話も聞く。

「さきほど連絡がつきまして」紺野が続けて言った。「ようやく我々と面会していただけることになりました。ただ、先方の出してきた条件がありまして、それが小尾さん、あなたと話がしたいというものなのです」

当然ながら月岡の婚約者とは面識はない。なぜ俺と話をしたいのだろうか。そんな興味に駆られたが、今はそれどころではないと思い直す。

「悪いが、今は取り込み中なんだ。日を改めてくれないか?」

「そういうわけにはいきません。彼女、今日から仕事に復帰すると言ってます。キャビンアテンダントをしているようで、夕方の便に乗るそうです。このチャンスを逃す手はありません」

「こっちにも事情があるんだよ。今、うちのチームは準決勝が始まる直前なんだ」

「野球ですか。でも小尾さん、監督としてベンチにも入れないはずでしょう。どうかご協力をお願いしますよ。それに小尾さんの問題でもあるんです」

「俺の問題? どういうことだ?」

新栄館高校は守備練習をおこなっている。といっても各ポジションについてキャッチボールをしているだけだ。この暑さだ。あまり派手に動き回っても体力を無駄に消費するだけだ。デブは暑さに弱いのだ。

「カシワギユカさん。それが月岡さんの婚約者の名前なんですが、彼女は事件の大きな鍵《かぎ》を握っているものと思われます。生前の月岡さんの素顔を知る、数少ない人物です。さきほど電話で話したとき、彼女は言っていました。『小尾竜也はドーピングなどしていない』とね」

思わず腰を浮かしかけていた。ようやく俺の無実を証言してくれる人物が現れたということか。小尾が無実の罪で球界を追われて三年、いや四年がたつ。すでに事件のことも忘れ去られた感があるとはいえ、自分の無実を証明することは小尾の悲願だった。

「小尾さん。是非ともご足労ください。JR蒲田《かまた》駅で落ち合いましょう。お待ちしております」

通話は一方的に切れた。腋《わき》の下にじとりとした汗をかいているのを感じた。

一連の事件を解く鍵を握っているかもしれない女性が、何かを語りたがっているというのだ。しかしタイミングが悪過ぎる。今まさに準決勝が始まろうとしているのだ。

小尾は自分自身に問いかける。いったい俺はどうしたらいいのだろうか。

●

「うお、今日も客が入ってんな」

守備練習を終え、ベンチに戻ってきたハットが言う。今日も神宮球場にはたくさんの観客が訪れていた。当然、一塁側のベンチ裏は新栄館高校の応援席になっていて、そこには全校生徒が応援に来てくれているらしい。

「でも、あっちの方が応援は凄いな」

ハットの声に康介は三塁側の応援席に目を向けた。深紅の旗がはためいていて、早くも応援歌の大合唱だ。

準決勝の相手は古豪、稲村実業高校だ。試合開始時刻の午後一時三十分まであと十分を切っている。午前八時三十分からおこなわれた準決勝第一試合では、第一シード校である光央学院が快勝していた。康介も途中まで自宅のテレビで見ていたのだが、去年対戦したときに較べ、エースの吾妻ブライアンが格段に進化を遂げているように感じられた。ストレートのマックスは一五〇キロに迫る勢いで、キレのあるスライダーに、チェンジアップ、カーブと変化球にも磨きがかかり、解説者の話によると、すでにプロの複数球団がドラフト一位指名を明言しているとの話だった。

去年、練習試合をおこなったときの屈辱は今も忘れていない。二回で十八点差をつけられ、監督同士の申し合わせによりコールドゲームとなった試合だ。あのとき、吾妻ブライアンとは少し話をした。違う次元にいる選手だと思ったが、あと一つ勝てば、あの吾妻ブライアンと同じ土俵に立てるのだ。

「何かあっちの方が取材陣の数が多そうだな」

油井君が三塁側のベンチを見て言う。たしかにベンチの横にある記者席には取材する記者やカメラマンが陣取っていて、稲村実業のナインにカメラを向けていた。言われてみれば、今日は試合前にどの記者からも声をかけられなかった。

「いや、そうでもないぜ」

ハットがベンチの前に出て、スタンド席に向かって手を振った。すると黄色い歓声が聞こえてきて、ハットが満足そうな顔つきで言った。

「ほらな。あれがマシュマロ・ナイン・ガールズ。略してM9Gってやつさ」

「違うわよ」ベンチに座ったまま、茜が澄ました顔で言う。「相手チームの一塁手。彼への声援よ」

ちょうど稲村実業の選手たちがベンチの前に整列して監督の言葉に耳を傾けていた。一人だけ飛び抜けて大きな選手がおり、取材のカメラもその選手に向けられているのがわかる。茜が言う。

「稲村実業の愛川準。二年生だけどスカウトも注目する逸材。怪物君って呼ばれてて、現時点での大会ホームラン数は六本。二階堂君と並んでるわ」

二年生ながら、身長は一八〇センチを超えているだろう。体つきもやや肥満といった感じではあるが、どことなく風格を漂わせている。たとえば回転寿司屋あたりで会ったらシンパシーを感じる体つきだ。

「ピッチャーは三人」さらに茜が説明する。「並外れた力はないけど、それぞれタイプが違う三人だけに厄介ね。これまでも継投で勝ち上がってきているしね」

この二日間、康介もVTRを見て対戦相手を研究した。愛川準というのが並外れたバッターであることはVTRを見てもよくわかったし、相手チームが継投で勝ち上がってきたチームであることも知っていた。タイプの違う三人の投手を攻略するのは至難の業だと思われた。康介は茜に訊いた。

「なあマネージャー。小尾監督は今日も球場内からアドバイスをしてくれるんだろ」

「え、ええ」茜がややうろたえたように言う。「多分そうだと思う。でもさっきから連絡がとれないのよ」

「連絡がとれないって、どういうことだよ?」

康介と茜のやりとりを聞いていた二年生の花岡弟が会話に割って入ってくる。

「俺、守備練習のときに見たんです。小尾監督、バックネット裏に座っていたんですけど、急に席から立って出ていきました」

「出てったって、どこへ?」

「わかりません。トイレにでも行ったんじゃないですかね」

茜は深刻そうな顔つきでバックネット裏に目を向けていた。たしかにいつも座っている場所に小尾の姿はない。ベンチに入ることはできないが、小尾がバックネット裏にいるというだけで、不思議と安心感があった。いったいどうしたというのだろう。準決勝の直前なのだ。

「そろそろだぞ、ニカ」

グッシーが短く言い、立ち上がってベンチから出た。康介も一緒にベンチから出る。気温は三十度を超え、猛暑日だった。今日もベンチ裏には大量の氷が運び込まれており、暑さ対策は万全だった。すでに嵯峨ちんは試合前だというのにスパイクを脱いでバケツの氷水の中に足を突っ込んでいる。

「嵯峨ちん、始まるぞ。スパイクをはけよ」

そう声をかけてから、康介は隣に立つグッシーに訊く。

「愛川って奴、それほどの選手なのか？」

「だろうな」とグッシーがうなずく。その視線は愛川準に向けられている。「俺はな、ニカ。今ちょっと嬉しいというか、ほっとしているんだよ」

「どういうことだ？」

「あいつが野球を選んでくれてよかった。そう思ってるんだ。相撲を選んでくれなくて助かった。あいつが野球をやってる限り、俺の邪魔になることはないからな」

康介は改めて愛川準に目を向けた。ミーティングが終わったようで、愛川準はベンチの前を歩いている。その悠々とした足どりには、たしかに大物感が漂っていた。

「みんな、準備はいいか？　始まるぞ」

康介は振り返って、八人の部員にそう声をかけた。茜の不安そうな顔つきが気になった。

●

その女性の名前は柏木優花《かしわぎゆか》といった。顔立ちのはっきりとした美人だったが、今は化粧を薄めにしているようだった。蒲田駅近くのファミリーレストランの店内だ。まずは小尾と二人きりで話したい。彼女がそう要望したので、警視庁の紺野はやや離れたカウンター席からこちらに目を光らせている。

「このたびはご愁傷さまでした」

小尾が頭を下げると、彼女が口元に笑みを浮かべて言った。淋《さみ》しい笑顔だった。

「まだ彼が死んだことに現実感が湧きません。ふらっと目の前に現れそうな、そんな気もします」

「月岡に将来を考えた女性がいることは彼から聞かされていました。本当に残念です。それで、俺に話したいこととは何でしょうか？」

「小尾さんは仁と——月岡と仲がよかったようですね」

「ええ、まあ。同じ高校の三学年下の後輩でした。球団の寮で隣の部屋になったという縁もあって、よく二人でつるんでいました。懐かしい思い出です」

「あまり野球のことは話してくれなかったんですが」彼女が俯《うつむ》き加減で言う。「彼、小尾さんのことは話してくれました。小尾さんのことを話しているとき、とても楽しそうに笑っていました。一昨年のことです。短いオフを利用して、二人で沖縄に行ったことがあったんです」

ホテル近くの居酒屋で月岡は泡盛を浴びるように飲み、したたか酔った。新人時代のことを楽しそうに語り、小尾とつるんでいた時期を懐かしがった。完全に酔ってしまい、店員の肩を借りなければホテルまで帰ることすらできない状態だった。

「そしてホテルに戻ってベッドに倒れ込んだ彼が言ったんです。『小尾さん、ごめんなさい。裏切った俺を許してください』って。翌朝、彼は酔って何も憶えていないみたいだったから、私も何も言いませんでした」

裏切った俺を許してください、か。小尾に対する懺悔《ざんげ》の言葉だろう。やはり月岡が百合草のドーピングに加担していたことは間違いのない事実なのか。

小尾はちらりと腕時計を見た。午後二時十五分だ。試合が始まって四十五分が経過している。小尾はコップの水を一口飲んでから柏木優花に訊いた。

「最近何か気になるようなことはありませんでしたか？　月岡が何かに悩んでる様子だったとか、些細《ささい》なことでも結構です。あいつが自殺したとは俺には思えないんですよ」

「彼が自殺したなんて私にも信じられません。そんな兆候はありませんでしたから。最後に会ったのは彼が亡くなった前日のことで、午前中に私が車で彼を自宅まで迎えにいきました。それからレストランで一緒に昼食を食べて……。それが最後です」

そのときのことを思い出したのか、柏木優花の目元に光るものが見えた。彼女はハンカチで目尻《めじり》を拭《ふ》いてから、ハンドバッグの中から一台の携帯電話を出し、テーブルの上に置いた。折り畳み式の携帯電話だった。

「彼はスマートフォンでした。その電話、私の車のトランクに入ってました。多分彼のものです。彼がもう一台、携帯を持っていたことは知りませんでした」

「これを、俺に？」

小尾がそう言うと、彼女はこくりとうなずいた。それから顔を上げ、小尾に向かって言った。

「怖くて中身は見ていなかったんですが、今朝勇気を出して中を見ました。この電話を役立ててほしい。できれば彼が一番信用していたはずのあなたに渡したかったんです」

小尾は携帯電話を手にとる。通話記録は何も残されていなかったが、大量のメールが残っていた。メールをやりとりしている相手はイニシャルでしか登録していないようだったが、小尾には心当たりがあった。

「ありがとうございます。この電話、必ず役に立ててみせます」

時間がない。小尾は携帯電話を手に立ち上がる。彼女に一礼してからテーブルを離れた。そのまま店を出ていこうとすると、背後から肩を摑まれる。警視庁の紺野だった。

「小尾さん、待ってください。彼女が何を話したのか、教えてください」

「悪いが急いでいるんだ。あとにしてくれ」

小尾はそう告げて店から出た。携帯電話を出し、ラジオの機能を起動させてからイヤホンを耳に入れる。アナウンサーの声が飛び込んできた。

『稲村実業の愛川準から先制のソロ・ホームランが飛び出しました。バックスクリーンに飛び込む本大会通算七本目のホームランです。四回裏、遂《つい》に稲村実業が均衡を破りました』

もう四回裏か。焦りを感じつつ、小尾は通りかかったタクシーに向かって親指を立てた。停車したタクシーに乗り込もうとすると、なおも紺野がしつこく詰め寄ってくる。

「待ってください。詳しい話を聞かせてください。野球を見たい気持ちもわからなくはありませんが」

小尾は構わずタクシーに乗り込む。「神宮球場まで」と短く運転手に告げてから、閉まりかけたドアの向こうにいる紺野に向かって言った。

「野球だけの問題じゃない。犯人が――月岡を殺した犯人が神宮球場にいるんだよ」

●

相手の投げたスライダーにタイミングが合わず、康介のバットは空を切った。

「ストライク、バッターアウト」

三振だ。康介はベンチまで戻る。試合は五回表まで進んでいた。

五回表、新栄館高校の攻撃は三番のグッシーから始まる好打順だった。グッシーはファールで粘ったあとにフォアボールを選び、続く康介は三振に倒れてワンアウト・一塁となっていた。

試合は緊迫した展開となっており、投手戦といった様相を呈していた。気になるのがグッシーのスタミナで、投手が一人しかいないことを見越したかのように、稲村実業はグッシーの球数を増やすような打席を狙っているかに思えた。すでに四回を終わった時点でグッシーの投球数は六十球を超えている。

新栄館高校の応援席は盛り上がっていた。アニメ『ドラえもん』のテーマ曲に乗り、五番打者の嵯峨ちんがバッターボックスに立つ。相手の投手もランナーを背負って、焦っている様子だった。その初球を嵯峨ちんは見逃さなかった。

「ナイス、嵯峨ちん」

快音を轟《とどろ》かせ、嵯峨ちんの打った球はレフトスタンドの壁を直撃した。本来であればツーベースほどの当たりだったが、相手が深く守る守備シフトを敷いていたため、またそれ以前に新栄館高校のランナーの決定的な足の遅さから、シングルヒットで同点に追いつくことはできなかった。しかしワンアウト・一、二塁のチャンスだ。

迎えるバッターは六番の油井君だった。今日はここまでノーヒットだが、前回の打席では惜しいセンターフライを打っていた。期待してよさそうだ。

康介の期待に応えるかのように、油井君はライトの頭上を越すヒットを打った。しかし二塁ランナーのグッシーは三塁で止まった。打線は二年生三人が続く下位打線に入ることになる。

「マネージャー、監督から連絡は？」

康介が訊くと、ベンチに座る茜が首を横に振った。

「駄目。何度電話しても繋がらない」

小尾は試合前に球場から出ていってしまってから、その行方がわからなかった。まったくこんな大事なときに何をしているのだろうか。康介は焦る気持ちを抑えて、唇を嚙む。

ワンアウト・満塁のチャンスだ。ここは是非とも同点に追いついておきたい場面だった。七番打者の花岡兄はいいバッターではあるが、やはりクリーンナップに較べるとパンチ力に欠ける。今さらのように三振してしまった自分の打席を悔やんだ。

絶対に勝ちたい。その気持ちは康介の中で確かなものになっていた。もはや康介の中で迷いは消えていた。昇陽大附属に編入することなど選択肢にさえなかった。この野球部で、できるだけ長く野球をやりたい。それだけだった。

「マネージャー、スクイズはどうだ？」

康介がそう言うと、茜が眉間《みけん》に皺《しわ》を寄せて言った。

「スクイズ？　正気なの？」

「ああ、正気だ。だって考えてもみろよ、マネージャー。今この状況で、俺たちがスクイズを仕掛けてくるなんて、敵チームも絶対に予測していないはずだろ」

普通であれば満塁になった場合、前進守備をとるなどして、バックホームへの態勢を整えるのが野球の定石だ。しかし稲村実業にはその気配はまったくない。おそらくこれまでの新栄館高校の戦いを見て、足を使った攻撃を仕掛けてくることはないと踏んでいるのだ。こういうときこそ、奇襲が活きるはずだ。

「マネージャー、サインを出してくれ。三塁ランナーのグッシーはそれなりに足が速い。うまくいけば何とかなるはずだ」

「でも……」

「勝ちたいんだ。何としてでも勝ちたいんだ。頼む、マネージャー」

「わかったわ、二階堂君」

茜が立ち上がり、ベンチの前に出た。それから肩に手を置いたり、帽子のつばを握ったりした。三塁ランナーのグッシーにも、それからバッターである七番の花岡兄にも茜のサインは伝わったらしい。バッターの花岡兄は半信半疑といった表情でバッターボックスに入っていく。

頼むぞ、花岡兄。

相手投手はランナーを警戒した素振りはまったく見せない。ランナーのリードを確認することなく、投球モーションに入った。投手の手からボールが離れた瞬間、三塁ランナーのグッシーが走り始める。

球はわずかに外角に逸れた。見送ればボールだと思われる打球だが、花岡兄はサインに従い、バントをした。球は一塁側に転がった。投げた相手投手が体勢を立て直し、前に出て捕球する。

三塁ランナーのグッシーは、まるで猛牛のような勢いでホームを目指して走ってくる。球を捕った投手が下手投げでキャッチャーに向かって投げた。グッシーがヘッドスライディングで飛び込み、砂埃が舞う。際どいタイミングで、一瞬だけ球場全体に静寂が訪れる。

「セーフ」

審判の声に、思わず康介は雄叫《おたけ》びを上げていた。リーチの長さが活きたのか、グッシーの手がホームベースに届くのがキャッチャーの捕球に勝ったようだ。康介は拳を突き上げる。

「よし、いいぞ」

しかしまだ同点に追いついただけに過ぎない。冷静になれ。自分にそう言い聞かせて、砂塗《まみ》れになって戻ってきたグッシーとハイタッチを交わす。ほかのランナーもセーフだったので、満塁のチャンスは続いたままだ。

稲村実業のベンチから監督らしき男が出てきて、審判に何か告げていた。案の定、ピッチャーの交代だった。ベンチから飛び出した選手が駆け足でマウンドに向かっていく。二番手のピッチャーだ。

さて、次はどうしたものか。

康介は腕を組んで考える。連続してスクイズというのも有りか。意外性という意味では面白そうだ。

「ナイススクイズ、花岡君」

茜の声が聞こえた。見事スクイズを成功させた花岡兄が、それに応えるようにガッツポーズをしていた。

康介は嫌な予感に追われていた。試合は九回裏まで進んでいた。

結局、五回表の満塁のチャンスでは後続が倒れ、同点止まりだった。その後も両チーム無得点のまま試合は続いたが、遂に八回表に嵯峨ちんのソロ・ホームランが飛び出し、二対一で一点差のリードとなった。そして九回裏、稲村実業の最後の攻撃を迎えていた。

この回を抑えれば、新栄館高校の勝ちだ。三振でワンアウトをとったまではよかったが、続く相手の九番打者に対して、手元が狂ったのかグッシーはデッドボールを与えてしまった。

すでにグッシーの球数は百五十球を超えていて、かなり疲労している様子だった。しかしうちには代わりのピッチャーがいない。最悪の場合、自分かハットがマウンドに立つことはできるが、グッシーの代役が務まるほどの力量はない。

初球を見送ったあと、一番打者はバントを仕掛けてきた。何とか康介が捕球して一塁に投げたが、判定はセーフだった。ワンアウト・ランナー一、二塁だ。ベンチに目を向けるが、茜は座ったままだった。バントシフトの指示はないということだ。

二番打者が打席に入ってくる。初球は大きく外れてボールとなり、二球目もボールとなった。三球目、打った打球がセカンドに飛んだ。鋭いゴロをハットは捕り損ねてしまい、一塁ランナーもセーフになってしまう。ワンアウト・満塁だ。

「タイム」

たまらず康介は審判にそう声をかけてから、マウンドに向かった。セカンドのハットも歩み寄ってくる。ハットは無念そうな顔つきで素直に頭を下げた。

「すまん、グッシー。俺のせいだ」

「気にするなよ、ハット。お前のミスくらいで俺が動じると思うのかよ」

強がるグッシーだが、やはり顔には疲労の色が滲《にじ》んでいる。無理もない。球数も多いし、何よりこの暑さだ。こうして立っているだけでも体力を徐々に削りとられていくような気がした。

「厳しいな、マジで」

グッシーがそう言いながら、相手チームのベンチを見る。四番の愛川がベンチ前で控えていて、豪快な素振りをしていた。

「そうだな」と康介も同調する。「最悪、一点くれてやってもいい。そのくらいの気持ちでやろう。延長戦に入ってもいいしな」

「言ってくれるぜ、ニカ。延長戦までさすがに体力がもたねえよ」

　グッシーの本音だろう。まだ小尾は球場に到着していないようだった。しかし小尾がいたところで、このピンチだけは自分たちの力で切り抜けるしかないように思われた。攻撃ならまだしも、守備では小細工は通用しない。康介は言った。

「この回で抑えよう。一点もやらないぜ」

「乗った。それで行こう」

　康介はホームベースに戻り、ボックス内でグローブを構えた。グッシーが初球を投じてくる。インコースに入り、バッターは手を出せない。判定はストライクだ。

　続く二球目、三塁側スタンド席へのファールフライで、ツーストライクと追い込んだ。三球目、グッシーのＳＦＦが見事に決まる。空振り三振だ。

　ようやくツーアウトだ。しかし胸を撫で下ろしている暇などなく、怪物君こと愛川準がバッターボックスに入ってくる。度胸も据わっているようで、口元に笑みさえ浮かべているように見える。プレッシャーを楽しめるタイプなのだろう。

　マウンド上のグッシーが帽子をとって額の汗を拭き、それから一球目のモーションに入る。外角低めのストレートを愛川のバットが捉え、レフト方向に舞い上がる。

しまった。

康介は思わず立ち上がっていたが、球はポールの外側に逸れ、ファールだった。危ないところだった。康介は愛川の顔を盗み見る。やはりパワーは並ではない。二球目、三球目とボールが連続して、四球目は内角低めの際どい球だったが、判定はストライクだった。しかしグッシーの球に勢いがないことは康介にもわかっていた。おそらく一三〇キロほどしかスピードも出ていないはずだ。

グッシーが構える。わずかに体が揺れているように見えるのは気のせいではないだろう。グッシーが投げた球は明らかに失投ともいえるもので、康介は立ち上がって球を掴みとる。これでフルカウントだ。

「タイム」

康介はそう声をかけてから、再びマウンドに向かった。グッシーは顔色も悪く、立っているのがやっとのようだ。康介はベンチの方を見ながら言う。

「グッシー、限界だ。俺が投げる」

「いいって、ニカ。俺に任せろよ」

「だって、お前……」

「いいんだよ」グッシーが笑みを浮かべて言った。「この先、俺にはバラ色の相撲道が待っている。こんなピンチの一つや二つ、切り抜けないといけないんだよ、俺は」

半分は強がりだと思った。だがここはグッシーに賭けるしかないのだ。グッシーがいなければ、ここまで勝ち上がってくることなどできなかった。グッシーが沈めば、一緒に沈む。新栄館高校野球部とは、そういうチームだ。

「わかった。任せたぜ、グッシー」

最後にそう声をかけ、康介は自分のポジションに戻る。審判に頭を下げてから腰を下ろし、グローブを構えた。マウンド上のグッシーはやはり疲労からか、その体は揺れている。まともにボールを投げられる状態ではない。

そのときだった。康介の視界の隅に、それが映った。ファーストを守る嵯峨ちんが、両手を膝の上に置き、片足を高く上げて、そのまま振り下ろす。相撲の四股だった。力強い、嵯峨ちんらしい重厚感に溢《あふ》れた四股だ。

それにつられたかのように、今度はセカンドを守るハットが四股を踏む。ハットの四股はコンパクトで、それでいてキレのある四股だった。

三遊間を守る花岡兄弟、それから外野を守る油井君、ハタハタ、二年の守川誠人もいつしか四股を踏んでいた。観客席がざわついているのがわかった。後ろを振り返ると、審判が戸惑ったような表情を浮かべている。注意するべきかどうか、躊躇《ちゅうちょ》している顔つきだ。

七人の四股は徐々にタイミングが合ってきて、その大地を踏み締める音が、康介の足元にも響いてきた。異変に気づいたグッシーがいったんプレートから足を外して背後を見た。グッシーはにやりと笑ってから、二歩後ろに下がって四股を踏み始めた。

美しい四股だった。足の上がる高さ、力強さともに申し分ない。数えること三回、四股を踏んだグッシーは、地面に転がっていたロージンバッグを拾い上げ、それを高らかに投げる。白い粉が宙を舞った。その姿は康介も尊敬する大横綱、白鵬関が土俵上で塩を撒く姿にも似ており、威厳に満ちている。

再びグッシーがプレートを踏む。もう体は揺れてなどいない。立ち合い前のように、緊張感と迫力が康介にまで押し寄せてくるようだった。

グッシーが構える。振りかぶり、ボールを投げる。ど真ん中のストレートが、康介のグローブにずしりと突き刺さった。

●

小尾は球場の出口で待っていた。出口はいくつかあるが、出てくるならこの出口だろうと思っていた。観客たちがぞろぞろと出口から出てくる。試合はすでに終わっていた。二対一で新栄館高校の勝利だった。小尾が球場に到着したのは九回裏のことだった。試合後、小尾はバックネット前にナインを呼び寄せて、その健闘を称えた。

今頃、新栄館高校のナインはプールに直行しているはずだ。その後は〈ジャンボラーメン〉でたらふく飯を食うことだろう。まったく単純な奴らだ。プールとラーメンだけであれだけ大喜びする奴らを小尾はほかに知らない。

決勝は来週水曜日、同じく神宮球場で午前十一時三十分試合開始となっていた。今日は土曜日なので、四日後だ。特に具志堅の疲労がどこまで回復できるか、気になるところだった。

遂に決勝だ。そう思ってもあまり実感が湧かなかった。最初に新川校長から野球部の監督就任を要請されたとき、まさか甲子園に王手をかけることなど、想像もできなかった。初めての練習。初めての練習試合。思えば絶望の連続だった。あんなに無様で、滑稽な奴らが、ここまで勝ち上がってくると誰が想像できるというのだ。

球場から出てくるユニフォームを着た一団が見えたので、小尾は彼らの方に足を向ける。先頭を歩く男性が小尾の姿に気づき、足を止めた。

「いやあ、小尾君。見事な勝利だったな」

光央学院の城崎監督だった。選手を引き連れ、準決勝第二試合を観戦していたということだろう。観戦というより、偵察といったところか。常勝チームというのは相手チームの研究にも余念がないものだ。

「いえいえ監督。お恥ずかしい試合をしてしまいまして」

「そんなことはない。見事な勝利だったじゃないか」

「監督、少しお時間をよろしいですか？　お話ししたいことがあるものですから」

小尾がそう言うと、城崎監督は近くにいたコーチらしき中年の男性に声をかけた。

「先に行ってくれ。あとから追う」

光央学院野球部員たちは小尾に向かって丁寧なお辞儀をしてから、そのまま立ち去っていく。礼儀正しく、この点はうちのナインにも見習わせたいくらいだった。

「球場内に戻りましょう」

小尾がそう言って再び中に入ると、あとから城崎監督もついてくる。城崎監督が言った。

「小尾君、こう見えても私と君は決勝戦で対峙《たいじ》する敵同士だ。あまり二人でいるのをほかの誰かに見られたくないんだが」

「心配は要りませんよ、監督。俺は監督と違って高校野球界では無名の新人監督です。誰も俺のことになんて気づきやしませんから」

階段を上がり、一塁側の観客席に出た。試合中の喧騒《けんそう》が嘘のように観客席は静まり返っている。ベンチに座っている者はほとんどいない。小尾が近くにあったベンチに座ると、城崎監督も隣に座った。

「監督、憶えてますか？　俺が高校三年のとき、甲子園に行った夏のことです」

「忘れるわけがない。前にも言ったが、あの夏、君の肩の異状に気づけなかったことを、私は今でも後悔しているんだ」

「本当にそうでしょうか？　俺、ようやく気づいたんですよ。最初から真のエースは百合草というのが既定路線だったことにね」

「馬鹿なことを」城崎監督は鼻で笑って言った。「真のエースは君だった。あの肩の故障がなければ、君は決勝戦のマウンドに立っていたはずだ。それは私が断言する。だからこそ、私は後悔しているんだよ」

「でも結果だけ見れば、違いますよね。あの夏で俺と百合草の立場は逆転した。しかも俺の離脱でマウンドに立った百合草は、ほとんどノーマークに近い投手で、戦う相手にはまともなデータすらなかった。地方大会でも投げたことはなく、疲労という観点でも、監督は百合草という投手を温存した形になったわけです」

「君の魂胆はわかった。決勝戦を前にして、私に心理戦を仕掛けてきているんだろ。その手には乗らんよ」

城崎監督は立ち上がろうとしたが、小尾は構わず続けた。

「俺の読みが正しければ、監督と百合草の関係は周囲が思っている以上に濃いものだったはずだ。俺をエースとして据える一方で、百合草にもひそかに耳打ちしていた。『私は君が真のエースだと思っている。いつか必ず君が活躍する日が来る』とね」

城崎監督は二人の投手を同時に育てることに成功した。そして甲子園の舞台で、片方を切り捨てて、もう片方を表舞台に上げたのだ。人心掌握術といえば聞こえはいいが、切り捨てられた世間知らずの高校生にとって、あまりにも酷い仕打ちだ。しかもその世間知らずの高校生は、つい最近まで城崎監督のことを尊敬していたのだから。

「監督、あなたと百合草の関係は、高校卒業後も続いていたんじゃないですか？　あなたは百合草にアドバイスを送り続けていたんだ。そしてあいつがメジャーから帰って不振に陥ったとき、そっと肩を押した。ドーピングという悪魔の果実を百合草に与えたんだ」

「小尾君、いったい君は何の根拠があって……」

小尾はポケットから携帯電話を出した。月岡の恋人、柏木優花から受けとった、月岡の二台目の携帯電話だった。

「これは月岡の携帯電話です。通話記録は残っていませんが、メールは残っています。月に一度程度の割合で、月岡は『S』という謎の人物と人目を忍んで会っていたようです。最後のメールは月岡が自殺した日の前日、代々木の公園で待ち合わせをする内容の文章が『S』から送られてきています」

「その『S』が私だと、君はそう言いたいわけか？」

「ええ、そうです。あなたが導師だったんです。百合草を破滅に追い込んだ張本人はあなたですね、城崎監督」

グラウンドの整備が始まっていた。外野ではスプリンクラーが作動していた。撒かれる水飛沫《みずしぶき》に虹《にじ》がかかって見えた。城崎監督は首を横に振って言った。

「小尾君、推測でものを語るんじゃない。そんな根拠のない話、誰が信じるというんだ」

「細心の注意を払うあなたのことだ。この携帯も足がつかないものでしょう。でも警察に引き渡せば、何かわかるかもしれませんよ」

城崎監督は答えなかった。その表情から感情を読みとることはできなかった。

「あなたは百合草への連絡役として、教え子である月岡を選んで、長年彼を通じて百合草へとステロイドを提供していた。しかし一昨年から百合草が副作用で悩み始め、そして遂にすべてを打ち明ける決意をしてしまう。焦ったあなたは月岡に百合草の口を封じるように命じた」

おそらく月岡は完全に城崎監督にコントロールされていたと考えていい。高校時代からの恩師でもあり、監督に対して全幅の信頼を置いていたのだ。人心を掌握することに長《た》けた城崎監督にとって、教え子を操ることなど容易《たやす》いことだったのだ。しかしいくら監督に命じられたからといって、あの月岡が百合草を殺害するような暴挙に及ぶだろうか。なぜ月岡が城崎監督の指示に従い、百合草を殺害したのか。それが小尾が抱いている疑問の一つだった。

ふと、思いついた。月岡をコントロールする方法だ。百合草の口を封じるという理由ではなく、別のモチベーションを月岡に与えたのではなかろうか。月岡が自発的に百合草に恨みを抱く、そんなモチベーションだ。

「彼女だ。柏木優花だ。百合草と柏木優花の関係を疑わせるような何かを、あなたは月岡に示す。それを真に受けた月岡は、百合草の部屋を訪れ、彼を問い質《ただ》す。お互い疑心暗鬼になっている者同士だ。口論となり、月岡は百合草を殺害してしまう。すべてあなたの目論見《もくろみ》通りだ」

そこに訪れたのが真由子だった。百合草が真由子を呼び寄せていたことは、月岡も知らなかったことだろう。なかなか真由子が立ち去ろうとしないので、仕方なく部屋の鍵を開け、入ってきた真由子に後ろから襲いかかってクロロホルムのようなもので抵抗力を奪う。そして真由子に睡眠薬を飲ませ、そのまま立ち去った。

もともと百合草に飲ませるために用意した睡眠薬だったのだろう。真由子が現れたことは月岡にとって予想外の出来事だったはずだが、真由子が部屋で発見されたことで、事態が思わぬ方向に進んでいった。二人の仲が疑われ、無理心中という形でマスコミが報じたのだ。

「そして月岡が残った。あなたに忠誠を誓っていたはずの月岡だったが、百合草を殺害したことで怖くなってしまったんでしょう。彼から真実が洩《も》れることを恐れたあなたは月岡を呼び出し、彼を自殺に見せかけて殺害した」

百合草にステロイドを提供する連絡役をしていながら、月岡は後悔の念に駆られていたことだろう。たとえば去年の秋、いきなり六本木のバーに小尾を呼び出したときもそうだ。あれは月岡が何か俺に伝えたかったのではなかろうか。それに柏木優花の車に連絡用の携帯電話を置いたのも、何かを予期しての行動だったのだろう。

「馬鹿馬鹿しい」城崎監督が吐き捨てるように言った。「君も知っているだろ。私はアンチ・ドーピング委員会の委員を務めているんだ。その私が百合草君にドーピングを勧めるなど、絶対にあってはならないことだ」

「それですよ。俺は四年前、身に覚えのないドーピング疑惑で球界を追われた。検査対象試合で、俺と同時に尿を採取されたのは百合草だった。どうやって俺と百合草の尿を入れ替えたのか、それをずっと疑問に思っていたんです。あなたならそれが可能だ。アンチ・ドーピング委員会に名を連ねているなら、顔も利くことでしょうね。教え子の一人や二人、あなたの口利きで検査実施機関に送り込んでいたとしても、俺は全然驚きませんよ」

観客席の清掃が始まったようで、白い制服を着た清掃員が袋を手にゴミを拾い集めていた。時刻は午後三時を過ぎているが、まだまだ暑かった。

「すべては君の想像に過ぎない。これ以上、付き合っていられないので、これで失礼するよ」

城崎監督が膝に手を置いて立ち上がった。小尾も慌てて立ち上がる。このまま逃がすわけにはいかない。

「待ってくだ……」

途中まで言いかけて、小尾は言葉を呑み込んだ。一人の男が観客席の入り口の壁から姿を覗かせた。城崎監督は男に向かって怪訝《けげん》そうな視線を向けていた。

「あんた、いつから……」

男はフリーライターを名乗る山岸という男だった。今日はきっちりとスーツを着こなしている。無精髭《ひげ》も剃《そ》られていて、どこかのビジネスマンといった風貌だった。山岸はこちらに近づいてきて、一礼してから言った。

「城崎さん、初めまして。私は山岸と申します」

「山岸？　何者だ？」

「日本オリンピック委員会の山岸です。所属はドーピング対策室。あなたにはドーピング違反の嫌疑がかかっているため、刑事告発も視野に入れています」

日本オリンピック委員会。オリンピックへの選手派遣など、オリンピックに関わる業務全般をとりおこなう組織だ。

「ドーピング対策室だと？　そんな組織、聞いたことがない」

城崎監督がそう言うと、山岸が笑みを浮かべて答えた。

「東京オリンピックに向け、二年前に設置された機関です。活動は極秘におこなっているため、知らなくても無理はありません。目的は日本国内におけるドーピングの撲滅と、東京オリンピックでのドーピング違反者ゼロへの取り組みです。小尾さん、正体を隠していたことをお詫びいたします」

山岸が頭を下げてきた。小尾も小さく会釈を返しながら言う。

「そうだったのか。だから俺に接触してきたんだな？」

「ええ。ドーピングが摘発された事例は、日本国内ではまだまだ少ない。ドーピング対策室の発足に当たり、我々は過去の事例について調査いたしました。その結果、小尾さんの事例には何か裏があるのではないかと考え、内偵調査を開始したんです」

フリーライターと偽り、対象者に接触したわけだ。その目的は疑惑の背後にいる導師を炙《あぶ》り出すことだったのだ。

「百合草さんが岩佐真由子さんと接触していることも知っていました。百合草さんの口から真実が語られれば、それに越したことはない。そう思っていた矢先、百合草さんの口が封じられてしまったんです。私は盗聴器で百合草さんと月岡さんのやりとりを聞いていました」

「だったらなぜ」小尾は山岸に向かって言った。「その記録を警察に渡さなかったんだ。それを渡せば、事件はもっと早く解決していたはずじゃないか」

「さきほど小尾さんの推理を聞きましたが、まさにその通りです。月岡さんは恋人と百合草さんの関係を疑い、百合草さんに詰め寄っていました。二人の間でドーピングについては一切語られることがありませんでした。もし盗聴器の録音を警察が聞いたら、あくまでも恋人を巡った痴話喧嘩《げんか》だと思われてしまう。それを私は恐れたんですよ。背後で操っている導師の存在を明らかにすることが、私の使命ですからね」

真由子の自宅からパソコンを持ち出したのは山岸だった。真由子がどこまで真実に──導師の存在まで肉薄しているか。それを知りたかったのだろう。しかし真由子は導師の存在まで百合草から聞き及んでいなかった。

「小尾さん、なぜ城崎さんが百合草さんにステロイドを提供したのか、その理由はわかりますか？」

「それは、あれだろ。教え子をスランプから救いたかったからじゃないのか」

「最初はそうだったはずです。ですが途中から違うものになったのだろうと私は考えています」

何だろうか、と小尾は自問する。百合草をスランプから救いたいという理由のほかに、何か別の理由などあるのだろうか。

「ここ最近、新聞などをお読みになりますか？　ドーピングに対する世間の風当たりが強くなってきていますよね。中にはすべてのスポーツでドーピング検査を実施するべきだ。そんな論調も見受けられます」

そういった報道は小尾も目にしていた。全競技、全選手、プロだけではなく、高校生などのアマチュアにまで、ドーピング検査を導入するべきではないか。そんな有識者の意見もある。

「ドーピング検査を導入するといっても、それには費用がかかります。一人当たり二万円から五万円の費用がかかるとも言われていますし、検査を実施する係員や医師への人件費、交通費などを含めると、膨大な金額になります。そうなってしまえば、それはもうビジネスですよね」

そこまで説明してくれれば小尾にもわかった。小尾はつぶやくように言った。

「利権、か」

「そうです。全競技、全選手まで対象にならなくても、おそらく近い将来、ドーピング検査は広く普及していくことは間違いないでしょう。そうなるとそこには利権が生じます。検査薬を作る製薬会社もそうですし、検査をおこなう機関も組織を拡充せざるを得ない。城崎さんはアンチ・ドーピング委員会の委員ですし、いわばどの製薬会社の検査薬を使用するか、選ぶ側にある」

ビジネスが大きくなればなるほど、そこに絡む金が多額なものになっていくのは自明の理だ。アンチ・ドーピング委員会の委員を務めているのであれば、城崎監督は製薬会社などとも繋がりがあるだろう。製薬会社から賄賂《わいろ》を受けとり、その会社の検査薬を認可する可能性。山岸はそれを指摘しているのだった。

「城崎監督、本当ですか？　あなたは自分の私利私欲のため、百合草を犠牲にしたんですか？」

小尾がそう訊いても、城崎監督は何も答えようとしなかった。黙って立ち尽くしているだけだった。山岸が容赦なく城崎監督に向かって言う。

「城崎さん、私は司法機関ではないので、あなたを殺人教唆の罪で立件することはできない。しかし、禁止薬物を教え子に渡していたという点だけは、絶対に見逃すことができません。それに……」

山岸は小尾の方をちらりと見てから続けた。

「犠牲になったのは百合草さんや月岡さんだけではありません。濡《ぬ》れ衣《ぎぬ》を着せられ、球界を追われた選手もいるんです。我々は徹底的にあなたのことを調べさせていただきますので、どうかご覚悟を」

城崎監督が膝を折り、ベンチに座った。目の焦点が合っておらず、急に老けこんだような感じがした。

「行きましょうか」

そう山岸に促され、小尾は歩き出す。途中、振り返ると、城崎監督はベンチに腰を下ろしたままだった。名将と謳《うた》われた威厳は、もはやその背中には感じられなかった。

●

「いやあ、遂に決勝まで来ちまったな。まったくたいした奴らだぜ」

康介がジャンボラーメンを食べていると、大将がギョーザを運びながらそう声をかけてきた。決勝戦に進出したことへのお祝いなのか、今日はいつにも増して麺の量が多い。大皿に盛られたギョーザは瞬く間になくなってしまう。部員たちが手を伸ばし、自分のラーメンの器の中に入れてしまうからだ。康介はギョーザを五つしかとることができなかった。

「それにしても暑いな」

グッシーが言った。グッシーは肩のあたりがアイシングサポーターで盛り上がっている。

「本当だよ、暑くて死にそう」

嵯峨ちんがそう言うと、大将が申し訳なさそうに言った。

「すまんな。エアコンの調子が悪いもんでな」

「僕、もう限界」

嵯峨ちんが着ていたTシャツを脱いだ。その背中にも薄《うっす》らと汗をかいているのが見えた。上半身裸になった嵯峨ちんを見て、ほかの者たちも次々とシャツを脱いでいく。康介もシャツを脱いだ。やっぱり裸の方が断然涼しいし、自然な感じがする。

「こうやって見ると、相撲部って感じがするなあ」

上半身裸でラーメンを食べている九人の野球部員の姿を見て、大将が感服するように言った。もともと人前で裸になることに躊躇《ためら》いなどないし、相撲部時代はむしろそれが当たり前のことだった。いまだにユニフォームを着て体を動かすということには慣れない。学校での練習中はみんな裸か、短パンにタンクトップといった練習着だ。

「みんな、食事中のところ悪いけど、ちょっと聞いて」

ずっとカウンターでスコアブックを眺めていた茜が座敷に上がってきて、ちょこんと座って言った。

「今日の反省点。まずはピッチャーの具志堅君から。ピッチングはまずまず。あの稲村実業を八安打一失点に抑えたことは評価していい。でもバッティングが全然駄目。もっと打席に集中して。あなたは打者としても貴重な戦力なの」

「お、おう」

グッシーが素直に返事をした。食事をしながらの反省会は新栄館高校野球部では恒例になりつつあった。食事をしているときのデブは大人しい。茜はそれに気づいたようだ。

「次、嵯峨君。今日は四打席二安打。まずまずの成績ね。でも悪い癖が出てきてるわね。嵯峨君、打ったあとにぼさっと突っ立ってるでしょ。打ったら走る。それが基本」

「は、はい」

「次は花岡兄。花岡兄は今日のMVP、いやMVDかもしれないわね。五回のスクイズは見事だった。あの状況でよく決めたと、お父さんも褒めていたわ」

「あ、ありがとう」

「次は花岡弟。花岡弟は……」

茜の寸評は続いていく。基本的に言葉は厳しいが、それが的を射た意見なので口答えする者などいなかった。最後に康介の名前が呼ばれたので、康介は箸《はし》を置いて背筋を伸ばした。

「二階堂君はまずまずね。キャッチャーとしてリードも様になってきた。あとはバッティングね。今日は四番打者としての役割を果たしたとは言い難い」

仰せの通りだ。今日は四打席一安打で打点はなかった。打点を挙げられなかった試合は本大会通じて初めてだ。

「しかも今日、愛川君がホームランを打ったから、大会本塁打記録も彼に抜かれてしまったわ。決勝では何とかホームランを打って、本塁打王を狙うのよ」

すでに全員がラーメンを食べ終えている。誰もが神妙な顔つきで茜の言葉に耳を傾けていた。

「決勝の相手は光央学院よ。相手にとって不足はないわ。私たちが練習試合で対戦したときより、はるかに戦力がアップしていると考えて。吾妻君だけのワンマンチームではなくなってる。四番を打っていた吾妻君が、今大会は六番を打っているわ。つまり三番から五番のクリーンナップは吾妻君以上の打撃力を備えるバッターってわけ。愛川君級ではないにしても、気を引き締めていかないと、大量に得点をとられるわよ」

準々決勝のときだった。帰りのバスの中で部員の誰かが茜に質問した。将来何になりたいか、と。返ってきた答えはアナウンサーだった。きちんとニュースを読む報道アナウンサーになりたいらしい。真面目な顔をしてニュースを読む茜の姿が想像できるような気がした。

「不安はあるけど、実は私はそれほど心配してない。五点とられたら十点、十点とられたら二十点とるの。それがうちの野球、ビッグ・ベースボールなんだから」

「よし、絶対勝つぜ」

ハットが立ち上がり、そう声を上げると、ほかのみんなも立ち上がった。康介も立ち上がり、隣にいた油井君とハイタッチを交わす。

「ブライアンを叩きのめしてやるぜ」

「そうだ。せっかく決勝まで来たんだ。絶対勝とうぜ」

「マシュマロ・ナインの破壊力、見せてやろうじゃないか」

テンションが上がり、なぜか嵯峨ちんとハットが互いのズボンのベルトを握り、相撲を始めてしまっている。それを見た大将が嘆くように言った。

「お前たち、暴れるな。店が揺れてるじゃないか」

「そうだよ、みんな。暴れるなって」

康介も止めに入ったが、一度火がついてしまった部員たちを止めることなどできなかった。試合が終わったばかりなのに、この元気さはいったい何だ。それにしても、と康介は内心思う。

雰囲気がいい。ムードは最高潮まで高まっている。このまま突っ走っていけそうな、そんな予感がした。

●

「試合は十一時半からでしょ。もう神宮に向かった方がいいんじゃないの」

車椅子に乗った真由子が振り返ってそう言った。真由子が入院している品川の病院だった。午前十時三十分になろうとしていた。遂に今日、全国高等学校野球選手権大会の西東京大会決勝戦がおこなわれるのだ。神宮球場にて午前十一時三十分に試合開始だった。

「心配ないって。どうせ俺はベンチにも入れないんだぜ。タクシーを飛ばせば間に合うから」

真由子は順調に快復しており、リハビリも始まったようだ。あと一ヵ月ほどで退院できるようで、その後は通院しながらリハビリを続けるらしい。

「それに茜がいるからな。あいつ、父親の俺が言うのもあれだが、名監督の素質を備えていやがる。茜に任せておけば問題ないって」

午前中のリハビリが終わったようなので、小尾は真由子を車椅子に乗せて外に連れ出していた。病院の裏手に庭があり、そこでは入院患者たちが自由な時間を過ごしていた。

「でも城崎監督が辞任して、向こうのチームも困っているんじゃないかしら」

「どうだろうな。光央学院クラスの野球部になると、コーチも充実しているはずだ。そのうちの一人が格上げされて指揮を執るんじゃないか」

城崎監督が野球部監督を退任すると発表したのは二日前のことだった。今は勇退と伝えられているが、例の山岸たちの調査が進められれば、おのずと真実が明らかになり、世間も城崎監督の真の姿に気づくことだろう。

「そういえば」真由子が前を見たまま言う。「昨日、茜がお見舞いに来てくれて、謝っていったわ。勝手に転校してしまってごめんなさいって。あの子、昔から自分の父親のことが気になっていたのね。それが高じて野球にのめり込んだのよ。あなたの背中を追うように」

何だか気恥ずかしい。茜といてもあまり会話はなく、たまに野球の話をするくらいだ。それでも親子だからか、不思議と居心地の悪さを感じることはない。

「あの子、これからもマネージャーを続けるみたいよ」

「ふーん。まあ、いいんじゃないか」

小尾がそう言って車椅子を押そうとしたときだった。背後から声をかけられた。

「小尾君、ちょっといいかね？」

振り返ると、そこに立っていたのは校長の新川だった。新川はスーツ姿だった。すでに球場に向かったのではなかったのか。

「こ、校長。どうしてここに？」

「いや、一度くらい君の奥さん、いや元奥さんの見舞いにいくのも悪くないと思ったもんでね。小尾君、ちょっと話があるんだが、いいかね？」

真由子が振り向いて、小尾の顔を見上げていた。私が居ていいのかしら？　そんなことを問いたげな顔つきだった。すると新川が咳払《せきばら》いをしてから言った。

「奥さんが居ても構いませんよ。小尾君、よくやったな。遂に決勝戦までやって来た。甲子園まであと一つだ」

去年の十月一日、校長室に呼び出された日から十ヵ月近くが経過していた。長かったようでもあり、短かったようでもある。

「校長、質問があるんですが」

「何だね」

「校長と光央学院の城崎監督の関係です。いったいどういう関係なんですか？」

新川が城崎監督の古希を祝う会に参加していたことは、参加者名簿から明らかになっていた。そもそも新栄館高校に野球部を設立し、その監督に小尾を据えるという企みに、何か裏があるような気がしてならなかった。

「君と城崎監督の関係に近いものがある。そう言えばわかるかな？」

「じゃあ校長も、昔……」

「ああ。私も君と同じく野球少年だった。甲子園を夢見て、城西二高という茨城の強豪校に進学した。そこで出会ったのが就任したばかりの城崎監督だった。モチベーション——当時はそんな言葉はなかったが、部員たちの心を操るのが抜群に巧《うま》い監督だったよ」

チームメイトの中に、一人の男がいた。新川の中学時代からの親友だった。四番候補と言われるほど打撃の技術は高かったが、メンタル面で課題があった。相手や試合の雰囲気に飲まれてしまい、力を発揮することができなかったのだ。城崎監督はその男を鍛えるため、徹底的にしごいた。

「大昔のことだ。体罰もあった。罵声《ばせい》を浴びせられることもあった。彼は二年生に進学する前に退部して、そのまま学校を辞めてしまった。彼が自殺したと聞いたのは、その夏のことだった。私も嫌になり、すぐに野球部を退部したよ」

彼の自殺と野球部のしごきが関連づけられることはなかった。その自殺のあと、城崎監督はさらに巧妙に選手の心を操るようになったらしい。

「私に言わせれば、あの男は名将でもないし、ましてや人格者でもない。ただの独裁者だ。高校野球部という狭い世界の中で、自分だけの王国を作り出すことに専念し続けてきた偽善者だ。小尾君、君も身に覚えがあるだろう」

「ええ、まあ」

城崎監督が指導者の道を歩み始めて、もう四十年以上がたつ。輝かしい戦績の裏には、自分や新川の友人と同じく、その犠牲になった者も数多くいるような気がした。

「君にはシンパシーを感じていた。君ほどの男が球界を去らざるを得なかったのは、さぞかし無念だったろう。私はもう年だ。今さら野球なんてできないが、君はまだ若い。まだまだ野球を諦めるには早い年齢だ」

「それで……俺にもう一度野球をやらせるために、わざわざ野球部を設立したってわけですか？」

「まあな。だが野球部の活躍によって学校経営を安定させたいと考えたのも事実だよ。君たちは想像以上によくやってくれた。来年の受験が楽しみでならないよ。すでに入学を希望する生徒の親御さんから問い合わせの電話が入っているようだ」

新川が不敵な笑みを浮かべた。その顔は高校の校長というより、ビジネスに生きる男の顔だった。

「最初は甲子園など期待してなかった。しかし去年の暮れあたりかな、君の顔つきが変わってくるのを見て、もしかすると、と私も思い始めたんだよ」

新川が部活を見学に来たことなど一度もない。だが実は、しっかり陰から見ていたというわけなのだろう。

「話はこれくらいにしておこう。時間がない」

新川がそう言って、ズボンの後ろのポケットから帽子を出し、それをこちらに向かって投げながら言った。

「監督は君だ。今すぐ行かないと試合に間に合わんぞ」

そう言い残して、新川は去っていく。新川の姿が木陰に消えて見えなくなるまで、小尾はその場に立ち尽くしていた。

「ほら、あなた。早く行かないと」

「そ、そうだな」

慌てて車椅子を押し、病棟内に戻った。正面ロビーに向かいながら、小尾は早口で言った。

「真由子、お前もリハビリで大変だろ。ほら、送り迎えとかもあるし、よかったらまた家族三人で暮らさないか？」

真由子は答えなかった。彼女の車椅子を押して外に出る。正面のドアを出たところにタクシーが停まっているのが見えた。タクシーを飛ばせば間に合うだろう。試合開始まであと四十分もない。

「別にすぐ答えを聞かせてくれとは言わない。よく考えてくれ」

小尾がタクシーに乗り込もうとすると、いきなりベルトを掴まれるのを感じた。振り返ると車椅子に乗った真由子が口元に笑みを浮かべている。

「条件がある」

「ど、どんな条件だよ」

真由子はベルトから手を離し、小尾の腹の肉をつまんだ。肉というより、正確に言えば脂肪だ。

「あなた、また太ったでしょ」

「えっ？　ま、まあな」

「今、何キロ？」

「八〇キロくらい」

「嘘ばっかり」

「ごめん。一三〇キロくらいかな」

現役時代は体重八〇キロ前後を推移していたが、現役を退いたあとの暴飲暴食がたたったのか、あっという間に体重が増加した。最近ではデパートの紳士服売り場に行っても、合うサイズを見つけるのも一苦労だ。

「ダイエットすること。それが同居の条件」

「りょ、了解」

「それともう一つ。今度こそ絶対に野球を辞めないで」

真由子の目は真剣なものだった。一度は辞めてしまった野球だが、今度は指導者として行けるところまで行ってみようと心の底から思った瞬間、あいつらの顔が脳裏をよぎった。あいつらの挑戦は俺が見届ける。俺は——俺は新栄館高校野球部の監督だ。

「ああ、任せておけ」

小尾はタクシーに乗り込んだ。運転手に「神宮球場」と短く告げてから、窓の外にいる真由子に向かって手を振った。

●

「おい、校長はどこに行ったんだよ。もう試合が始まっちまうぞ」

ハットが苛立《いらだ》ちを隠せないといった表情で言った。康介はバックスクリーンの時計に目をやった。時刻はもう午前十一時十五分を回っていた。

今は先攻である光央学院が守備練習をおこなっていた。これが終われば、整列して試合が始まることになるのだが、さきほどから時折ブレザーを着た大会役員がこちらのべンチを訪ねてきては、監督の不在を気にしていた。どうやら監督不在のまま試合をおこなうことなど前代未聞の珍事らしく、頭を悩ませているようだ。

「仕方ない。こうなったら大人なら誰でもいいだろ。嵯峨ちん、お前の父ちゃん、連れてこいよ。応援席に来てるんだろ」

ハットにそう言われ、嵯峨ちんが腰を浮かしたときだった。ベンチに一人の男が駆け込んできた。監督の小尾だった。

「監督、何やってんすか？」

「遅れてすまんな」小尾が息を切らして言った。「今日は俺が指揮を執る。晴れの舞台だ。監督の俺がベンチに座らないといかんだろ。おい、茜。ユニフォームを用意してくれ」

小尾は頭には新栄館高校野球部の帽子を被っているが、それ以外は私服だった。茜がベンチ裏からユニフォームを持ってきて、それを小尾に手渡しながら言う。

「更衣室に行ってる時間はない。ここで着替えて」

「ここでかよ。まったく……」

そうぼやきながらも、小尾がシャツを脱いだ。だらしない体が露わになる。着替えながら、小尾が康介に向かって訊いてきた。

「おい、二階堂。俺はやっぱり太っているか？」

「ええ。どこから見ても」

「そうか。やはりダイエットをするしかないのか」

そう言いながら、小尾はユニフォームに袖を通し、それからズボンを脱いだ。康介は笑みを浮かべて、小尾に向かって言った。

「でも監督。そのくらいがちょうどいいと思いますよ。俺たちデブを率いるのは、監督くらいのデブじゃないと」

「おい、二階堂。デブ、デブと連呼するのはやめろ。傷つくだろうが」

着替え終えた小尾が、慌ててベンチから飛び出していく。審判席に向かって頭を下げている小尾を見ながら、康介は声を出す。

「始まるぞ。気合い入れていくぞ、みんな」

「おう」

声を揃え、残りの部員たちが返事をした。すでに守備練習を終えた光央学院のナインは一塁側のベンチに引き揚げていて、今は監督を中心として円陣を組んでいた。「はい」という威勢のいい返事が聞こえてきた。監督が急に替わったと聞いているが、その影響は微塵《みじん》も感じさせない。

「寝坊した。そう言い訳したら、きつく注意されたよ」

頭をかきながら小尾が戻ってきた。小尾はベンチの中央にどっしりと座った。やはりその絵はしっくりくる。小尾がそこに座っていて初めて、俺たち新栄館高校野球部は成立するのだ。

号令がかかったので、康介たちはベンチから出た。ホームベースからマウンドにかけ、一直線に並んだ。もっともホームベース寄りには主将が立つことになっていて、ちょうど康介の前には吾妻ブライアンが立っている。吾妻ブライアンが口を動かすのがはっきりと見えた。声には出さなかったが、口の動きだけで『デブ』と言ったのがわかった。隣に立つグッシーもそれに気づいたらしく、グッシーが小声で言った。

「あの野郎、叩きのめしてやる」

審判の号令に従い、帽子をとって頭を深く下げる。それから踵《きびす》を返して三塁側のベンチに戻った。すぐに先頭打者のハットがバットを手にして、バッターボックスに向かっていく。

吾妻ブライアンの投球練習が始まった。手の内を見せる必要はないと思ったのか、緩いボールを投げ込んでいた。

神宮球場は外野席までぎっしり観客で埋まっていた。三塁側の応援席からは、早くも「ゴー、ゴー、マシュマロ・ナイン！」という応援の声が聞こえてくる。

今日も暑い。気温は三十度を超えている。頭上の太陽を見上げ、康介は不思議に思わずにはいられない。俺たち、野球やってんだもんな。マワシつけて相撲やってた俺らが、マジで野球やってんだもんな。

マウンドに立つ吾妻ブライアンに目を戻し、それからバッターボックスに立つハットを見た。部員たちはベンチの前で声援を送っている。

審判が手を上げて、高らかに「プレイボール」と宣言した。

たく、どうなってんだよ。

吾妻ブライアンはロッカーに向かってグローブを投げ捨てた。こんなに腹立たしいことはプロに入って初めてのことだ。吾妻の怒りを察したのか、チームメイトは誰も話しかけてこない。

吾妻がドラフト一位で東京オリオンズに入団してから、四年がたっていた。吾妻は入団一年目から一軍のマウンドに立ち、一年目は十二勝を挙げてセ・リーグの新人王に輝いた。二年目、三年目も順調に勝ち星を伸ばし、ようやく四年目になって年間最多勝のタイトルを狙える位置に漕ぎ着けた。

東京オリオンズは先週末にリーグ優勝を決め、今日は消化試合だった。最多勝のタイトルがかかっていることを監督も考慮したのか、吾妻はローテーション通りに先発のマウンドに上がった。対戦相手は最下位の広島レッズだった。

序盤、オリオンズは二点のリードを奪い、優位に試合を進めていった。吾妻自身も七回を二安打八奪三振と好投した。しかし八回表、フォアボールで一人のランナーを出してから、味方のエラーも重なりワンアウト・一、二塁のピンチとなり、迎えた相手の三番打者に逆転ホームランを許してしまったのだ。すぐに吾妻は降板となり、結局試合はそのまま二対三でオリオンズの敗北となった。これで年間最多勝のタイトルは難しくなっただろう。

「吾妻君、ちょっといいかな？」

そう言って近づいてきたのは球団の広報だった。いろいろと吾妻の世話を焼いてくれる男だった。吾妻は広報の男に向かって言う。

「何すか？　俺、今ちょっと機嫌悪いんすよね」

「惜しかったね。でも吾妻君はまだ若いし、来シーズンもあるから。今週末だけど、取材を受けてほしいんだよ」

取材はよく来る。吾妻にはファンも多く、実際よくモテる。今はグラビアアイドルと付き合っていた。テレビの仕事で共演したのがきっかけだった。

「取材って、どんなやつですか？」

「対談だよ。週刊誌のね。同世代のスポーツ選手が対談するって企画らしい。面白そうだろ」

「へえ、それは面白そうですね」

違う競技のアスリートと話をするのは興味深い。トレーニングの方法や試合への臨み方など、参考になる話が聞けるかもしれない。

「で、相手は誰ですか？」

「力士だよ。小結の黒皇《こくおう》。吾妻君と同じ年で、スピード出世して来年には大関に昇進するのではないかって言われてる力士だ。実は俺も黒皇のファンなんだよね。ねえ、吾妻君。受けてくれるよね？」

黒皇なら知っている。日本人離れした巨体と、華麗な技で人気のある力士だ。実は今付き合っている彼女も相撲好きで、黒皇のファンらしい。精悍《せいかん》な顔つきが好みなのだそうだ。

「お断りします」

「えっ？　さっき興味を示してくれたじゃない」

「俺、相撲は嫌いなんすよ」

吾妻はそう言って広報の男を無視して、ユニフォームを脱いだ。下着にガウンだけをまとって、シャワールームに向かう。

今でもあの夏のことを思い出すと悔しくてたまらない。西東京大会の決勝戦、延長十二回の激闘の末、吾妻の光央学院は新栄館高校に惜敗していた。

光央学院は甲子園出場を逃し、代わりに出場した新栄館高校は、全員が元相撲部員の異色のチームとして注目を集めた。三回戦で敗れてしまったが、『マシュマロ・ナイン』という愛称で、あの夏一番の人気を集めた出場校だった。

シャワールームに入る。洗面台が並んでいて、その向こうに大型液晶テレビが置いてある。ちょうど広島レッズのヒーローインタビューが中継されており、お立ち台の上に一人の男が立っている。

『逆転ホームラン、おめでとうございます。お気持ちはいかがですか？』

『素直に嬉《うれ》しいですね。打った瞬間、入ったと思いました』

『残念ながらチームは最下位に終わってしまいました。来シーズンの目標を聞かせてください』

『今年は全試合出場できなかったので、来年こそはフル出場して、チームに貢献したいと思います』

その顔を見ているだけで腹が立ってくる。テレビを消したいところだったが、いくら探してもリモコンが見つからず、苛立《いらだ》ちはさらに募った。吾妻は舌打ちをする。

『相手投手の吾妻ブライアン選手ですが、年間最多勝を賭《か》けての登板でした。その彼からホームランを打った心境はいかがですか？』

『彼には申し訳ないことをしてしまいましたが、これからも切磋《せっさ》琢磨《たくま》していきたいと思っています』

ふざけやがって。何様のつもりだよ。こいつにしろ、具志堅改め黒皇にしろ、俺の邪魔ばかりしやがる。

ガウンを脱ぎ、シャワー室に入る。もう一度、テレビの画面に目をやった。

お立ち台の上で、二階堂康介がにこやかにファンの声援に応《こた》えていた。

新栄館高校野球部（マシュマロ・ナイン）
公式戦全成績

7月 全国高等学校野球選手権大会 西東京大会

1回戦	○ 新栄館高校	12 － 11	練馬北高校	●
2回戦	○ 新栄館高校	16 － 3 5回コールド	三鷹工業高校	●
3回戦	○ 新栄館高校	11 － 0 5回コールド	都立明星高校	●
4回戦	○ 新栄館高校	8 － 1 7回コールド	創生高校	●
準々決勝	○ 新栄館高校	9 － 8	桜花実践高校	●
準決勝	○ 新栄館高校	2 － 1	稲村実業高校	●
決勝戦	○ 新栄館高校	9 － 7 延長12回	光央学院	●

8月 全国高等学校野球選手権大会

1回戦	○ 新栄館高校	18 － 6	那覇水産高校 （沖縄県代表）	●
2回戦	○ 新栄館高校	9 － 3	宮城育瑛高校 （宮城県代表）	●
3回戦	● 新栄館高校	8 － 12	大阪籐陰高校 （大阪府代表）	○

本書は、二〇一六年七月に小社より刊行された単行本を加筆修正のうえ、文庫化したものです。

本書はフィクションであり、実在の人物・団体等とは一切関係ありません。

マシュマロ・ナイン

横《よこ》関《ぜき》大《だい》

令和2年 2月25日　初版発行
令和6年 11月25日　5版発行

発行者●山下直久

発行●株式会社KADOKAWA
〒102-8177　東京都千代田区富士見2-13-3
電話　0570-002-301（ナビダイヤル）

角川文庫 22036

印刷所●株式会社KADOKAWA
製本所●株式会社KADOKAWA

表紙画●和田三造

●お問い合わせ
https://www.kadokawa.co.jp/（「お問い合わせ」へお進みください）
※内容によっては、お答えできない場合があります。
※サポートは日本国内のみとさせていただきます。
※Japanese text only

ISBN 978-4-04-108819-7　C0193

角川文庫発刊に際して

角川源義

第二次世界大戦の敗北は、軍事力の敗北であった以上に、私たちの若い文化力の敗退であった。私たちの文化が戦争に対して如何に無力であり、単なるあだ花に過ぎなかったかを、私たちは身を以て体験し痛感した。西洋近代文化の摂取にとって、明治以後八十年の歳月は決して短かすぎたとは言えない。にもかかわらず、近代文化の伝統を確立し、自由な批判と柔軟な良識に富む文化層として自らを形成することに私たちは失敗して来た。そしてこれは、各層への文化の普及滲透を任務とする出版人の責任でもあった。

一九四五年以来、私たちは再び振出しに戻り、第一歩から踏み出すことを余儀なくされた。これは大きな不幸ではあるが、反面、これまでの混沌・未熟・歪曲の中にあった我が国の文化に秩序と確たる基礎を齎らすためには絶好の機会でもある。角川書店は、このような祖国の文化的危機にあたり、微力をも顧みず再建の礎石たるべき抱負と決意とをもって出発したが、ここに創立以来の念願を果すべく角川文庫を発刊する。これまで刊行されたあらゆる全集叢書文庫類の長所と短所とを検討し、古今東西の不朽の典籍を、良心的編集のもとに、廉価に、そして書架にふさわしい美本として、多くのひとびとに提供しようとする。しかし私たちは徒らに百科全書的な知識のジレッタントを作ることを目的とせず、あくまで祖国の文化に秩序と再建への道を示し、この文庫を角川書店の栄ある事業として、今後永久に継続発展せしめ、学芸と教養との殿堂として大成せんことを期したい。多くの読書子の愛情ある忠言と支持とによって、この希望と抱負とを完遂せしめられんことを願う。

一九四九年五月三日

角川文庫ベストセラー

グラスホッパー　伊坂幸太郎

妻の復讐を目論む元教師「鈴木」。自殺専門の殺し屋「鯨」。ナイフ使いの天才「蝉」。3人の思いが交錯するとき、物語は唸りをあげて動き出す。疾走感溢れる筆致で綴られた、分類不能の「殺し屋」小説！

マリアビートル　伊坂幸太郎

酒浸りの元殺し屋「木村」。狡猾な中学生「王子」。腕利きの二人組「蜜柑」「檸檬」。運の悪い殺し屋「七尾」。物騒な奴らを乗せた新幹線は疾走する！『グラスホッパー』に続く、殺し屋たちの狂想曲。

転生　鏑木　蓮

京都で起こった美人染織作家殺害事件。逃走中に北九州で逮捕された連続暴行魔。2つの事件が結びつくとき切なく哀しい真実が明らかになる。乱歩賞作家が全身全霊を注いだ親子の絆を問う社会派ミステリ！

喪失　鏑木　蓮

京都市内のビルで女性の不審死体が見つかる。京都府警・捜査一課の大橋砂生は、被害者が夫のブレスレットを握りしめていたことから夫を疑う。妻はDV被害を訴え、夫と離婚調停中だったが……。

女神記　桐野夏生

遥か南の島、代々続く巫女の家に生まれた姉妹。大巫女となり、跡継ぎの娘を産む使命の姉、陰を背負う宿命の妹。禁忌を破り恋に落ちた妹は、男と二人、けして入ってはならない北の聖地に足を踏み入れた。

角川文庫ベストセラー

緑の毒　桐野夏生

妻あり子なし、39歳、開業医。趣味、ヴィンテージ・スニーカー。連続レイプ犯。水曜の夜ごと川辺は暗い衝動に突き動かされる。救急救命医と浮気する妻に対する嫉妬。邪悪な心が、無関心に付け込む時——。

ブルー・ゴールド　真保裕一

大手商社の若きエリート藪内は、社内抗争に巻き込まれ零細コンサル会社に飛ばされた。悪名高いやり手社長と水源豊かな長野の酒造買収を図るが思わぬ妨害が……誰が敵で誰が味方か？　ビジネス・ミステリ。

レオナルドの扉　真保裕一

イタリアに生まれた若き時計職人ジャンは、幼いころ失踪した父が残したレオナルド・ダ・ヴィンチの秘密のノートを巡り、フランス軍の追っ手に狙われることになる。ノートを狙うナポレオンとの攻防の行方は⁉

真実の檻　下村敦史

亡き母は、他の人を愛していた。その相手こそが僕の本当の父、そして、殺人犯。しかし逮捕時の状況には謎が残っていた——。『闇に香る嘘』の著者が放つ渾身のリーガルミステリ。

戦うハニー　新野剛志

私立保育園「みつばち園」で、開園以来初の男性保育士として働き始めた星野親。女性ばかりの職場や、保護者からの偏見に戸惑いながらも、体当たりで子供たちと向き合っていく。心温まる青春お仕事小説。

角川文庫ベストセラー

暗殺競売《オークション》　曽根圭介

副業で殺しを請け負う刑事、アカウントを乗っ取ったホームヘルパー、伝説の殺し屋、闇組織に迫る探偵。暗殺専門サイト〈殺し屋.com〉で依頼を落札した者たちの悲喜劇！　前代未聞の殺し屋エンタメ！

ドールズ　高橋克彦

喫茶店『ドールズ』の経営者・月岡の七歳になる娘・怜は、交通事故で言葉を失い、一方で〝人形〟に異常な関心を示しだす。巧みな構成と斬新な着想で、恐怖小説の第一人者が贈る傑作長編。

ドールズ《ドールズ》 闇から覗く顔　高橋克彦

自分の創作折り紙の個展会場で江戸期の手法で折られた蜻蛉を見つける華村。その夜、弟子の女性が殺され、現場にも紙の蜻蛉が落ちていた。少女の体に蘇った江戸の人形師・泉目吉が解き明かす四つの事件。

ドールズ《ドールズ》 闇から招く声　高橋克彦

8歳の少女・怜の意識の中に甦った江戸の天才人形師・泉目吉。怜の行く先々に置かれた人間の手首や犬の生首。身も凍る連続猟奇殺人事件に泉目吉が挑む！　シリーズ随一のサスペンスに溢れた傑作長編。

ドールズ《ドールズ》 月下天使　高橋克彦

警察学校で剣道を教える腕前だった女性・聖夜が『ドールズ』のアルバイトに加わった。謎めいた彼女の心に宿る決意とは？　少女・怜の中に棲む江戸の天才人形師・目吉が現代の謎を解き明かすシリーズ第四弾！

角川文庫ベストセラー

青森わが愛　西村京太郎

警視庁捜査一課の日下は、刑事であることを明かさずに書道教室に通っていた。しかし十津川警部から電話が入ったことにより職業がばれてしまう。すると過剰な反応を書道家が示して……表題作ほか全5編収録。

殺人へのミニ・トリップ　西村京太郎

古賀は恋人と共に、サロンエクスプレス「踊り子」に乗車した。景色を楽しんでいる時、カメラを忘れたことに気付き部屋へ戻ると、そこには女の死体があり……表題作ほか3編を収録。十津川警部シリーズ短編集。

郷里松島への長き旅路　西村京太郎

フリーライターの森田は、奥松島で「立川家之墓」と彫り直された墓に違和感を抱く。調べていくとその墓の主は元特攻隊員で、東京都内で死亡していることが分かった。そこへ十津川警部が現れ、協力することに。

十津川警部　湖北の幻想　西村京太郎

時代小説作家の広沢の妻には愛人がおり、その彼がダイイングメッセージを残して殺された。また、柴田勝家が秀吉に勝っていたら、という広沢の小説は事件にどう絡むのか。十津川が辿り着いた真相は。

房総の列車が停まった日　西村京太郎

東京の郊外で一人の男が爆死した。身元不明の被害者には手錠がはめられており広間にはマス目が描かれていた。広間のマス目と散乱した駒から将棋盤を連想した十津川警部は将棋の駒に隠された犯人の謎に挑む！

角川文庫ベストセラー

怖ろしい夜　西村京太郎

恋人が何者かに殺され、殺人の濡衣を着せられたサラリーマンの秋山。事件の裏には意外な事実が！（「夜の追跡者」）。妖しい夜、寂しい夜、暗い夜。様々な顔を持つ夜をテーマにしたミステリ短編集。

鎌倉・流鏑馬神事の殺人　西村京太郎

京都で女性が刺殺され、その友人も東京で殺された。双方の現場に残された「陰陽」の文字。十津川警部は、被害者を含む4人の男女に注目する。しかし、浮かび上がった容疑者には鉄壁のアリバイがあり……。

鳥人計画　東野圭吾

日本ジャンプ界期待のホープが殺された。ほどなく犯人は彼のコーチであることが判明。一体、彼がどうして？　一見単純に見えた殺人事件の背後に隠された、驚くべき「計画」とは⁉

探偵倶楽部　東野圭吾

「我々は無駄なことはしない主義なのです」——冷静かつ迅速。そして捜査は完璧。セレブ御用達の調査機関〈探偵倶楽部〉が、不可解な難事件を鮮やかに解き明かす！　東野ミステリの隠れた傑作登場‼

さいえんす？　東野圭吾

「科学技術はミステリを変えたか？」「男と女の〝パーソナルゾーン〟の違い」「数学を勉強する理由」……元エンジニアの理系作家が語る科学に関するあれこれ。人気作家のエッセイ集が文庫オリジナルで登場！

角川文庫ベストセラー

殺人の門
東野圭吾

あいつを殺したい。奴のせいで、私の人生はいつも狂わされてきた。でも、私には殺すことができない。殺人者になるために、私には一体何が欠けているのだろうか。心の闇に潜む殺人願望を描く、衝撃の問題作！

ちゃれんじ？
東野圭吾

自らを「おっさんスノーボーダー」と称して、奮闘、転倒、歓喜など、その珍道中を自虐的に綴った爆笑エッセイ集。書き下ろし短編「おっさんスノーボーダー殺人事件」も収録。

さまよう刃
東野圭吾

長峰重樹の娘、絵摩の死体が荒川の下流で発見される。犯人を告げる一本の密告電話が長峰の元に入った。それを聞いた長峰は半信半疑のまま、娘の復讐に動き出す――。遺族の復讐と少年犯罪をテーマにした問題作。

使命と魂のリミット
東野圭吾

あの日なくしたものを取り戻すため、私は命を賭ける――。心臓外科医を目指す夕紀は、誰にも言えないある目的を胸に秘めていた。それを果たすべき日に、手術室を前代未聞の危機が襲う。大傑作長編サスペンス。

夜明けの街で
東野圭吾

不倫する奴なんてバカだと思っていた。でもどうしようもない時もある――。建設会社に勤める渡部は、派遣社員の秋葉と不倫の恋に墜ちる。しかし、秋葉は誰にも明かせない事情を抱えていた……。